아프가니스탄에서 낙타는 울지 않는다

아프가니스탄에서 낙타는 울지 않는다

신상만 에세이

곰곰나루

낯선 곳, 남이 가지 않은 길을 걸으며

무지개를 꿈꾸며 그리움을 품고 살아가는 인생이 아름답다. 사람들은 저마다 무지개 너머의 세상을 꿈꾸며 살아간다. 무지개 너머에는 무엇이 있을까를 그려보며 나름대로 아름다운 인생을 꿈꾸어 본다. 그러다가 우리네 인생이 무지개처럼 마냥 아름답기만 한 것은 아니고 무지개 너머에는 상상속의 세상과 많이 다른 세상이 펼쳐져 있다는 것을 알게 된다. 물론 장미꽃을 뿌려 놓은 탄탄대로는 더욱 아니다. 사람들이 살아가는 것은 마치 그림속의 아름다운 경치를 보는 것과 같다. 아름다운 경치를 보면서 시인은 시상을 떠올리고 글 여행을 떠나본다. 화가는 아름다운 경치를 화폭에 담아보려고 한다. 사진작가는 사진으로 기억하려고 한다. 서로 다른 시각으로 세상을 바라보며 기억하는 것이다. 각 사람은 각자에게 주어지는 삶의 모습을 통해서 각자의 경험과 능력을 살려 스스로의 인생을 만들어 간다. 그러기에 모든 이들의 삶의 모습은 다르면서도 아름답다. 각자 아름다운 인생을 꽃피우기 위해서 노력하며 살아가기 때문이다.

미국에 유학 와서 경목으로, 군목으로 여러 지역과 여러 부대를 다니면서 경험하고 아프가니스탄에 미군 군목으로 파병되어 나토군의 일원으로 참전하면서 겪은 이야기들을 진솔하게 펼쳐보았다. 아시안으로서는 최초로 목회했던 백인교회 두 군데에서 겪은 일들도 나에게는 새로운 경험이었다. 생각해 보면 나에게 있어 삶은 항상 도전이었다. 낯선 곳, 남이 가지 않은 길을 걸어갔다. 지금은 잠깐의 쉼표를 찍으며 새로운 도전을 시작하고 있다. 미주한국문인협회에 수필 부문으로 등단하며 새로운 인생이 시작되었다. 이 또한 전혀 경험해 보지 못한 길이다. 어쩌면 내 인생의 마지막 도전이 될 수도 있다. 도전은 항상 용기를 준다. 그 용기는 앞으로 나아가게 하는 원동력이 된다. 삶이 가진 진짜 맛은 도전하면서 묵묵히 그 길을 걷는 것이다. 어디로 가든 항상 나와 함께 해준 아내에게 감사한다.

2026년 봄
신상만

차례

Ⅱ
시간의 흐름 한 줄기

Ⅲ
옅게 퍼진 안개처럼

IV
아프가니스탄에서 낙타는 울지 않는다

삶은 도전이다 그래서 살아볼 만하다

자신이 태어나고 성장한 곳을 떠나 낯선 곳으로 간다는 것은 두렵고 떨리는 일이다. 전혀 알지 못하는 미지의 세계에 대한 두려움 그리고 불확실성이 앞을 가로막기 때문이다. 한국에서 학교만 다녔던 나는 홀로 가방 두 개를 들고 미국으로 유학을 떠났고 나중에 나의 삶은 아내와 두 자녀를 둔 엄청난 성공(?)으로 이어져 '나홀로 유학생활'에서 가족을 갖게 된 '가족 이민생활'로 바뀌었다. 처음 미국 올 때 가방 두 개였던 것이 아내와 두 자녀, 그리고 방 세 개짜리 집에 가득 차고 차고에까지 넘치게 될 줄은 알지 못했다. 엄청난 성공인 셈이다. 이 정도면 한 번 도전해 볼 만하지 않을까?

사실 아침에 눈을 뜨는 순간부터 도전은 시작된다. 따뜻한 이불을 걷어내고 일어나야 하는 일, 출근을 위해 바삐 준비하고 회사로 향해야 하는 일, 가방을 들고 학교로 가야 하는 일 등 이 모든 순간이 이미 우리에게 내가 이 일을 할 수 있을까 라는 질문을 던지고 있는 셈이다. 가끔은 너무 작고 하찮은 일이라서 도전이라고 부르기도 어색하지만 실제의 우리 삶은 이런 도전적인 일로 가득 차 있다. 힘들고 어려운 하루를 보냈어도 내일은 어김없이 찾아온다. 신기한 건 이런 작은 도전마저도 우리를 단단하게 만든다는 것이다. 이런 도전을 이겨내고 살아있다는 것이 그 증거가 아닐까?

혼자서 미국에 온다는 것은 엄청난 도전이었다. 하지만 나는 살아남았고 지금도 잘 살아가고 있다. 나무의 뿌리를 옮기고 잔 가지들을 쳐내고 오직 한 기둥만으로 새 땅에서 살아가야 하는 느낌이었다. 때때로 다가오는 외로움 혼자서 모든 것을 결정하고 실행해야 하는 깊은 힘듦, 질척이는 사념들이 머릿속을 혼란하게 할 때면 산타모니카 해변에 가서 바다를 바라보면서 뜨거워진 머리를 식히기도 하고 늦은 밤 산 위에 올라 달을 바라보면서 마음을 가다듬기도 했다. 그러면 옅게 퍼진 안개가 걷히듯 부서진 석양 발치로 도전에 대한 보상이 따르기 시작했다. 달이 예쁜 겨울에도 따뜻했고 한움큼의 낭만은 뜨거운 캘리포니아의 여름에도 깊고 너른 사람으로 만들어주었다.

삶은 도전의 연속이다! 주어진 삶을 즐기며 최선을 다해 살다 보면 자신도 모르게 한걸음씩 목표한 곳에 도달하는 것 같다. 오늘 주어진 나의 삶은 다시는 돌아오지 않는다. 내일이면 이미 과거가 되어버리기 때문이다. 오늘 주어진 삶에 최선을 다하라. 도전을 즐기면 보상은 따른다. 그러니 지금 이 순간을 헛되이 보내지 말자. 미래는 결국, 우리가 준비하지 않아도 어김없이 찾아오게 되어 있으니까.

우연은 없다 필연의 시작일 뿐

다니던 학교에는 유학생들이 50여 명 있었는데 지금은 어디에서 무엇을 하고 있을까? 서로의 외로움을 달래며 열심히 공부하며 살아가고 있었다. 학위를 마치고 한국에 돌아갔는지 아니면 미국땅에 남아서 정착을 했는지 각자의 삶에서 최선을 다하며 살아가고 있을 것이다.

처음에 다녔던 작은 교회도 50여 명의 한국인들이 신앙생활을 하고 있었다. 주말에는 교인들이 유학생들을 초청하여 음식을 제공해 주기도 하였다. 어떤 유학생들은 주말에만 열리는 시골장터(스왑 밋 혹은 Flee Market으로 부르기도 함)에서 장사를 하여 학비를 벌기도 하였다. 별로 즐길 것이 없는 시골이라서 주말에는 학생들이 주로 볼링장에 갔다. 20분쯤 운전하고 가면 작은 한국 마켓도 있어서 간단한 한국 식료품을 살 수가 있었다. 한국의 동네 구멍가게 수준이지만 고추장과 된장도 판매하고 있었다. 아쉬운 대로 한국음식 재료를 구해서 제대로 된 요리는 아니지만 대충 해먹으면서 학교생활이 시작이 되었다. 외로움과 고독을 달래가면서 열심히 살던 시절이었다.

시작은 그렇게 미약하였다. 의지할 분은 그분 한 분밖에는 없었다. 부모님에 의하여 할 수 없이 그리고 아무런 질문 없이 교회생활을 했던 신앙심은 그때서야 비로소 홀로 서는 단단한 신앙심으로 바뀌게 되었다. 광활한 미국땅에서 강하게 그리고 담대하게 조금씩 꿈을 넓혀갔다. 그분은 항상 곁에서 삶을 인도하여 주셨다. 아브람이 고향땅 하란을 떠나 앞을 모르는 미지의 세계로 그분의 인도로 말미암아 개척자의 삶을 살았던 것처럼. 나중에 아브람이 아브라함으로 된 것처럼 새로운 삶을 시작하게 된 것이다. 이땅에서 작은 결과라도 얻게 될 것이라는 것을 믿었다.

전공은 경영학을 했다. 돈 많이 벌어서 고국에 돌아가야지 하는 생각이 늘 머릿속에 있었다. 시간이 지나 대학을 마치고 진로문제로 고민을 하게 되었다. 무엇을 해야 하나, 어떤 일을 해야 하나, 한국으로 돌아가야 하나, 큰 고민거리였다. 그분께 매달렸다. 기도를 하면 할수록 어릴 때 어렴풋이 생각했던 것들이 떠오르면서 점점 깊이 빠져들게 되었다. 고등학교 다닐 때 이런 생각을 했었다. 나중에 대학을 마치고 사회생활을 하게 되면 신학교를 야간으로 공부해서 교회장로가 되어 교회를 잘 섬기겠다고. 교회 지도자로서의 장로는 신학을 좀 알아야겠다는 생각을 어찌했는지는 모르지만 아무튼 그런 생각을 했었다. 그때의 생각이 단순히 생각으로만 끝나는 것이 아니라 진로문제로 고심하면서 점점 현실로 다가옴을 느끼게 되었다. 생각과 현실 사이에서 고민에 빠졌고 생각도 잘 해야 한다는 것을 나중에야 깨달았다. 괜히 장로가 되어 교회를 잘 섬겨야 한다는 생각을 해가지고 기도하며 고민하다가 결국 신학대학원에 진학하게 되었다. 평신도로 열심히 하나님을 섬길 테니 신학교는 가지 않게 해달라고 열심히 기도하다가 신학교에 가게 된 것이다.

그렇게 기도하지 말았어야 하는 것이었다. 가까운 곳에 감리교 신학대학원이 있었다. 처음에는 그곳이 감리교 재단의 신학대학원인지도 몰랐다. 그저 집에서 가까운 곳에 있었기에 관심을 가졌던 것이었다. 결국 감리교 신학대학원에 들어가게 되었다. 우연이 아닐까 하는 생각도 해보았지만 그것은 필연이었다. 누군가의 손길에 의해서 철저히 이끌림을 받는 길을 걷게 된 것이었다. 마음속에 이끌림이 있다고 느껴진다면 우연이라고 생각하지 말자. 귀 기울여서 잘 들어보자. 그것은 내 인생의 계획자인 그분의 명령일 수가 있다. 이제는 네 뜻대로 살지 말고 내가 섭리한 대로 살아가라는 그분의 거역할 수 없는 명령일 수 있다. 우리의 할 일은 귀를 기울여서 그분의 명령을 잘 듣는 것뿐이다. 삶에 우연은 없다. 그분에 의해 계획된 인생을 걸어가는 것뿐이다.

엉뚱한 길도 길이다

미국에서는 4년제 대학을 마치고 학사학위가 있어야 신학대학원에 들어갈 자격이 주어진다. 그리고 신학대학원 과정은 일반대학원과는 달리 4년 과정이다. 이제 LA의 동부, 클레어몬트에 있는 감리교 교단의 신학대학원에 진학하게 되었다. 전혀 낯선 단어들. 그것이 첫 학기에 겪은 어려움이었다. 한국에서는 법학과를 다녔고 미국에 와서는 경영관리학(Business Management)을 공부하고 이제 다시 신학대학원에 들어와 보니 신학은 전혀 새로운 학문 영역이었다. 신학이라는 학문은 교회에서 열심히 신앙생활만 했던 것과는 동떨어진 분야였다. 교회생활을 열심히 했다고 해서 신학을 아는 것이 아니었다. 신학단어 공부부터 하면서 처음부터 또 다시 새롭게 시작하는 마음으로 공부해야만 했다.

여름방학 동안 한 학기를 포함하여 3년 반을 Claremont 신학대학원에서 공부하였다. 유학생이라 학자금 융자도 받지 못하고 장학금도 없는 형편 가운데 학비는 모두 직접 벌어야만 하였다. 주중에는 학교 도서관에서 15시간 일을 하고 토요일에는 스왑 밋에서 일을 하고 주일에는 교회에서 봉사하고 매일 저녁에 사무실 청소를 하였다. 공부하는 시간보다는 일하는 시간이 더 많았던 것 같다. 밤늦게 아무도 없는 사무실 빌딩을 청소할 때는 순간순간 외로움이 밀려오기도 하였다. 아무도 없는 사무실에서 높은 사람의 의자에 앉아본 후 나도 언젠가는 이런 자리에 앉을 수도 있지 않을까 생각도 해보았다. 내 힘으로 돈을 벌어 학비를 낸다는 자부심에 그리고 젊기 때문에 힘든 줄은 몰랐다. 그때만 해도 미국은 풍요로운 나라였다. 유학생도 합법적으로 일주일에 15시간 일을 할 수가 있었고 Social Security Card(주민등록번호)를 낼 수도 있었고 시청에 가서 서류 한 장만 내면 자신의 이름으로 사업체를 등록할 수도 있었다. 처음에는 청소회사를 통해서 주어진 일을 하다가 직접 영업허가를 내고 나의 청소 사업체를 갖게 되었다.

한국에서 대학 다니는 동안 미팅 한 번 안 해보고 대학 축제 때는 도서관이나 집에서 공부만 하다가 신학교를 다니는 동안 친구의 소개로 한 아가씨를 만났다. 그러고는 사랑에 빠졌다. 신학대학원에서 공부하면서 네 번을 만나서 데이트를 하였다. 가난한 유학생인지라 돈이 없어서 데이트 비용이 적잖이 부담이 되었다. 네 번 만난 후 결혼신청을 했다. 데이트 시작한 지 두 달 만이었다. 그때는 데이트할 시간도 내기가 어려웠다. 공부도 하면서 일을 많이 해야만 했기 때문이었다. 학비와 생활비를 모두 벌어야만 했으니까. 그때는 그것이 가능했다. 그래도 전혀 힘든 줄을 몰랐다. 일을 많이 하니까 은행통장에는 항상 학비가 있었다. 영주권이나 시민권이 있는 이민자들은 은행 융자를 해서 공부를 했지만 유학생은 할 수가 없었다. 그것이 오히려 다행이었다. 학비와 생활비를 모두 벌어가면서 살아야 했기 때문에 다른 사람들과 달리 빚을 지지 않고 졸업할 수가 있었다. 공부하는 시간보다는 오히려 일하는 시간이 더 많았던 것 같지만 바쁘면서도 의미 있는 시간들이었다. 자신의 힘으로 스스로를 만들어가는 기간이었기 때문이다. 부모님 덕택에 한국에서 편안하게 공부만 하다가 왔지만 이제야 자신의 인생을 그분에 의하여 선택받았음을 깨닫고 그 길로 살아가게 된 것이다. 누구의 도움도 없이 오직 그분만 의지할 수밖에 없었다. 그래서 지금도 감사하고 있다. 힘든 시간들이었지만 정신적으로 그리고 영적으로 크게 성장하는 기간이었다. 기숙사 방값을 아끼기 위해서 여름방학 동안에 룸메이트가 집으로 가면 그동안이라도 다른 학생을 받아들여서 함께 지내야만 했다. 그중에는 한국 학생도 있었고 통간(하와이 옆에 있는 섬나라) 학생도 있었다. 그리고 어느 여름방학 때는 백인 학생과도 룸메이트로 지냈다. 그 학생은 지금은 은퇴하였지만 감리교 목사님이었다.

이렇게 바쁘게 살면서도 데이트를 하던 처녀와 점점 가까워지기 시작했다. 물론 노처녀를 구해 주어야 한다는 사명감(?)도 있었지만 마침내 결혼을 하였다. 혼자서 미국으로 왔지만 이제 의지할 수 있는 인생의 반려자를 만나게 된 것이다. 하나가 아닌 두 식구가 된 것이다. 부모님께서 결혼식을 위해서 한국에서 오시고 방 하나짜리 아파트를 얻어서 신혼살림을 시작했다. 그러나 아직 졸업 전이었기 때문에 마지막 학기를 공부해야만 했다. 방 하나짜리 아파트는 방이 너무 비좁아 공부할 공간이 없어서 다시 넓은 옷장 속에 책상을 넣어놓고 공부를 했다. 교회 수요예배 설교를 준비하는 책상 한 개가 필요했다. 그 당시 안수를 받기 위해서는 마지막 단계인 논문 약 60페이지를 써야 하는데 그 자료들을 펼쳐놓기 위해서는 또 다른 책상 한 개가 필요했다. 학교공부를 위한 책상도 필요했다. 이렇게 세 개의 책상을 펼쳐놓고 마지막 학기를 공부했다. 미국생활 시작 때부터 옷장과는 긴밀한 관계가 있는 듯싶다. 옷장 안에서 잠도 자보고 옷장 안에서 공부도 했다. 동시에 그 일들을 해내려니 무척 힘이 들었다. 그러나 1991년 6월, 클레어몬트 신학대학원을 졸업하던 해 연합감리교(United Methodist Church)에서 안수를 받고 목사가 되었다. 그분은 그렇게 옷장보다는 좀더 넓은 세계로 그리고 전혀 새로운 방향으로 인도해 주신 것이다. 그렇게 자신의 세계를 벗어나 조금씩 그분께서 원하시는 세계로 발걸음을 걷기 시작한 것이다. 아브람이 아브라함이 된 것처럼. 한국에 있을 때는 전혀 생각지 않았던 엉뚱한 길이었지만 그 길 끝에는 그분이 계셨다. 엉뚱한 것 같았지만 그분에게 이끌림을 받으면 결코 엉뚱한 길이 아니다 오히려 인도함을 받는 것이다.

길은 험해도 걸을 수 있다

여름방학 동안 한 학기를 포함하여 3년 반을 Claremont 신학대학원에서 공부하였다. 그분은 항상 학비를 다 내고 생활비까지 벌어가면서 공부할 수 있도록 인도해 주셨다. 지금도 생각해 보면 어떻게 그렇게 할 수가 있었는지 스스로 대견하기도 하다. 젊고, 내일을 바라보았고 밝은 미래를 꿈꾸었다. 그것 말고는 달리 방법도 없었다. 요셉이 형들의 미움을 받아 애굽땅에 노예로 팔려갔지만 그분의 인도하심으로 이민의 땅에서 성공한 것처럼 혼자 힘으로 학교를 졸업하고 안수받고 목회하며 살아올 수 있었던 것은 전적인 그분의 은혜였다. 그런 이유로 지금도 요셉을 좋아한다. 시간이 흘러 목회 경험이 쌓이면서 이제는 요셉보다는 여호수아를 더 좋아하게 되었다. 여호수아는 1세로서 2세들을 이끌고 낯선 땅 가나안으로 들어간 지도자였기 때문이다. 여호수아는 내가 가장 따르고 싶고 배우고 싶은 목회 선배이다.

클레어몬트 신학대학원은 자유주의 신학을 가르쳤다. 뱃속에서부터 보수적인 성결교회만을 다녔고 미국에 와서 감리교회를 다니다가 감리교 신학대학원을 진학했기 때문에 자유주의 신학은 너무나 신선하게 느껴졌다. 예수의 동정녀 탄생을 부인한다든지, 예수의 육체적 부활을 받아들이지 않는 자유주의적인 신학은 적지 않은 충격이었다. 그러나 신선했다. 한 학기가 지나면서 학자들 나름대로의 학문적 결과를 인정하고 하나의 학설로 인정하면서 충격보다는 새로움으로 다가왔다. '아하, 그렇게도 생각해 볼 수 있는 것이구나.' 생각의 세계, 그리고 학문의 세계가 넓어지는 순간이었다. 지금도 '머리는 차갑게 그리고 가슴은 뜨겁게' 신앙생활을 해야 한다고 믿는다. 비록 요한 웨슬레 목사님이 이미 오래전에 그런 말씀을 하셨다는 것을 나중에 알았지만. 머리로만 신앙을 받아들이려고 하면 하나님께 의지하는 신앙의 세계로 들어가기가 어렵다. 그렇다고 가슴만 뜨겁게 신앙생활을 하면 이단이나 기복적인 신앙의 세계로 빠지기가 쉽다. 지금도 자유주의 신학을 공부하기를 잘했다고 생각한다.

그렇게 여름학기를 포함, 3년 반 동안의 신학대학원에서의 훈련과정 동안 일하면서 공부하면서 인생의 가장 소중하고 젊은 시절을 보냈다. 때때로 그 시절이 그리워진다. 정신없이 쫓기듯이 살면서도 하나하나 이루어갈 때의 희열을 맛보았던 그리고 미래를 꿈꾸었던 그때를. 목표가 있다는 것, 할 일이 있다는 것은 축복이다. 목표가 이루어지면 또 다른 목표를 세울 수 있기 때문이다. 달려가야 한다 무조건 앞으로. 멈추는 순간 낙오자가 된다. 혼자 공부하면서 제일 힘든 것이 밥해 먹는 것이었다. 한국에 있을 때는 라면 끓이는 것밖에 몰랐는데, 미국에 유학 와서는 스스로 식사를 해결해야만 했다. 혼자 살다 보니 밥을 해먹는 것이 그리 쉽지 않은 일이라는 것을 철저히 깨달았다. 밥은 밥솥이 해주지만 반찬이 문제였다. 사다 먹자니 돈이 없어 부담되고 만들어 먹자니 할 줄을 모르고. 방법은 항상 일주일 먹을 국 아닌 찌개를 이것저것 넣고 끓여서 냉장고에 넣어놓고 매일 조금씩 덜어서 데워먹는 것이었다. 젊으니 고기도 먹어야 하는데 돈도 없고 맛있는 고기반찬을 할 수가 없으니 그럴 때면 버거킹(Buger King)에 가서 고기가 듬뿍 든 햄버거를 시켜서 먹고는 하였다. 그것도 돈이 없으니 자주는 못 먹고 가끔씩 큰맘 먹고 사먹어야만 했다. 그래도 젊으니 몸은 건강하여 아픈 적도 없고 병도 안 걸리고 그렇게 유학생활을 할 수가 있었다. 토요일이면 참으로 외로웠다. 주일이면 교회에 가서 교회 식구들과 어울릴 수가 있었는데 토요일이면 일과 공부밖에는 할일이 없었다. 가족이 있는 사람들이 자녀들과 살아가는 모습을 창문 밖에서 바라볼 때가 여러 번 있었다. 가족들이 그리웠다. 보고 싶은 동생들 그리고 부모님. 여러 번 울었지만 외로움에 빠져 있을 시간도 없었다. 공부도 해야 하고 일도 해야 했기 때문이었다. 그렇게 시간은 빠르게 지나가고 어느덧 졸업할 때가 되었다. 두 번째 졸업이었다. 대학교 그리고 신학대학원. 이번에는 진로문제로 고민하지도 않았다. 이미 가야 할 길이 정해졌기 때문이었다.

졸업을 앞두고 200불어치 책을 샀다. 목회를 시작하면 당장 필요하다고 생각되는 책들이었다. 주로 예배에 관한 책이었다. 혹시 미국교회로 파송 받아 갈 수도 있으니 영어로 된 책들을 산 것이다. 미국 교단이니 졸업하면서 미국교회로 갈 수도 있다는 생각을 막연히 한 것이었다. 그렇게 되리라고 믿은 것은 아니었다. 그런 나의 막연한 생각을 그분은 현실로 만들어주셨다. 졸업과 동시에 안수를 받았는데 처음에는 한국교회로 파송 받았지만 일년 후 한국교회 가까이에 있던 미국교회와 합치게 된 것이었다. 두 교회를 합치라는 감독님의 명령으로 9시 반에는 영어 예배 그리고 11시에는 한국 예배를 인도하게 된 것이다. 졸업할 때 사두었던 많은 영어책들이 큰 도움이 되었다. 생각도 그분께서 주시는 것이라는 것을 그때 깨달았다. 그때부터 믿게 되었다. 생각은 반드시 이루어질 가능성이 있다고. 그러면서 미래에 관한 관심을 가지게 되었다. 다가올 미래는 이미 나의 생각속에 있다는 것을. 생각을 품게 되는 순간 그것은 현실이 되고 이미 이루어진다는 것을 믿어야 한다는 것을. 그때부터 미래에 관한 책을 읽기 시작하였다. 목사가 신학책보다는 미래에 관한 책들을 더 많이 읽으면서 다가올 미래를 생각해 보게 되었다. 과연 미래는 우리에게 어떻게 어떠한 모습으로 다가올 것인가. 미래, 그것은 생각의 결과이다. 현실의 생각이 이루어지는 것이 곧 미래인 것이다. 미래를 만들어가다 보면 어느 순간 내 앞에 미래가 펼쳐진다.

두렵고 떨려도 지레 겁먹지는 말자

총각으로 공부하며 살아가니 주위에서 불쌍히 여기고 가끔 불러다 저녁을 주곤 했다. 지금도 학교 다닐 때 자주 불러서 저녁을 주신 선배 목사님과는 아주 가깝게 지내고 있다. 그때 기어다니고 아장아장 걸어다니던 아이들이 이제는 나이가 들어서 시집가고 장가가고 결혼 초청장이 날아오면 정말 세월을 실감하게 된다. 지금도 가끔 공부했던 교실이 생각나고 학교 건물들이 생각이 난다. 내가 살았던 기숙사를 보면 가슴 한구석에 아련한 감정들이 밀려온다. 지금은 학교가 옮겨졌고 그나마 남아 있던 기억들도 아련히 사라지고 있는 중이다. 그때보다 생각의 폭은 넓어지고 지식은 늘었겠지만 과연 그분께서 보실 때 성숙해졌다고 생각하실지 걱정 아닌 걱정도 해본다. 가난했기에 모든 것을 싸구려 스왑 밋에서 사다 써야만 했다. 어느날 스왑 밋에서 사온 싸구려 귀이개를 사용하다가 그만 솜이 귓속으로 떨어져서 나오지 않는 바람에 병원에 가서 의사한테 빼달라고 하는 소동을 빚기도 하였다. 그때 이후로 스왑 밋에서 사야 할 것과 사지 말아야 할 것을 구별하게 되었다.

한 백인 여학생이 들고양이 암컷이 자주 임신을 하는 모습이 안타까워 자신의 돈으로 병원에 데려다가 불임수술을 해주는 모습을 보고 약간의 충격을 받았다. 그 당시 돈으로 300불은 굉장히 큰 돈인데 자신의 것도 아닌 들고양이의 수술을 위해 선뜻 쓰는 모습을 보고 이것이 미국의 힘인가 생각도 해보게 되었다. 백인 학생들도 역시 부모의 도움 없이 학자금 융자로 공부하다 보니 여유가 없는데도 나보다 넓은 마음을 가지고 있구나 하는 생각을 하게 되는 계기가 되었다. 한국에서 태권도 사범을 하다가 한국에 온 '국제평화협회' 소속 여학생과 사랑에 빠져 결혼을 하고 미국에 와서 이제는 신학교에 다니는 부인을 외조하며 생활하던 한국인 남편과 백인 아내가 있었다. 그들의 다투는 소리에 학교 캠퍼스가 시끄러울 때도 있었다. 한국인 남편의 한국적 사고방식 때문에 부부싸움이 잦고 그럴 때면 백인 아내는 잠시 집을 나와 캠퍼스 주위를 한바퀴 돌고 기숙사로 들어가고는 했다. 같은 한국인으로서 참으로 민망하기도 하였다. 이런저런 일을 겪으면서 신학교에서의 생활은 깊어져 갔다.

1991년 6월, 여름학기 한 학기를 포함하여 3년 반 동안의 신학공부(Master of Divinity)를 마치고 졸업하면서 안수를 받았다. 교단은 미국연합감리교(United Methodist Church)이고 이제 감리교 목사가 된 것이다. 첫 목회지는 그동안 신학교 다니면서 전도사로 있던 교회였다. 그 교회에서 6개월간 교육목사로 봉사하였다. 그분의 부르심을 받는다는 것, 참으로 두렵고 떨리는 일이었다. 자신을 포기하고 그분의 길로만 가야 하는 길이었기 때문이다. 내 자신의 인생의 목적과 뜻을 버리고 이제는 그분의 목적과 그분의 뜻을 이루어 드리기 위해서 살아야 한다는 것은 어렵고 힘든 길이었다. 그것은 십자가의 길이고 험한 가시밭길이었다. 그러나 그분께서 그 길을 가셨으니 그 뒤를 따라야만 했다. 29살 젊은 나이에 목사가 되어 자신의 길을 포기해야 한다는 것은 힘든 결정이었다. 애초에 신학교에 갈 때 기도를 많이 했었다. "주님 이 길이 얼마나 힘든지 압니다. 저로 하여금 이 길로 가지 않고 다른 길로 가게 하여 주시옵소서. 장로가 되고 돈 많이 벌어서 헌금으로 열심히 봉사하겠습니다." 이런 기도를 했지만 이제는 사명감을 위하여 기도해야만 했다. 신학교 입학 허가서를 받고도 가지 않고 한 학기를 기다리면서 기도했었다. 조금만 더 기다려 보자 혹시 그분께서 다른 길을 열어주실지 모른다. 입학 허가서를 받고도 곧바로 입학하지 않고 한 학기를 기다렸던 것이다. 이런 나의 바람과는 달리 그분은 끝내 다른 길을 보여주지 않으셨다. 이제는 등에 멍에를 맨 채 주인의 손이 이끌려 일을 나서는 소처럼 그분의 손에 이끌려 평생 한 길만을 가야만 했다.

후회한 적은 없다. 가다가 힘들어도 투정하지 않으려고 결심했다. 포기하지 않겠다고 결심했다. 맡겨주신 사명 끝까지 감당하겠다고 결심했다. 그분께서는 안수받은 지 6개월 후 1992년 1월에 샌버나디노에 있는 한인 연합감리교회의 담임목사로 인도해 주셨다. 목회 경험도 없고 여러 가지로 부족하기만 했던 진짜 목회생활은 이렇게 시작이 되었다. 원래 감리교의 파송은 7월에 이루어지지만 갑자기 목회 공백이 생긴 그 교회의 담임목사로 1월에 부름을 받게 되었다. 갑자기 가게 되어 방을 구하면서 동시에 그때 살고 있던 La Palma(라팔마)에서 출근을 해야만 했다. 1월 첫 주일 첫 예배를 인도했던 그날은 비가 하루종일 내렸다. 주일 예배를 인도하고 다시 라팔마로 오는 생활을 몇 주간 하다가 나중에 이사를 하게 되었다. 아내는 그때 첫아이를 임신 중이었다. 두 사람이 아니 세 사람이 첫 목회지로 이사를 갔다. 그때부터가 시작이었다. 미국에서 가장 넓은 카운티인 샌버나디노, 그곳이 담임목사로서의 첫 목회지였다. 동쪽으로는 아리조나 주 경계선까지 그리고 북쪽으로는 네바다 주 경계선까지 마주하고 있는 샌버나디노. 나의 첫 목회지가 되고 나중에 네번째 목회지로 또다시 가기까지 샌버나디노는 그렇게 미국에서의 마음의 고향이 되어 늘 그리움으로 그리고 향수로 남아 있다.

추억은 기억 너머에 있다

LA에서 동쪽으로 한 시간 정도 운전하면 샌버나디노에 닿을 수 있다. 넓은 땅 샌버나디노는 동쪽으로는 아리조나 주 경계선까지 그리고 북쪽으로는 네바다 주의 경계선까지를 포함하는 미국에서 가장 넓은 County이다. 한국과 비교해서 행정구역을 말하기가 어렵지만 하나의 독립시 정도라고 할까. 물론 미국은 지방자치제도가 잘 되어 있기 때문에 독립된 시는 아주 많다. County는 그런 시를 몇십 개씩 가지고 있는 독립된 지방자치 행정구역이다. 그곳에 Norton AFB(노턴 공군부대)가 있었다. 그 부대를 중심으로 샌버나디노의 한국인 역사는 시작이 되었다. 미군들과 결혼한 한국 부인들을 중심으로 한국사람들이 모이기 시작했고 그들을 중심으로 한 교회도 세워졌다. 1980년대초 그 부대가 문을 닫기로 결정하면서 한국인들도 많이 흩어진 상태였다. 부대는 문을 닫았어도 은퇴한 군인들과 한국인 부인들은 샌버나디노에 남게 되었고 그분들이 모여서 서로 외로움을 달래면서 이민생활을 하고 있었다. 그곳에 있는 한인 감리교회로 파송 받아 7년 동안 첫 목회를 하였다. 첫번째 교회였고 그곳에서 첫째아이 그리고 둘째아이를 낳았다. 20대 후반부터 30대 중반까지의 가장 젊고 열정적으로 일할 수 있는 귀한 시기를 그곳에서 보낸 셈이다.

마음씨가 따뜻하고 정이 깊은 한국사람들과 함께 서로의 외로움을 달래가면서 그렇게 목회를 하였다. 차를 타고 십여 분만 가면 광활한 사막이 펼쳐진다. 산 위에는 캘리포니아의 알프스라고 불리는 아름다운 호수 Lake Arrowhead가 있고 겨울에는 눈이 많이 온다. 그곳에서 목회하는 동안 산 위의 아름다운 호수를 찾아 자주 놀러 갔다. 그곳에는 지금은 없어졌지만 산타마을이 있었다. 겨울이면 산타할아버지가 썰매를 타고 나타나는 곳이다. 산타할아버지와 사슴 그리고 놀이공원이 있는 아름다운 산타마을을 한 번 가보았는데 그 이후에는 없어지고 말았다. 그러나 샌버나디노의 공기는 아주 좋지가 않았다. LA에서 몰려온 나쁜 공기(Smog)가 바람에 밀려와 높은 산을 넘지 못하고 산 중턱에 걸려 있는 곳이 바로 샌버나디노이기 때문이다. 일년 중 많은 날들을 뿌연 안개같이 탁한 공기 속에서 살아야 하는 곳이 샌버나디노이기도 하였다.

첫 목회지인 샌버나디노에서 7년을 담임목회를 하였다. 국제결혼한 분들이 대부분이었던 교회에서 그들과 삶을 나누면서 많은 경험을 하였다. 어떤 가정은 남편이 한국음식을 좋아하지 않아서 냉장고를 따로 쓰는 경우도 있고 어떤 가정은 남편이 한국음식을 잘 먹어서 전혀 어려움이 없는 경우도 있었다. 가정들마다 텃밭을 가꾸어서 무공해 채소를 키우고 심지어는 집에 방앗간처럼 기계를 갖추어놓고 떡도 해먹고 고춧가루도 빻는 가정도 있었다. 모두들 한국을 떠난 지 수십 년이 된 가정들이지만 마음은 한국에 있었던 것이다. 교인들과 자주 노래방을 즐겼다. 모두 다 외로운 처지에 한국사람들끼리 만나서 한국노래를 실컷 부르면서 좋은 시간을 보냈다. 나는 노래 부르기를 좋아한다. 한 번 들은 노래는 잘 기억하는 특별한 능력(?)도 가지고 있다. 국제결혼한 분들의 어려운 삶의 환경 속에서도 서로의 아픈 마음을 보듬으면서 그곳에서 작은 공동체를 이루면서 살아갔다. 지금도 나를 기억하는 분들은 함께 노래방에서 노래 부르던 때를 말하면서 웃음 짓는다. 그곳을 지나가노라면 아직도 그곳에서 살고 있는 지인들을 만나서 정다운 이야기들을 나누곤 한다. 사람의 정이라는 것이 무엇인지 그곳을 그리워하게 만든다. 가장 오랜 기간인 십 년을 그곳에서 목회하였다. 샌버나디노는 미국에서의 마음의 고향이다.

공부가 고프면

샌버나디노에서 목회하는 동안 Claremont 신학대학원에서 MARE(Master of Art, Religious Education. 기독교 교육학석사) 과정을 다시 공부하기로 하였다. 이민교회에서 꼭 필요한 것은 자녀들을 위한 기독교 교육이라고 생각하였기 때문이었다. M-Div(목회학 석사과정)를 마친 후 D-Min(목회학 박사과정)을 할 수 있었다는 것을 나중에야 알았다. 한국에서 신학교를 다니지 않았기 때문에 그런 교육과정을 잘 몰랐던 것이다. 다른 한국인 학생들과는 달리 한국에서 신학교를 마치지 않고 일반대학을 다녔기 때문에 목회 경험도 없는 내가 감히 목회학 박사과정이라는 말에 지레 겁을 먹어서이기도 했다. 목회하면서 공부하기는 힘들었다. 2년간 공부하다가 결국 포기하고 말았다. 목회만 열심히 하자. 나는 어차피 목회할 사람이니까 한 길로만 가자 라는 것이 그때의 생각이었다.

공부에 대한 욕구와 3년간의 담임목회 경험은 다시 나로 하여금 새로운 분야로 눈을 뜨게 하였고 Fuller 신학대학원으로 가게 되는 계기가 되었다. 교회가 있는 샌버나디노에서 Fuller 신학대학원이 있는 Pasadena까지는 한 시간 거리였다. 다시 Fuller 신학대학원의 Th-M. Leadership 프로그램에 등록하고 공부를 하기 시작하였다. 대부분의 한국 학생들은 상담학이나 구약 혹은 신약 아니면 교육학 분야를 많이 공부하고 있었다. 그런 분야에 관심이 없었고 리더십에 관심이 있었던 것은 무슨 이유였을까? 목회자는 교회의 리더이다. 교회의 참된 리더는 예수 그리스도이다. 그분의 리더십을 공부하는 것이 좋겠다는 생각을 하게 된 것이었다. 중단했던 공부를 다시 시작하고 2년 동안 Course work을 마쳤다. 목회를 하다 보니 모든 과정을 야간수업만 택해서 들어야만 했고 그러다 보니 시간이 많이 걸린 것이다. 이제 논문 쓰고 졸업하는 일만 남았을 때 또다시 어려움에 부딪혔다. 논문을 쓰려면 집중해서 자료를 수집하고 써야 하는데 그동안 목회지를 옮기고 새 목회지에서 목회하다 보니까 시간이 흘러가서 어느덧 course work을 마친 후 5년이 지나가 버리고 만 것이었다. 어느 날 문득 이제는 논문을 마치고 졸업을 해야겠다 생각하고 지도교수를 찾아가니 그 지도교수는 이미 다른 학교로 옮긴 후였다. 지도교수를 수소문하여 찾아가서 논문을 마치고 싶다고 간청하여 논문을 완성하고 졸업을 하게 되었다. 5년 만에 Th-M 과정을 졸업한다는 것이 창피해서 졸업식은 가지도 않았다. 공부는 일생 동안 하는 것 같다. 자기 자신을 훈련하고 한 단계 한 단계, 발전하여 나가는 것이 공부이다. 공부에는 끝이 없는 것 같다.

클레어몬트 신학대학원 다닐 때는 유학생이라 융자를 받지 못해서 일하면서 학비를 충당했기 때문에 졸업하면서도 학자금 융자 빚이 전혀 없었다. 풀러 신학대학원에서 공부할 때는 결혼도 했고 아이들도 있어서 교회에서 주는 월급만으로 생활했기 때문에 여유가 없어서 학자금 융자를 받았다. Th-M 과정을 마치기까지 8,000불을 융자 받았고 졸업 후 학자금 갚는 데 10년이 걸렸다. 그곳에도 많은 한국 유학생들이 있었다. 밤에만 클래스를 하고 클래스가 끝나면 바로 집으로 오느라 한인 학생들을 만날 기회가 거의 없었다. 풀러 신학대학원에서 기억에 남는 것은 그 당시 유명한 교회 성장학의 대가 Peter Wagner 교수와 인류학의 대가 Charles Craft 교수의 강의를 들은 것이었다. 피터 와그너 교수의 Healing Ministry 클래스는 현장목회에서의 영적 치료가 얼마나 중요한지를 깨우쳐준 강의였다. 그 강의가 교인들의 영적 치료에 관심을 갖고 목회를 하게 되는 계기가 되었다. 찰스 크래스트 교수의 인류학은 역사와 미래학에 관심을 갖게 되는 계기를 만들어주었다. 이민목회에서 부딪치는 많은 문제들의 한가운데는 이민자들의 정신적, 심리적 문제가 자리하고 있다. 삶의 자리가 한국으로부터 미국으로 옮겨진 한인 이민자들은 뿌리가 깊지 않아서 사소한 문제에도 갈등하고 서로 대립하면서 많은 가정의 문제들을 일으키게 된다. 마치 뿌리 깊지 않은 나무가 바람에 흔들리듯이. 어떻게 그들을 교회 안에서 포용하면서 치료해 줄 수가 있을까 하는 것이 관심 분야였다. 또한 찰스 크래프트 교수의 인류학 강의는 지금까지도 신학보다 역사와 미래 문제에 대해서 많은 책들을 읽으며 다가올 미래를 준비하고 인도해야 하는 것이 영적 지도자의 길이라고 생각하게 되는 계기를 만들어주었다. 고등학교 때 읽은 엘빈 토플러 교수의 '제3의 물결' 이래로 내가 새로운 사고를 갖게 해준 중요한 강의였다.

인간의 과거와 현재 그리고 미래로 가는 길은 멀고도 험하다. 과연 내가 가는 이 길이 그분께서 원하시는 길인가 그리고 그분과 동행하는 길인가 라는 질문을 인간은 늘 하면서 과거와 현재를 돌아보며 미래로 가야 한다. 그래야만 조금이라도 실수를 덜할 수가 있는 것이다. 배움의 길은 끝이 없다. 늘 공부가 고픈 것같다. 지금도 많은 책들을 사서 읽는다. 한국에 갈 때마다 책들을한 무더기씩 사온다. 무게 때문에 가방에 넣지 못하고 손으로 들고 올 수밖에 없다. 서점에 가서 보내는 시간, 도서관에 가서 보내는 시간은 귀하고도 귀한 시간들이다. 내가 성장하는 시간이니까.

지구는 둥그니까

샌버나디노에 캘리포니아 주립대학이 있다. 그곳에는 한국에서 온 유학생들이 몇 명 있었다. 영어를 배우기 위한 랭귀지 코스 (Language Course)로 온 학생들도 있었고 정규 학위과정을 밟기 위해서 온 학생들도 있었다. 한인교회로서는 그래도 샌버나디노 한인 연합감리교회가 교회다운 모습을 갖추고 있었기에 유학생들이 그 학교에 오면 으레히 출석하곤 하였다. 학생들을 위해 그릇도 빌려주고 운전면허 시험도 가르쳐주고 운전연습도 시켜주면서 도와주었다. 미국에 처음 와서 내가 부딪치며 배운 것들을 학생들이 조금이라도 빨리 배울 수 있으면 도움이 되겠다 하는 생각으로 도와주었다. 유학생들은 때가 되면 떠나야 한다. 다른 학교로 가기도 하고 공부를 마치고 한국으로 돌아가기도 하였다. 그러면 유학생들에게 빌려주었던 살림살이들은 잃어버리게 된다. 신경 쓰면서 돌려준 학생들은 없었다. 소중하게 쓰던 타자기를 빌려 주었는데 그만 부숴버린 유학생도 있었다. 나에게는 없는 살림에 모두 소중한 것들이었다. 그때만 해도 컴퓨터가 널리 보급되기 전이어서 학교 리포트를 모두 타자기로 쳐서 냈기 때문에 타자기는 매우 소중한 자산이었다. 한국사람들이 멀리 미국에까지 와서 더욱이 같은 장소에서 생활한다는 이유만으로 그 모든 것들을 뛰어넘어 서로에게 정을 느끼며 살기에는 충분한 조건이 되었다. 공부하면서 살림하면서 아이를 낳고 키우며 살아가는 모습들이 대견하기도 하였다. 몇 년 전만 해도 저들과 같은 처지였기 때문이었다. 공부하기가 쉽지는 않을 텐데 하는 생각도 들지만 그래도 열심히 심방하며 그들이 미국에 사는 동안 신앙생활을 열심히 할 수 있도록 도와주었다. 지금은 어디에서 무엇을 하고 있는지, 학위를 마치고 한국에 돌아갔는지 아니면 미국 어딘가에 남아서 영주권을 획득하고 혹은 미국시민으로 살아가고 있는지 궁금하기도 하다. 어떤 학생들은 학위를 마치고 한국으로 돌아갔다가 미국에서 사는 조건이 더 낫기 때문에 다시 돌아온 학생도 있었다. 언젠가 멀리 동부로 공부하러 학교를 옮긴 학생한테서 전화가 온 적도 있었다. 학생 부부였는데 교회에서도 열심히 봉사했던 커플이었다. 멀리 이사 가서도 미국 와서 처음 나온 한국 교회를 못 잊어서 전화를 한 것이었다. 오래동안 대화를 나누었고 그후에도 가끔 전화 연락을 하다가 서로 바쁘다 보니 잊혀갔다.

교회에 젊은 학생들이 많다 보니 그들에게 중요한 산 교육을 시켜주고 싶었다. 네바다주의 라스베가스에서 한 시간 북쪽으로 95번 도로를 운전하여 가면 지하 핵실험 센터가 있다. 클레어몬트 신학교 다닐 때 그곳에 방문하여 다른 신학생들과 다른 지역에서 온 학생들과 함께 프로테스트를 해본 적이 있다. 물론 물리적 충돌이 아닌 피켓을 들고 정문 앞에서 평화를 외치고 핵실험을 반대하는 정도의 시위였다. 데모하는 사람들을 위해서 잠자리를 제공해 주는 교회에서 불편하게 하룻밤을 예배실 바닥에서 자면서 그 다음날 시위를 하였다. 진정한 평화는 무엇인가? 핵실험을 하고 핵무기를 만들면 언젠가는 사용할 때가 있을 텐데 하는 생각도 해보았다. 전국에서 모여든 신학생들 그리고 평화를 외치며 데모하는 사람들이 함께 어울려 하룻밤을 보내며 많은 이야기를 나누었다. 진정한 평화란 무엇인가? 어떻게 해야 평화를 지킬 수 있는가? 참으로 평생을 통해 한 번 해볼 수 있는 좋은 경험이고 기회였다.

샌버나디노 교회로 파송 받은 후 그때의 기억을 되살려 중고등부 학생들을 데리고 그곳을 다시 한번 찾았다. 학생들에게 핵실험 반대를 외치며 평화 시위를 하는 행동을 경험해 보도록 하기 위함이었다. 오래전 하룻밤을 머물렀던 그 교회에 다시 가서 학생들과 하룻밤을 보내면서 여러 곳에서 온 데모대들과 함께 이야기를 나눌수 있는 기회를 다시 가져 보았다. 그날 밤 다 함께 모여 이야기를 나누고 있는데 일본에서 온 한 여인이 핵무기의 참상을 이야기하면서 일본이 역사상 최초로 핵무기에 의한 피해를 입은 나라라는 것을 강조하면서 다시는 그런 일이 일어나는 것을 방지해야 한다고 역설하였다. 그러자 많은 백인들이 그 말에 동의하면서 고개를 끄덕이는 것이었다. 일본이 왜 핵무기에 의해 폭격을 당해야 했는지 그 이유는 묻는 이가 없었다. 다들 일본이 피해를 입은 사실에만 안타까운 마음으로 반응을 보이는 것이었다. 내가 일어나서 한마디 하였다. 일본이 왜 핵무기로 폭격을 당해야 했는지 역사를 모르느냐고. 그것은 수많은 미군의 생명을 구하기 위함이었다고. 물론 그 뒤에 정치적인 이유가 있었을 수도 있다. 그대로 전쟁이 지속되면 일본이 패망하는 것은 당연한 일이었다. 그러나 연합군은 핵무기를 사용하였다. 어쨌든 미군이 일본 본토를 공격하게 되면 수많은 사상자가 나오는 것은 당연한 일이었다. 또한 일본도 본토를 사수하기 위해서 끝까지 저항을 했을 것이고 그 와중에 얼마나 많은 사상자가 나올지는 뻔한 일이 아니었겠느냐고. 더 많은 사람들을 구하기 위한 마지막 방법이 바로 핵무기의 사용이 아니었겠느냐는 논리였다. 많은 이들이 고개를 끄덕이며 동의해 주었다. 그 일본 여인은 그 자리에 더이상 앉아 있지를 못하고 떠났다. 비록 미국땅에서 살아가고 있지만 조국을 향한 마음은 변한 것이 없는 모양이다. 해외에 나가면 모두 애국자가 된다는 말이 맞는 모양이다. 지구의 평화는 노력에 의해서 지켜진다. 누구도 평화를 거저 가져다 주지 않는다. 오직 힘에 의한 평화만이 지켜질 뿐이다. 지금도 지하 핵실험 센터에서는 좀더 강력한 핵무기를 만들려고 연구하고 있을 것이다. 그것이 평화를 지키는 데 사용될지 아니면 평화를 깨는 데 사용될지 참으로 걱정스러운 눈길로 지하 핵실험 센터를 멀리서 바라다보았다.

그곳을 15년이 지난 후 나의 두 아이를 데리고 가서 보여주었다. 아이들은 별다른 느낌을 갖지 못했다. 지금까지 그런 생각을 해보지 않았기 때문이었다. 그런 생각을 해보기에는 아직 어린 나이였다. 나중에 어른으로 자란 후 생각해 보기를 간절히 바랐다. 무엇이 평화를 지키기 위한 가장 중요한 수단인지를. 젊은 학생들과 함께 했던 좋은 기억들은 지금도 마음속에 남아서 그리움으로 펼쳐진다. 살다 보면 어쩌면 다시 만날 때도 있을지 모른다. 아무리 지구가 넓어도 둥그니까 자꾸 걸어 나가면 온 세상 사람들을 다 만나게 되는 것처럼 만날 때가 올 수도 있다. 그때 서로 알아보고 반갑게 인사할 수 있을까?

자꾸 지껄이면 되긴 된다

샌버나디노 교회로 파송 받은 지 일년 후 이웃의 백인교회와 통합하라는 감독님의 명령을 받고 미국교회와 합치게 되었다. 이제 처음으로 미국인들을 위해서 목회를 하게 된 것이었다. 한국교회로 파송 받은 지 일년 만에 미국 회중을 위한 목회를 하게 된 것이다. 많은 준비가 필요했다. 우선 영어가 문제였다. 아무리 발음을 잘하려고 해도 미국교인이 잘 못 알아듣는 표정을 지으면 속상했다. 미국교인 한 사람에게 부탁을 했다. 발음교정을 받고 싶다고. 그분과 일주일에 한 번씩 만나서 발음 연습을 했다. 한국에서 배운 영어가 미국에 와서 제대로 고생을 하게 된 것이다. 아주 쉬운 단어도 발음을 엉망으로 하면 전혀 알아듣지를 못한다. 영어는 발음과 액센트가 중요한 것인데 그동안 미국의 대학에서 그리고 신학대학원에서 공부도 했고 나름대로 영어는 잘하는 편이라고 생각을 했지만 엉망이었다는 것이 적나라하게 드러나게 된 것이었다. 한국에서 중고등학교 6년 동안 그리고 대학 1학년 때와 2학년 때까지 배운 영어가 엉터리였던 것이었다.

미국교회와의 통합은 새로운 기회를 주었다. 미국사람들의 삶에 깊숙이 들어가 볼 수 있는 기회를 갖게 된 것이다. 이제 바빠지게 되었다. 미국인들을 위해서는 9시에 예배를 인도하고 한국인들을 위해서는 11시에 예배를 인도하였다. 두 번의 설교를 준비하는 것이 쉽지 않았지만 그것이 주어진 사명이라고 생각하고 열심히 준비하였다. 이상한 것은 한국말로 설교를 준비하고 영어로 번역을 하려고 하면 잘 안 되는 것이었다. 언어는 문화를 이해하지 못하면 쉽게 배워지지가 않기 때문이었다. 한국말 설교는 한국의 문화를 잘 알고 있기 때문에 쉽지만 영어 설교는 미국문화를 그만큼 잘 알고 있지 못해서 단순히 한국말 설교를 문장만 번역해 가지고는 제대로 영어가 안 되는 것이었다. 그후부터는 처음부터 영어 설교는 따로 준비를 하였다. 어려웠지만 보람 있는 일이었다. 그때는 컴퓨터가 널리 보급되기 전이었다. 모든 설교는 만년필로 직접 써서 준비하던 때였다. 영어를 쓰다가 틀리면 줄로 긋고는 다시 써야만 했다. 그때의 설교들을 보면 어떻게 그렇게 할 수가 있었을까 하는 생각이 든다. 영어로 설교하면서 고생하고 힘들었던 시절은 나중에 경목으로 그리고 공군 군목으로 근무할 때 큰 힘이 되었다. 그분께서는 그 일을 위해서 미리 준비를 시키셨나 보다.

Claremont 신학대학원을 졸업할 때 혹시라도 미국교회에 파송을 받으면 사용해야겠다고 생각해서 크레딧 카드로 200달러어치 미국교회 목회에 필요한 책을 산 일이 있었다. 그런데 졸업하고 2년 후 미국교회 목회를 시작하게 되어 그 책들이 요긴하게 쓰이게 된 것이다. 학교 다닐 때에도 서점에서 세일을 할 때면 당장 필요하지 않아도 나중에 필요할 것 같은 책들을 사두었다. 지금도 이사할 때면 책들이 많아서 이사하기에 불편하지만 그 많은 책들이 나에게는 큰 재산이다. 어렸을 때부터 책을 많이 읽게 된 것은 아버지의 영향 때문이었다. 아버지께서 교사생활을 하셨기 때문에 자연스럽게 책을 접할 수 있는 기회가 많았고 그때부터 읽은 책들이 정신적 성장에 큰 도움이 되었다. 지금도 책을 사랑하지만 목회는 책으로만 하는 것이 아니었다. 책에 나와 있지 않은 것들이 목회 현장에는 있었기 때문이다. 첫 번째 담임목회 현장에서 그리고 더 나아가 미국교회에서의 목회현장을 통해서 오히려 많은 것을 배우고 문화를 배우고 삶을 배우고 미국을 배워나갔다. 한걸음 더 나아가 더 넓은 세상을 가보고 싶은 생각을 갖게 되었고 그것은 나중에 현실이 되어버렸다. 현재의 생각은 미래의 과거형이다. 생각하고 실천하면 미래는 어느덧 가까이 다가와 있다.

인생은 여행이다

부모님이 두 번째로 미국에 오셨다. 첫번째는 나의 결혼식 때문이었고 이제 두 번째는 여행 겸 둘째아이의 출산을 도와주시기 위해서 오신 것이었다. 첫째아이는 딸이고 한국 이름은 유리, 영어 이름은 Angel이다. 둘째아이는 건강하게 태어났고 이름을 Philip이라 지었다. 한국 이름은 인섭인데 아버지께서 지어주신 것이다. 아버지는 아직 교직에 계셨기 때문에 방학 때만 오실 수가 있었고 어머니는 그보다 한 달 먼저 인섭이의 출산을 돕기 위해서 오신 것이었다. 사랑하는 부모님과 함께 오랜만에 여행을 하였다. 태어난 지 한 달밖에 안 된 아이를 데리고 며칠을 여행한다는 것은 쉬운 일이 아니었지만 부모님과 즐거운 마음으로 여행을 하였다. 갓 태어난 한 달밖에 안 되는 인섭이와 그리고 17개월 된 유리를 데리고 여행을 갔다. 갓 태어난 인섭이는 다행히도 아프지 않고 아무 일 없이 여행에 동참해 주었다. 멀리 Sequoia Park을 지나 샌프란시스코까지 갔다. 금문교에서 사진도 찍었다. 그랜드 캐년, 자이언 캐년, 브라이스 캐년까지 여행을 하고 즐거운 시간을 가졌다. 그리고 오래오래 계시기를 소망했다. 부모님을 뵈니 문득 한국을 떠나 미국에 유학 올 때의 생각이 스쳐 지나갔다

미국으로 유학 올 때 많이 슬퍼하셨던 부모님, 장남이자 장손이 미국으로 유학 올 때 학비를 많이 주시지 못해서 가슴 아파하셨던 부모님을 뵈면서 많이 가슴 아팠다. 멀리 떨어져 살기 때문에 아들 노릇도 못하고 집안의 장손으로서 동생들에게 그리고 집안의 많은 사촌동생들에게 용돈 한 번 주어보지 못한 것이 가슴 아팠다. 부모님을 뵈면서 멀리 떠난 자식 때문에 더 늙으신 것은 아닌가 죄송한 마음도 들었다. 부모가 되어보니 부모의 마음을 더 이해할 수가 있었고 신앙적으로도 더욱 성숙해지는 것을 느낄 수가 있었다. 물론 책임의식도 생기고 미래에 대한 준비와 계획 그리고 도전도 생기게 되었다. 목회도 잘해서 부모님께 떳떳하고 동생들에게 자랑스러운 형이 되자고 결심도 하였다.

인간을 향한 그분의 사랑은 내리사랑이다. 인간은 절대로 그분이 인간을 사랑하는 만큼 그분을 사랑하지 못한다. 마치 부모가 자식을 사랑하듯이. 자식은 절대로 부모의 마음을 이해하지 못하고 부모가 자식을 사랑하는 만큼 부모를 사랑하지도 못한다. 그

래서 내리사랑이라고 하는 것이다. 부모는 자식을 항상 좋은 길로 인도하려고 훈계를 하고 타이르지만 자식은 말을 듣지 않는다. 자신의 생각을 앞세우고 자신의 뜻대로 하려고 한다. 그럴 때 부모의 마음은 많이 아프다. 죄인 된 인간을 사랑하셔서 맑은 물가, 푸른 초장으로 인도하시려고 하는데 항상 제 고집대로만 살려고 하는 인간들을 바라보시는 그분의 마음은 얼마나 아프실까?

나를 미국에 홀로 유학 보내 놓고 부모님은 학비를 보내주지 못해 늘 미안해하시고 안타까워하셨다고 했다. 내가 유학을 떠나고도 동생들이 둘이나 있으니 그들의 학비도 대주어야 하는 상황에서 부모님은 내가 그저 강하고 담대하게 학교를 마치기를 기도하셨을 뿐이었다. 나도 그런 부모님의 마음을 이해하고 첫 학기 학비 외에는 받을 생각이 없었기에 열심히 학비와 생활비를 벌며 살았던 것이었다. 그런 부모님을 몇 년 만에 다시 만났고 손자와 손녀를 안아보게 하는 효도를 하였다. 부모님과 함께 하는 여행은 참으로 즐거웠다. 좀더 넓은 세상 좀더 좋은 곳으로 오래도록 여행을 하고 싶었지만 여행 후에는 각자의 삶으로 돌아가야만 했다. 만남은 기쁘지만 헤어짐은 슬픈 일이다. 공항으로 모셔다 드린 후 하염없이 흐르는 눈물을 몰래 닦았다. 언제가 될지 모르지만 또다시 기쁨으로 만날 때가 올 것이다. 만남과 헤어짐을 반복하다 보면 어느덧 인생의 종착역에 도착하는 것이 인생인 것 같다. 인생의 종착역에 이르렀다고 생각하는 순간 우리는 또 다른 여행을 준비해야 하는 것은 아닐까?

자꾸 걷다 보면 결국은 뛰게 된다

아기들은 태어나서 누워 있다가 기어다니고 나중에 걷게 된다. 이 모든 것이 인생의 순서이다. 인생도 살아가는 순서가 있고 목회도 배워가는 순서가 있고 기왕이면 여러 가지를 잘 알아야 유리한 것 같다. 교인들은 다양하고 여러가지 다른 환경과 처지 속에서 신앙생활을 하지만 목사는 한 사람이다. 삼형제 중에 장남으로 태어나서 여자들이라고는 교회에서 만난 친구들밖에 몰랐기 때문에 여자들을 이해하기가 어려웠다. 여자들의 심리를 이해하지 못해서 어려움을 겪기도 했다.

한 여자 교인이 상담을 요청해 왔다. 흑인과 국제결혼을 한 분이었다. 남편과의 결혼생활에 문제가 생긴 것이었다. 목사를 찾아오기는 했지만 문제점을 잘 설명하지 못하는 것이었다. 나중에 안 일이지만 목사가 남자라서 그랬던 모양이었다. 그런 때는 사모를 옆에 앉혀두고 이야기하면 훨씬 편하게 이야기를 할 수도 있었을 텐데 하는 후회도 해본다. 사실 아이들이 어려서 아내가 어린 아이를 데리고 시간 내기가 어려웠다. 사무실에서 교인을 만났는데 그 교인도 막상 남자 목사에게 자세한 얘기를 하기가 어려웠던 것 같다. 하나님은 남자와 여자를 지으셨는데 아주 다르게 지으셨다. 결혼생활을 하면서 살아보니 이해가 되는 상황을 겪어보게 되었다. 때로는 그 차이점이 엄청난 어려움을 가져오기도 한다. 목회자로서 좀더 여성들을 이해하고 알아야 하겠구나 하는 점을 생각해 보았다. 남편과의 만족스럽지 못한 성생활 때문이었는데 눈치를 보니 그 문제인 것 같아서 아예 먼저 물었다. "남편과의 성생활이 문제입니까?" 그러니까 그분은 부끄럽게 고개를 숙이면서 그렇다고 대답을 하였다. "그 문제라면 쉬운 것 아닙니까? 요즘 의학도 발달했는데 두 분이 같이 병원에 가보세요. 요즘은 수술로 얼마든지 고칠 수 있다고 들었습니다." 그 말에 그 부인은 화들짝 놀라는 것이었다. 정말 그럴 수가 있는 것이냐는 모습이었다. 같이 병원에 한 번 가보겠다고 대답은 하였지만 결국 이혼하고 말았다. 경험 없는 목사가 상담을 잘못해 준 것은 아니었을까. 혹시 다른 문제가 있었던 것은 아닌가 생각도 해보았다.

교인 가운데 40대를 갓 지난 젊은 부인이 여자들만 하는 수술을 하였다고 들었다. 무슨 수술을 했나 알아보니 자궁에 혹이 생겨서 자궁을 들어냈다는 것이었다. 부인이 진심으로 걱정되었다. 아직 젊은데 벌써 자궁을 들어내면 이제 성생활도 못하고 소변을 평생 기구를 통해서 받아내야 할 텐데 어떻게 하나. 혼자서 물어보지도 못하고 걱정만 한 것이었다. 나중에야 알았지만 자궁을 들어낸다는 것은 단순히 아기집을 들어내고 빈궁마마(?)가 되는 수술을 하는 것인데 지식이 부족한 목사는 아예 그 부분을 문을 닫아버리고 막아버리는 줄로 알았던 것이다. 목사도 좀 배워야 할 것 같다. 이제는 웃으면서 그때 일을 말하고는 있지만 스물아홉 살 경험도 없는 목사가 담임목사가 되어 이민교회를 이끌다 보니 부족한 목사와 신앙생활을 하느라고 힘들었을 것 같다. 아마도 포장도 안 된 길을 달구지를 끌고 덜그럭거리며 가는 모습이었을 것이다. 그때 일을 생각하면 지금도 얼굴이 화끈거린다. 경험 없는 젊은 목사를 교인들은 얼마나 안타까운 마음으로 바라보았을까? 그러나 교인들과의 마찰은 없었다. 모두 순진하고 착한 마음을 가진 교인들이었다. 그들과 함께 예배하고 친교하고 노래하고 그 모든 일들이 경험이 되어 오늘의 나를 만들어가는 것 같다. 실수를 하고 그 실수를 거울 삼아 노력하면 결국은 나아지게 된다. 자꾸 걷다 보면 결국은 뛰게 될수 있으니까.

즐기면 좋아지게 되고 좋아하게 되면 사랑하게 된다

넓고 광활한 샌버나디노에는 많은 중국인들이 농장을 하고 있었다. 한국사람들보다 먼저 이민 온 중국인들은 서부개척 초기부터 철도건설에 종사하면서 인종차별과 낮은 임금으로 많은 희생을 강요당하기도 하였다. 샌버나디노에도 그런 중국인들의 아픈 역사가 있었다. 그곳에 먼저 정착했던 중국 이민자들의 아픔이 그곳에 서려 있었던 것이다. 나중에 풀러 신학대학원에서 Th-M 과정을 공부하고 졸업논문을 준비하기 위해서 지역사회의 역사를 조사하던 중 중국 이민자들의 역사를 발견한 것이다. 샌버나디노의 도서관에서 초기 중국 이민자들의 역사를 발견하고 샌버나디노의 발전 과정에서의 그들의 역할도 볼 수가 있었던 것이다. 그들의 눈물과 한숨이 나중에 이민 온 한국인들에게는 조금이라도 도움이 된 것이었다. 샌프란시스코의 아름다운 다리 금문교는 그런 중국인들의 눈물로 지어진 다리였다. 그 다리를 건설하기 위해서 얼마나 많은 중국인들이 목숨을 잃었는지 모른다. 미국의 철도는 많은 중국인들의 목숨의 대가로 건설된 것이었다. 중국인이라고 업신여김을 당하면서 그렇게 중국인들은 이땅에 정착을 하였다. 한국은 고종황제 말엽 하와이의 사탕수수 밭에 첫 이민자들을 보내면서 미국과 인연을 맺게 된다. 지금도 하와이에는 이민의 선조들이 남긴 발자취들이 남아 있다. 나중에 나는 한인 이민자들이 최초로 설립한 교회에 담임목사로 파송되기도 하였다. 미국으로의 중국인과 일본인의 이민 역사는 오래 되었지만 한국 이민자들의 역사는 그들에 비해 그리 길지가 않다.

샌버나디노에도 중국인들이 일찍부터 정착하여 농장을 운영하며 사는 사람들이 있었다. 어느 중국인이 경영하는 농장에 냉이가 자라고 있었다. 한 교인이 그것을 알고는 교인들에게 이야기를 했다. 많은 교인들이 그곳에 가서 주인의 허락을 받고 냉이를 캐다가 먹었다. 중국사람들은 냉이를 먹을 줄 모른다고 했다. 주인이 마음대로 캐어가도록 허락을 했다는 것이었다. 그들에게는 한낱 잡초에 불과할 테니까. 하루는 어느 교인이 아예 냉이를 많이 캐다가 한국마켓에 팔아보면 어떻겠냐는 제안을 하였다. 그 제안에 모두 동의를 하여 함께 냉이를 캐왔다. 교회 친교실에 가득 펼쳐놓고는 씻고 포장하여 LA에 있는 한인마켓에 가져다 팔았다. 큰 돈은 아니었지만 그 금액은 여선교회의 선교사업에 쓰이게 되었다. 머나먼 미국땅에서 비록 미국산이지만 고향의 맛 냉이를 캐다가 먹을 때의 그 맛은 지금도 잊을 수가 없다.

봄이 되면 병풍처럼 둘러선 뒷산에 올라가 교인들은 고사리를 채취해 먹고는 했다. 내가 직접 고사리를 채취해 본 적은 없다. 어떤 게 고사리인지도 모르고 한국에 나갈 때면 어머니께서 고사리를 챙겨주셨기 때문이었다. 고사리를 딸 때도 다른 지역에서 오는 한국사람들은 산림청에 돈을 내고 고사리 채취 허가증을 사서 따야 하지만 산밑에 사는 교인들은 아침 일찍 올라가서 산림청 직원이 나오기도 전에 이슬을 맞으면서 채취하고 다른 한인들이 올라올 무렵에는 내려오는 것이었다. 이렇게 채취한 고사리는 교인들끼리 나누어 먹기도 하고 잘 말려서 다른 지역에서 사는 그들의 식구들에게 보내주기도 하였다.

가을이면 사과밭에 가서 사과를 따며 사오는 것도 샌버나디노에서 사는 재미였다. 넓은 사과밭에 가서 사과를 직접 따서 무게를 재어 그 무게만큼 값을 내고 사오는 것이었다. 사과 값은 마켓에서 사는 것보다 비쌌다. 그저 재미삼아 하루 일정으로 소풍 가는 것이었다. 사과 농장이 있는 야외극장에서는 가을이면 축제가 열려서 하루에 몇 번 서부 개척시절 총잡이들의 대결을 재현해주고는 했다. 또 다른 공원에서는 중세시대를 재현하는 공연이 열려서 사람들이 중세시대의 복장을 하고 그때의 문화를 체험하는 시간을 즐기고는 했다. 이 모든 것들은 샌버나디노에서 살면서 즐겼던 일들이었다. 어디로 가서 살던 미국은 지역별로 다양한 행사들을 많이 하는 것 같다. 중요한 것은 그 지역사회의 일원으로 참여하고 체험하면서 그들과 어울리는 것이다. 그렇지 않으면 이민생활을 하면서 도태되기 싶다. 많은 한인들이 한인타운에 살면서 한국말만 사용하고 한국 음식만 고집하면서 미 주류사회 속으로 들어가지 못하는 것을 보게 된다. 미국사회에서 당당한 주인으로 살아가기 위해서는 그들과 어울려야 하는데 아직도 한인 이민자들은 이방인으로 살아가고 있는 것 같다.

상처는 치료가 되어도 흉터는 남는다

교인 중에 제일 잘사는 가정이 있었다. 주유소, 마켓, 아파트 그리고 크고 넓은 집을 가지고 있는 부자였다. 1990년대 초 미국의 경제가 침체되어 부동산 값이 폭락하였다. 그때 장인어른께서 도움을 주셔서 첫 집을 장만하였다. 작은 교회의 목회자로서는 집을 산다는 것이 불가능했다. 이를 안타깝게 여긴 장인어른께서 집을 사주신 것이었다. 1,250sq 되는 방 세 개짜리 조그만 집이었다. 그 당시 방 세 개짜리 아파트에서 살고 있었는데 미국이 불경기에 들어서고 부동산 값이 내려가서 매달 내는 아파트 값에 100불만 더 보태면 매달 집 값을 낼 수가 있었다. 그런 상황이라면 당연히 집을 사야 하는 것이었다. 그것은 경제 논리를 떠나서 지극히 상식적인 일이었고 모든 사람들이 그렇게 결정했을 것이다. 뜻하지 않은 일이 생겼다. 목사가 집을 사니까 그 부자 교인이 전화를 걸어서 이렇게 말을 하는 것이었다. "목사님, 왜 집을 사셨어요? 목사님이 아파트에서 가난하게 살면 맛있는 것 먹다가도 갖다 드릴 텐데…." 그 교인은 평상시에 목사에게 껌 한통

사온 일이 없는 사람이었다. 그분은 목사가 집도 없이 가난하게 사는 것이 보기에 좋은 것 같았다. 어떤 교인들은 목사가 가난하고 경제적으로 어렵게 사는 모습을 보면서 만족을 느끼는 것 같다. 목사는 가난하게 사는 것이 맞는다고 생각하는 교인들도 있다. 옛날 가난했던 한국에서 목회자가 힘들게 살면서 목회하는 모습을 보고 자란 세대는 그런 마음이 아직도 있는 것 같다.

세월은 흘러서 시대는 변했다. 가난이 덕이 되는 시대가 아닌 것이다. 더욱이 미국에서 살면서도 그런 생각속에 갇혀 사는 사람들은 목회자를 힘들게 한다. 겉으로는 아니라고 하지만 교인들의 마음속에는 목사는 가난해야 한다는 생각이 자리잡고 있는 것을 보게 된다. 가난과 청빈은 다른 것인데 그것을 구분하지 못하는 것이다. 목사도 가정이 있고 자녀를 교육시켜야 하고 일반 교인들과 똑같이 돈이 필요한 먹고 입는 삶을 살고 있다. 어떤 교인들의 마음속에는 아직도 1950년대 1960년대 가난하고 먹고 살기 힘들었을 때 교인들이 거두어 주는 쌀로 생활하며 목회를 해야만 했던 시골교회 목사의 이미지가 남아 있어서 그런 것 같았다. 아무튼 그 교인은 그렇게 말을 하고 그의 식구들, 동생네 식구 등 모두 15명을 데리고 교회에서 나가버렸다. 첫 목회지에서 겪은 아픔이었다. '아하, 이민교회 교인들은 이런 생각을 할수도 있구나!' 하고 생각했지만 아팠다, 아주 많이 아팠다. 보통 상식으로는 이해되지 않는 일이었기 때문이다. 그 사람이 목사보다 더 가난한 사람이었다면 이해를 할 수가 있었을 것이다. 그러면 목사가 집을 산 것을 시기하고 질투하는 것으로 받아들일 수가 있었을 것이다. 목사와는 비교도 되지 않는 큰 부자의 행동이었기에 더욱 이해하기가 어려웠다. 그 아픔은 지금까지도 깊게 남아 있다. 그가 전화기에 대고 한 말이 아직도 귓가에 생생하게 남아있는 것이다. "목사님 왜 집을 사셨어요? 아파트에서 가난하게 살면 맛있는 것 먹다가도 갖다 드릴 텐데…" 그 교인은 지금도 다른 목사를 힘들게 하고 있지는 않을까? 사람의 품성은 쉽게 변하는 것이 아니니까 지금도 그런 사고방식으로 살고 있을 것이다. 샌버나디노에서 7년 동안 목회하면서 좋은 일들이 많았고 아름다운 추억들, 기억나는 사람들이 더 많지만 그때 일은 지금도 가끔 생각이 나고 아픔으로 다가온다. 인격수양이 부족해서인가 보다. 지금은 마음에 상처를 받지 않고 그때 일을 얘기할 수 있지만 그때의 일로 흉터는 남아 있다.

누구나 가는 길인데 모두가 가지는 않는다

무더운 여름 어느 주일이었다. 교회에서 충성스럽게 헌신하는 권사님 부부가 계셨다. 멀리 애나하임에서 한 시간을 운전하시고 주일마다 오시는 분이었다. 그 권사님은 항상 목사보다 먼저 교회 와서 사무실의 어항을 청소하고 예배드릴 준비를 해주셨다. 예배 마치고 식사가 끝나면 친교실을 정리하고 항상 제일 늦게 귀가하셨다. 금요 기도회에도 늘 빠지지 않으셨다. 교회를 위해서, 부족한 목사를 위해서 많이 기도해 주시던 분이었다. 그날도 주일예배 중 광고 시간이 되어 그 권사님께서 앞으로 나오셔서 광고를 하시다가 그만 갑자기 쓰러지셨다. 심장마비였던 것이다. 모두가 놀랐고 예배는 엉망이 되었다. 기도하면서 인공호흡을 하였다. 세탁소를 운영하시던 그분에게는 무더운 여름날의 뜨거운 기온이 힘이 부치는 일이었던 것 같다. 응급차를 불러서 병원으로 갔다. 결국 병원에서 그 권사님은 돌아가시고 말았다.

첫번째 목회지였고 부임한 지 일년도 안 되어서 그런 일이 생겼다. 그날따라 새로 나온 가정도 있었다. 참으로 당황스러웠고 그 일 후에 교회는 약간의 어려움을 겪게 되었다. 그 권사님은 아주 귀한 축복을 받고 돌아가셨다. 사람의 마지막이 중요한 것 같다. 어떻게 사느냐 하는 것도 중요하지만 어떻게 죽느냐 하는 것은 더욱 중요다. 그 권사님은 가장 영광스럽게 돌아가신 것이다. 끝까지 하나님 일을 하시다가 예배 도중에 예배실에서 돌아가신 것은 내가 기도하는 제목이기도 하다. 나도 그렇게 되기를 원하기 때문이다. 그 권사님의 죽음이 많은 이들에게는 충격이었지만 믿는 이들에게는 하나님의 귀한 사람이 어떻게 영광스럽게 죽음을 맞이하는가를 보여준 아름다운 죽음이었다. 며칠 후 그분의 장례식을 위해서 산호세까지 올라갔다. 그곳에 가족들이 살고 있었기 때문이다. 혼자 남은 부인 권사님은 그렇게 슬픔에 빠져 어렵게 신앙생활을 하시다가 친정식구들이 있는 곳으로 이사를 가셨다.

어느날, 미국교인을 위하여 심방을 갔다. 심방을 가면 먼저 목사는 그 가정을 위하여 기도를 한다. 조용히 눈을 감고 기도를 시작하였다. 기도하는데 갑자기 백인 할머니가 말을 시키는 것이었다. 목사가 심방하면 먼저 그 가정을 위하여 기도하는 줄을 모르기 때문이었다. 나중에 깨달았다. '아하, 미국교인 심방할 때는 기도 안 해도 되는 거구나.' 할머니 때문에 기도하다가 중단한 채로 여러 가지 이야기를 하였다. 대화라기보다는 일방적으로 그분들의 말씀을 듣는 것에 가까웠다. 이웃끼리 별로 왕래가 없는 미국인들은 오랜만에 목사가 오니까 반가웠던 같았다. 무려 한 시간을 이야기를 하시는 것이었다. 이제 돌아갈 시간이 되어서 말씀을 전하려고 성경을 펴고 말씀을 읽었다. 그랬더니 이번에는 자기가 가장 좋아하는 말씀이라고 또 이야기를 시작하는 것이었다. 결국 성경을 읽다가 멈출 수밖에 없었다. 그래서 깨달았다. 아하, 미국교인 심방할 때는 성경을 읽을 필요도 없겠구나. 그 다음부터는 미국교인 집에 심방 갈 때는 먼저 기도도 안 하고 성경도 안 읽고 그저 여러가지 이야기를 나누다가 한 시간 정도 지나면 그 가정을 위해서 기도하고 일어났다. 그런 생각을 하니 미국교인 심방 때는 전혀 부담이 없었다. 그저 차 한 잔 얻어먹으면 되기 때문에 아무 때나 들러서 이야기를 나누고는 했다. 미국교인들은 은퇴하신 분들이기 때문에 시간이 많았다. 시간이 많은 미국교인들은 교회에 와서 교회 일을 돌보고는 했다.

대부분의 미국인들은 외롭게 살아간다. 핵가족화된 그들의 삶 때문이다. 늙어도 굳이 자식에게 의지하지 않고 혼자서 살아간다. 더욱 늙어서 힘에 부치면 양로병원에 들어가서 간호원들의 도움을 받으면서 마지막을 준비하게 된다. 미국 목회를 하면서 양로병원에 정기적으로 심방 가게 되고 그러면서 미국사람들의 삶을 더욱 깊이 들여다보게 되었다. 미국교인들을 위한 목회는 이렇게 시작이 된 것이다. 교인 중에는 백인, 흑인 그리고 히스패닉도 있었다. 다양한 인종과 문화 속에서 그들의 문화를 배워가면서 목회를 하였다. 그때의 교인들은 모두 돌아가셨을 것이다. 누구나 가는 길이고 가야만 하는 길이다. 기왕이면 즐거운 마음으로 그리고 기쁜 마음으로 마지막 순간을 맞을 수만 있다면 얼마나 좋을까. 모두 천국에서 행복하시지요?

아픔은 고통을 주지만 이겨내면 성숙함으로 보답한다

미국으로의 한국인 이민 역사는 고종황제 때 인천 내리감리교회의 교인들을 포함한 102명이 배를 타고 하와이에 도착함으로써 시작이 되었다. 최초의 미국으로의 한국인 이민자들은 인종차별과 사탕수수 밭에서의 노예와 같은 삶 속에서도 꿈을 키워가며 나중에는 미 본토로의 이주를 통해서 성장해 나가게 된다. 최초의 이민자들 중 많은 사람들이 감리교인들이었기 때문에 지금도 하와이에서는 감리교회들이 제일 크다. 오래 전 하와이 마우이 섬에 가서 최초의 한인 이민자들이 고생하던 사탕수수 밭에도 가보았고 박물관에 소장되어 있는 그들이 사용했던 성경도 보았다. 지금의 글자와는 조금은 다르지만 하와이에 이민 와서도 신앙의 정조를 잃지 않고 열심히 신앙생활을 했던 선조들의 믿음을 잘 본받아야 된다고 다짐해 보았다.

이민 역사가 오래 되면서 이민 후손들이 각계 각층에서 두각을 나타내고 한국 이민자들의 자부심과 긍지를 드러내고 있는 것은 참으로 좋은 일이다. 샌버나디노에도 그런 분들이 계셨다. 한국에서 근무하던 군인 남편을 따라서 그곳에 정착하신 국제결혼하신 한국 부인들이 바로 그들이다. 그들이야말로 하와이에 정착한 노동 이민자들 다음으로, 주한 미군이었던 남편을 따라 미국에 들어온 미 본토 한인 이민의 선조인 것이다. 이땅에 남편 하나 믿고 와서 백인 시부모의 인종차별을 견디며 학대에 가까운 삶을 살아왔다. 그들은 정에 굶주렸고 그런 가운데서도 그들만의 공동체를 이루고 지금까지 잘 살아왔던 것이다. 그들이 겪은 초기 이민생활의 아픔은 이루 말할 수가 없다. 언어와 문화가 다른 미국에서 많은 차별을 견디어야만 했기 때문이다. 샌버나디노 교회에는 그런 국제결혼하신 분들이 많았다. 참으로 정이 깊은 분들이었다. 그곳에 있는 동안 김치를 담아본 일이 없다. 늘 그분들이 가져다 주셨기 때문이다.

미국의 어디를 가도 국제결혼을 통하여 미국에 들어온 한국 부인들을 만나게 된다. 그분들이 먼저 이땅에 들어와 정착을 하고 남은 가족들을 초청하여 1960~70년대 초반까지의 한인 이민 역사가 이루어진 것이다. 그들은 이땅에 와서 많은 차별과 아픔을 겪으면서도 자식들을 훌륭하게 키워냈고 나중에 온 이민 가정들을 위해 길잡이가 되어 도와주게 된다. 미국인과 결혼했다고 한국에서 멸시받고 손가락질받으며 살다가 미국에 와서 시댁 식구들에게까지 멸시를 받았으니 마음고생을 하였지만 그들은 한인 이민 역사의 진정한 선구자들이다. 강인한 한국인의 의지와 똑똑함은 지금도 그분들의 삶을 통해서 배울 수가 있다. 대개 한국 부인과 결혼한 미국인들은 그들의 인생에서 성공하게 된다. 남편을 잘 내조하여 성공시키고자 하는 욕망이 강하기 때문이다. 그런 이유로 한국 부인을 얻은 백인 남편은 참 복된 사람들이라고 생각한다. 그렇다고 해서 항상 좋은 것만은 아니다.

때때로 부작용도 보게 된다. 한 부인은 백인 남편과 살고 있었는데 어느날 상담을 요청하였다. 이야기를 들어보니 그 부인은 자녀가 둘이 있었고 장래에 대한 꿈을 가지고 열심히 저축하면서 살고 있었다. 아직은 아파트에 살고 있지만 대개의 한국 부인들처럼 악착같이 돈을 모아 좋은 집도 사고 좋은 차도 사려는 욕심이 있었다. 대개의 미국인들은 저축을 하기보다는 잘 쓰면서 살기를 원한다. 삶의 방식이 다르기 때문이다. 한국 부인이 가정을 위하여 얼마나 헌신적인지를 알아주면 다행이지만 그렇지 못할 경우에는 문제가 될 수도 있는 것이다. 그 부인도 역시 가정을 위하여 일심히 저축하느라 남편에게는 매일 점심값과 음료수 한 병 사먹을 용돈만 주었는데 점차 백인 남편이 짜증을 느낀 것이다. 그러면서 자주 다투게 되고 그 부인은 그런 자신의 마음을 이해해 주지 못하는 남편이 야속하다고 하였다. 그래서 이렇게 상담해 주었다. 장래를 위하여 열심히 저축하는 것도 좋지만 남편과 불화를 겪으면서까지 악착같이 돈을 모으는 것은 현명하지 못하니 적당히 하라고 조언을 해주었다. 문화적 차이를 극복하지 못한 그 부부는 이혼을 하게 되었다. 그 남편이 돈 잘 쓰는 백인 여자와 바람을 피운 것이다. 참으로 안타까운 일이었다. 캘리포니아 주에서는 부부 중 어느 한 편만 이혼신청을 해도 이혼이 성립된다. 합의 이혼이 필요가 없는 것이다. 열심히 살아보려고 하였는데. 행복한 미래를 꿈꾸며 악착같이 저축하며 살았는데 문화적인 차이를 극복하지 못하고 그만 이혼을 당하게 된 것이다. 남편을 내조하면서 어린 아이들을 키우면서 바깥일을 해보지 않았던 그 부인은 지금은 어디에서 무엇을 하며 살아가고 있을까? 그녀의 아픈 마음은 치유가 되었을까?

기도는 문화적 차이도 극복하게 한다

멕시컨 가정이 두 가정 있었다. 매주일 빠지지 않고 교회에 나오는 분들이었다. 한 가정에 큰 문제가 있었다. 부모는 열심히 교회 나오고 기도를 열심히 하는 훌륭한 신앙인이었는데 자식들이 문제였다. 큰아들은 감옥을 들락거리고 딸은 거리에서 몸을 팔았다. 둘째아들은 총을 맞고 반신불수가 되어 평생을 침대에 누워 생활을 해야만 했다. 참 문제 많은 가정이다 생각하고 그 가정을 위해서 기도회를 시작했다. 다른 멕시컨 가정도 그 집으로 오라고 해서 두 가정과 함께 매주 화요일 기타를 치며 찬양을 부르고 한국 식으로 둥그렇게 둘러앉게 해서 통성기도를 하였다. 영어로 통성기도를 하기는 어려워서 나는 한국말로 통성기도를 하였다. 기도회를 시작할 때 이렇게 말했다. "하나님은 우리가 스페니시로 기도하든 한국말로 하든 모두 들으실 수 있으니 각자의 말로 기도하자." 그렇게 2년 동안을 매주 한 번씩 그 집에 가서 기도했다. 변화는 없었다. 부모는 열심히 기도하고 하나님 잘 섬기는데 자식들은 영 변화가 되지를 않았다. 큰아들은 나와 나이가 같았다. 내 딸 유리가 두 살이었을 때 그 사람의 딸은 이미 고등학생이었다. 어느날 그 고등학생 딸에게 말했다. "열심히 공부해서 고등학교 졸업하면 꼭 대학 가라. 그래야 이 생활과 환경에서 벗어날 수 있다. 대학만 가면 어떻게 해서든지 학비는 마련이 될 수 있다. 꼭 대학을 가라." 관습을 벗어나지 못한 그 딸도 다른 대부분의 멕시칸들처럼 고등학교 졸업하자마자 시집을 갔다. 멕시칸들은 고등학교만 졸업하면 결혼을 하는 사람들이 많다. 어린 나이에 결혼을 하니 어려서부터 자식 키우느라 고생도 많이 한다. 그럼에도 불구하고 그 사람들은 참 낙천적이다. 내일을 준비하지 않는다. 천성적으로 기쁘고 즐겁게 살아간다. 내일 먹을 것은 내일 걱정하면 되는 것처럼 살아간다. 스페인이 과거 멕시코를 지배할 때 그런 생각을 심어놓은 것이다. '너희들은 그저 먹고 마시고 내일을 준비하지 말고 오늘 하루를 즐기며 살아라'. 이것이 대대손손 그들의 머릿속에 각인되어서 오늘날까지도 대다수의 멕시컨들이 열심히 일을 하지 않고 그저 하루 벌면 그날 다 쓰면서 살아간다. 그러다 보니 가난에서 벗어날 길이 없는 것이다. 어떻게 보면 그들이야말로 가장 성경적으로 사는 것이 아닌가 생각해 본 적도 있다. 내일 일은 내일 걱정하라는 말씀대로 살아가기 때문이다. 일단 수중에 돈이 있으면 쓰고 보는 것이 그들의 삶이다.

한국 이민자들은 열심히 돈을 모으느라고 안 먹고 안 쓰는데 그 사람들은 돈 버는 대로 잘 먹고 잘 입으면서 살아간다. 그래서 많은 한인들이 멕시컨들을 상대로 장사를 해야 쉽게 돈을 벌 수 있다고 말을 한다. 그들은 돈을 잘 쓰기 때문이다. 돈이 없어서 남의 집을 빌려서 살아도, 아니면 차고에서 온 식구들이 살아도 그들은 늘 행복해 보인다. 한 집에 두세 가정이 함께 살아도 아이들 잘 낳고 행복하게 살아간다. 누가 더 행복한 것인지 모르겠다. 그런 환경에서 자란 아이이기에 그 딸의 미래가 보이는 것 같아서 조언을 한 것이었다. 환경이 무서운 것이다. 그분은 우리를 가장 좋은 환경 속에서 살기를 원하신다. 그래서 시편은 이렇게 말한다. "여호와는 나의 목자시니 내게 부족함이 없으리로다…" 양은 목자의 뒤만 잘 따라가면 가장 안전하고 좋은 길로 갈 수가 있다. 인도해 주어도 따라오지 않으면 할 수 없는 것이다. 결국 선택은 자신의 몫이기 때문이다. 고등학교를 졸업하자마자 시집간 그 아이는 이미 할머니가 되어 있을지도 모른다. 그래도 행복하게 살아가고 있다면 그것으로 된 것 아닐까? 행복의 관점도 보는 이에 따라 다르고 느끼는 사람에 따라 다른 것이니까.

CCC 본부는 나의 놀이터

샌버나디노에 지금은 플로리다로 옮겨갔지만 CCC 본부가 있었다. 한국에서 대학교 다닐 때 캠퍼스에는 '기독학생회'와

'CCC' 이렇게 두 개의 단체가 주로 활동적 이었던 것으로 기억된다. 그중 나는 기독학생회에 소속되어 활동했었다. CCC 본부가 있었던 샌버나디노는 한인 선교사들도 많이 찾는 곳이었다. 그곳에서 불과 10여분 떨어진 곳에 내가 시무했던 샌버나디노 감리교회가 있었다. 샌버나디노에서 목회하면서 그곳을 참 많이 다녔다. 목사는 그곳에 언제든지 들어갈 수가 있었기 때문이다. 풀러 신학대학원에서 Th-M 과정을 공부하는 동안 CCC 본부에 있는 신학교 도서관에서 졸업논문을 준비하였다.

그곳에서 운영하는 작은 신학교도 있었기 때문에 도서관을 이용할 수가 있었다. 무엇보다도 집에서 가까웠기 때문이었다. 매일 틈틈이 시간을 내어 그곳 도서관에 가서 졸업논문을 준비하였다. 그곳에는 온천물로 만들어진 아름다운 수영장이 있었기 때문에 여름이면 거의 매일 아이들을 데리고 그곳에 가서 수영을 하곤 했다. 물도 좋고 경치도 좋고 때로는 그곳에서 친구 목사 가족들과 고기도 구워 먹으면서 좋은 시간을 보낸 기억이 새롭다. 많은 한인교회들이 그곳을 찾아와서 수양회를 열기도 했었다. 대부분의 한인교회들은 그렇게 아름다운 곳에 와서는 그저 프로그램에 참석하느라 아무 구경도 하지 못하는 것을 보았다. 좋은 시설, 좋은 환경 속에서 편히 쉬는 것도 좋은 수련회인데 한국사람들은 쉬는 문화가 발달되지 못해서 으레 아침부터 저녁 늦게까지 프로그램만 해야 좋은 수련회로 생각한다. 아이들이 유치원에 다닐 때, 어쩌면 인생에서 가장 귀여운 시기를 그곳에서 많은 시간을 보낼 수 있었던 것을 감사하게 생각한다. 지금도 그곳을 지나가면서 둘러 보지만 팔려고 내놓았다는 사인만 붙어 있고 들어가지도 못하게 하는 것이 내 마음을 슬프게 한다. 그곳을 사서 아름다운 수양관으로 탈바꿈해서 한국 이민자들의 고달픈 이민의 삶을 위로해 줄 좋은 프로그램을 운영하면 좋을 텐데 하고 생각해 본다.

그곳의 좋은 온천물에 목욕하면서 몸과 마음을 쉬는 공간으로 사용하면 얼마나 좋을까? 지금도 수양관 들어가는 입구의 온천에서는 뜨거운 온천물이 콸콸 솟구치고 있는데 아무도 사용하지 않으니까 그냥 흘려보내고 있다. 어느날 가보니 누군가 온천물 옆에 시멘트로 작은 탕을 만들어 놓았다. 그야말로 야외에서 온천을 즐기기 위해서인 것 같았지만 그늘이 없어서 온천욕을 하지는 못하고 그저 물만 받아다가 집에서 얼굴만 씻어본 기억이 난다. 샌버나디노에서 10년간 살면서 누렸던 특권이었다. 그곳에서 내려다보는 샌버나디노는 아름다웠다. 수양관 길 옆의 조그마한 연못에는 금붕어와 물고기들이 있었다. 연못 옆의 벤치에 앉아서 물고기들을 바라보면 너무나 한가롭고 마음이 평안함을 느끼곤 했다. CCC 본부를 지나 조금만 산으로 올라가면 개울물이 흐르고 아이들을 데리고 그곳에가서 물장난을 치고는 했다. 바로 그 밑에서는 LA 지역에서는 유명한 생수인 'Arrowhead' 공장에서 산에서 내려오는 물을 받아가느라 저수차들이 늘 분주하게 왔다 갔다 하곤 했다. 현대판 김선달이었다. 흐르는 물을 받아다가 정수하여 팔아서 돈을 버는 장사인데 별로 밑천도 들지 않고 얼마나 좋겠는가? 우리 아이들은 저수차들이 물 받아가는 곳 위쪽에서 물장난 치고 놀면서 소변도 보곤 했다. 이 사실을 알면 그 병물을 사먹지 못할 것이다. CCC 본부가 있었던 샌버나디노는 그래서 더욱 좋은 기억과 추억들이 남아 있다.

상상력이 힘이다

건강을 위하여 매일 뛰는 것은 하루의 일과이다. 뛰면서 생각하고 뛰면서 미래에 대한 상상을 하고 뛰면서 기도를 한다. 운동은 나의 삶의 일부분으로 이어져 지금까지도 운동을 게을리하지 않고 있다. 이렇듯 뛰는 것은 정신건강에도 좋다. 내가 상상하는 시간은 최고로 만족스럽고 즐거운 시간이다. 상상하는 모든 것은 언젠가는 이루어진다는 확신과 믿음을 가지고 있다. 인간의 머릿속으로 상상하는 모든 것은 이미 충분한 가능성을 지니고 있고 상상을 통해서 밖으로 표출된다고 믿기 때문이다. 아이들에게도 늘 강조한다 생각을 많이 하라고. 어렸을 때부터 만화책을 많이 보고 책을 많이 읽은 결과인지 모르겠다. 상상할 때가 가장 즐겁기 때문이다. 말도 안 되는 상상의 나래를 펼치면서도 얼굴에는 미소가 번진다. 뛰는 것보다 걷는 것이 더 좋다고 해서 이제는 걷는 것으로 바꾸게 되었다. 더욱이 군목으로 있을 때는 일년에 두 번 체력단련 시험을 봐야 하기 때문에 더더욱 정기적으로 몸을 단련하지 않으면 안 되었다. 체력시험에 통과하지 못하면 군대에서 나가야 하기 때문이었다. 윗몸일으키기, 팔굽혀펴기, 1.5마일

뛰기 그리고 뱃살 지방 측정 이 네 가지를 통과해야 하기 때문에 늘 운동을 게을리하지 않았다. 나이에 따라 다르기는 하지만 전체적인 점수를 보면 매년 95점 이상이라는 꽤 좋은 성적을 받았다. 90점 이하를 맞으면 일년에 두 번 체력시험을 보아야 한다. 나는 한 번도 일년에 두 번 체력시험을 본 적이 없다. 1분에 윗몸 일으키기 42개, 팔굽혀펴기 34개, 1.5마일을 11분17초에 뛰고 뱃살 지방은 전혀 없었다. 지금도 이런 몸매를 유지하려고 노력하고 있다.

집에서 나와 교회 쪽으로 가서 교회 앞을 지나 다시 길을 따라 북쪽으로 올라가서 나무가 우거진 숲은 아니지만 길을 따라 올라갔다 내려오면 2.7마일이었다. 보통 한 시간 반이 걸리는데 그 운동을 매일 하였다. 어떻게 하면 나에게 주어진 시간을 효율적으로 그리고 가치 있게 사용을 할까? 우선 자신의 건강을 챙기는 것이 우선이었다. 몸이 건강해야 목회도 할 수 있고 건강한 영적인 삶을 유지할 수가 있다. 걷다 보면 교인들도 만나고 이웃도 만나게 된다. 서로 반갑게 인사한다. 전혀 모르는 사람일지라도 나중에 교인이 될 수도 있고 또 모두가 교회 근처에 사는 사람들이기 때문에 목사라는 것을 알리는 것이 목회에 도움이 될 듯싶어서 열심히 인사하면서 걸었다. 걸으면서 그들의 우체통에 전도지도 넣어두곤 했다. 매일 걷다 보면 어느 집에 어떤 차가 있는지 어떤 개가 있는지 어떤 꽃이 피는지도 알게 된다. 하루는 걷다 보니 차고 문이 열려 있어서 혹시나 하고 주인을 찾아 차고 문이 열려 있음을 알려준 적도 있다. 노인 부부만 살고 있었는데 그분들은 차고 문이 열려 있었음을 알지 못했기 때문에 감사해했다. 13년 만에 다시 돌아간 샌버나디노였지만 처음에는 그런 생각을 하지 못했었다. 그저 교회 일만 열심히 하는 것이 목회이다 라고 생각하고 뛰었는데 두 번째로 샌버나디노에 갔을 때는 좀 더 여유 있게 넓게 바라보며 목회하게 된 것이었다. 교회를 살피는 것도 중요하지만 나 자신을 먼저 살펴야 한다. 몸을 건강하게 유지하고 마음도 건강하게 유지해야 목회할 기운도 생긴다. 흘러간 시간은 참으로 값진 교훈을 선물해 준 셈이다.

나는야 순례자

밴나이스는 도심지에 위치해 있는 지역이었다. 과거에는 2,000명이나 모였던 대형 교회였다. 내가 부임 받아 갔을 때는 100여 명밖에 남지 않은 상태였다. 밴나이스에서 최초로 세워진 교회이고 아시안 목사로서는 그 교회 역사상 최초로 담임목사로 부임 받아갔으니 스스로 책임이 무거움을 느꼈다. 교회 길 건너에는 경찰서가 그리고 그 옆에는 법원이 있었다. 교회는 밴나이스 시의 중심에 자리잡고 있었다. 캘리포니아에서는 드물게 빨간 벽돌로 지어진 아름다운 건물이었다. 동부지역에 가면 벽돌로 지어진 건물들이 많다. 캘리포니아는 지진 때문에 벽돌보다는 나무로 건물을 짓는다. 동부지역 풍경을 영화로 담기 위해서 가끔 영화사에서 와서 촬영을 하기도 했다. 사택은 방 네 개의 큰 집이었다. 사택으로 이사 들어가기 전 미리 가서 점검을 했다. 그 사택에는 오래된 것이기는 했지만 세탁기, 냉장고, 책상, 수저, 포크 등 목사가 아무것도 가지고 가지 않아도 살림을 할 수 있는 모든 것이 갖추어져 있었다. 목사는 그저 옷가방만 들고 가면 곧바로 생활하며 목회할 수 있도록 준비해 놓은 것이다. 그것이 감리교회이다. 모든 것이 갖추어져 있어도 내가 사용하기에는 너무 낡았고 맞지 않았다. 소파와 세탁기 등은 전임인 백인 목사가 사용하기에는 괜찮았을지도 모르지만 나와 아내는 좋아하지 않는 스타일이었다. 할 수 없이 집안의 모든 가구들을 멕시코의 선교사에게 보내기로 했다. 모든 물건들을 일단 차고에 넣어두고 큰 차가 와서 실어가기만을 기다렸다. 버린 것은 아니니 그래도 마음이 덜 불편했다.

감리교의 특징은 순회 목회인데 요한 웨슬레 목사님이 말을 타고 이 교회 저 교회를 다니며 목회를 하셨고 그 전통을 이어 지금도 감독이 목사를 파송을 한다. 그러면 목사는 파송된 임지로 떠나야 하는 것이다. 파송될 교회는 연회 마지막날에 발표를 한다. 물론 그 이전에 대부분 알기는 하지만 공식적인 발표는 연회 때 하고 연회가 끝나면 새로운 임지로 이사를 하게 되는 것이다. 이런 전통에 따라 새 교회로 임지를 옮겼고 주어진 사택으로 이사를 하고 문제가 생겼다. 첫날 밤을 자고 나니 온식구들이 벼룩에 물려서 온몸이 벌겋게 되었다. 나중에 알고 보니 전에 있었던 백인 목사가 집안에서 새도 키우고, 개 두 마리, 토끼 그리고 뱀 등 동물원 수준으로 살았던 것이다. 사택 관리를 위해서 교회 재산관리위원회를 한 번도 소집하지 않은 것이었다. 그러니 재산관리위원회에서는 사택 상태가 어떤지 알지를 못했다. 목사가 이사 나간 후에야 가보았기 때문에 전임 목사가 집안에서 어떻게 살았었는지를 아무도 몰랐던 것이다. 아무튼 첫날 밤을 온 식구가 벼룩에게 잔뜩 물리고 다음날 아침 해충퇴치 약을 사다가 집안에 피워서 벼룩을 박멸하고 청소를 다시 했다. 지금도 그때를 생각하면 전임 목사가 원망스러울 때가 있다. 어쨌든 관리가 제대로 되어 있지 않았던 사택 안팎을 다시 청소하고 뒷마당을 보니 얼마나 넓은지 아이들이 자전거를 타고 한 바퀴를 돌아도 되며 배드민턴 그물을 치고 놀아도 될 만큼 넓은 집이었다. 뒷마당에는 레몬, 텐저린, 오렌지 등 과일나무도 여러 개가 있었다. 1994년 교회 근처의 노스리지에서 큰 지진이 있었다. 그때 사택이 피해를 입고 약간 기울어진 상태였다. 거실에서 공을 놓으면 스스로 굴러갈 정도로 기울어져 있었다. 건축업자를 불러서 지진대비 보강 공사를 했다. 뒷마당을 청소하고 보니 큰 나무 밑에 빨간 흙벽돌로 바닥을 만든 것이 드러났다. 전임 목사가 뒷마당에서 키운 개들이 흙을 파헤쳐 놓고 먼지로 뒤덮여서 벽돌 바닥이 덮여 있었던 것이다. 이렇게 집안을 청소하고 바깥도 정돈하고 교회 재산관리위원회를 사택으로 오라고 해서 앞으로 해야 할 것들과 지금까지 공사한 것들을 보고했다.

재산관리위원회는 목사가 사택을 잘 관리하는 것을 보고 크게 감명을 받은 듯했다. 그 후 매년 한 번씩 교회 재산관리위원회를 초청하여 사택을 보여주고 관리하도록 했다. 5년을 그 교회에서 목회하면서 아이들은 잘 자라주었다. 넓은 사택에서 모든 교인들을 초청하여 오픈하우스를 일년에 한 번씩 하면서 즐거운 시간을 보냈다. 한국 갈비와 잡채를 만들어서 대접을 했는데 모든 교인들이 원더풀을 외치며 맛있다고 했다. 넓은 뒷마당에는 이사 들어올 때 가져온 닭 한 마리, 오리 두 마리 그리고 토끼가 잘 뛰어놀았다. 토끼는 새끼를 많이 낳아서 땅속에 굴을 파고 살았다. 새끼가 갑자기 너무 많이 늘어나는 바람에 사택 앞에 놓고 한 마리에 3불씩 팔아서 아이들에게 아이스크림을 사주었다. 뒤뜰의 나무는 너무 커서 가을에 잎이 떨어지면 치우는 일도 큰일이었다. 지붕 위에 떨어진 잎도 사다리를 놓고 올라가서 치웠다. 내가 스스로 좋아서 한 일이었지만 교인들은 모두들 고맙게 생각했다. 모든 교인들이 너무 좋은 분들이라서 아름다운 기억이 많이 남아 있는 교회이다.

할머니, 신 목사입니다

백인으로만 구성된 교회에서의 목회도 어려움과 두려움은 없었다. 이미 첫 교회에서 경험을 했기 때문이었다. 한국교회와 미국교회를 동시에 맡아서 목회하며 경험을 쌓고 미국교회만을 위해서 새로이 파송을 받은 셈이었다. 많은 기억들이 남아 있지만 특별히 기억되는 분들이 몇 분이 있다. 그 교회에는 오랜 세월을 한결같은 마음으로 서로 사랑하며 의지하며 교회를 위해 헌신하던 부부가 계셨다. 무려 64년 동안 부부생활을 해오면서 두 분은 깊은 정을 나누었고 서로 의지하는 친구처럼 사셨던 분들이었다. 요즈음처럼 이혼을 쉽게 생각하는 젊은이들은 그분들의 깊은 사랑을 이해할 수 없을 것이다. 64년을 살아오면서 얼마나 싸웠을까? 이런 질문은 그분들을 욕되게 하는 것인지도 모른다. 64년을 살아오면서 그분들은 몇 번이나 이혼을 생각했을까? 이런 질문은 그분들의 인격을 모독하는 것일지도 모른다. 그렇게 그분들은 64년을 한결같이 살아왔다. 검은 머리가 파뿌리가 되고 서로의 몸은 늙어 서로 의지하면서도 마음은 늘 하나였다. 기쁠 때나 슬플 때나, 아플 때나 건강할 때도 그분들은 늘 그렇게 같이 있었다. 결혼서약을 철저하게 지켜오는 것 같았다. 오랜 세월을 함께 살아오면서 인생의 무상함을 느꼈고 삶이 덧없음도 느꼈을 것이다. 한국의 노인들이 일제시대와 6.25를 겪은 것처럼 미국의 노인들은 1차, 2차 세계대전을 겪은 분들도 있었다. 할머니는 예배 드릴 때면 늘 제일 앞자리에 앉아서 맑은 눈망울로 강단에 서 있는 목사를 바라보곤 하셨다.

안타깝게도 내가 미 공군 장교훈련을 받으러 알라배마 주 몽고메리에 있는 맥스웰 공군부대에 가 있는 동안 64년을 같이 살았던 님의 곁을 떠나 하나님의 품으로 가셨다. 몸이 아파 두 달 동안 병원생활을 하는 동안 심방하고 기도해 주면 늘 감사하다며 목사의 손을 잡고 눈물을 글썽이던 할머니. 그분은 그렇게 목사의 가슴에 작은 아픔을 남겨 놓은 채 좋은 곳으로 가셨다. 그 다음이 문제였다. 홀로 남겨진 할아버지는 64년을 함께 했던 삶의 빈자리를 채우기가 쉽지 않았다. 할아버지는 떠나간 님의 여운을 가슴에 오래오래 새기면서 그렇게 슬피 울고 계셨다. 그 할아버지는 심방을 가면 눈물을 뚝뚝 흘리시면서 목사의 손을 꼭 잡았다. 그토록 오랜 세월을 함께 했던 님을 떠나보낸 할아버지의 슬픈 마음을 다 느낄 수는 없었지만 그냥 손만 잡고 기도할 수밖에 없었다. 교회에 와도 그 할아버지는 님의 얘기만 나오면 눈물을 흘리곤 하셨다. 일년이 지나가도록 슬퍼하셨다. 서양 사람들은 정이 없어서 금방 잊어버리는 줄 알았는데 그것이 아니었다. 결국 홀로 남으신 할아버지도 세상을 떠나셨다. 님을 그리워하면서 목사의 손을 꼭 잡은 채 천국에서 만날 것을 약속하면서 그렇게 병원에서 세상을 떠나가셨다.

할아버지의 마지막 임종을 지켜보면서 나는 커다란 깨달음을 가졌다. 인생이란 이런 것이구나. 이렇게 빈손으로 떠나가는 것이구나. 남겨진 가족도, 집도, 소중한 모든 것들을 모두다 내어놓고 떠나가는 것이구나. 이분은 나보다 세상에 일찍 태어나셨기 때문에 일찍 떠나가시는 것이지만 나도 언젠가는 이분의 뒤를 따라 이렇게 떠나가겠지. 짧은 인생 사는 동안 마음속에 생겼던 남을 미워하는 마음, 분노, 이런 것들이 그 할아버지의 임종을 지켜보면서 사라지는 것을 느꼈다. 그분은 오히려 목사에게 가르침을 주고 떠나가신 것이었다. 그 할아버지는 부족한 목사를 더욱 부끄럽게 해놓고 떠나가신 것이다. 우리 모두도 언젠가는 그렇게 사랑하는 사람들을 남겨둔 채 떠나가게 될 것이다. 그 순간은 누구에게나 다가올 것이며 준비된 사람은 기쁨으로, 그러나 준비되지 않은 사람은 두려움으로 맞이하게 될 것이다. 나는 어느 쪽일까?

자식은 무덤이 아닌 가슴에 묻는다

동양 사람들은 자식이 먼저 세상을 떠나면 그 사람을 불효자식이라고 말을 한다. 부모를 남겨두고 먼저 세상을 떠난다는 것은 크나큰 불효였다. 부모의 가슴속에 커다란 상처를 남겨주기 때문이었다. 심지어 어린 아이가 세상을 떠나면 무덤조차 만들어주지 않던 것이 우리의 풍습이었다. 자식을 먼저 떠나보낸 부모의 마음은 세상의 그 무엇과도 비교할 수 없을 만큼 고통스럽고 아픈 기억으로 남게 된다. 자신의 목숨과 바꿀 수만 있다면 그리하기를 원하는 것이 자식을 사랑하는 부모의 마음일 것이다. Vera 할머니는 사랑하는 딸을 먼저 하나님의 품으로 보냈다. 자식을 먼저 땅에 묻는 예배 모습을 보면서 할머니는 휠체어에 앉아서 그냥 그렇게 서럽게 울고 계셨다. 장례예배를 인도하며 그를 바라보는 나의 마음도 너무 아팠다. 자꾸 눈물이 나왔다. 그분의 딸은 암으로 오랫동안 고통을 받다가 세상을 떠났다. 전직 교사였던 그 딸은 방사선 치료를 받느라 머리를 모두 깎고 볼성 사나운 모습을 하고 있었지만 친정어머니에게는 그저 사랑스러운 자식이었을 뿐이다. 안타까운 모습으로 딸을 걱정하던 그 할머니는 그 딸을 그렇게 가슴속에 묻은 채 이별을 해야만 했다. 그런데 한 달

후 그 할머니는 먼저 보낸 딸이 보고 싶어서 천국으로 뒤따라 가셨다. 한 달 만에 그 어머니를 위해서 또다시 장례예배를 인도해야만 했다. 모녀를 한 달 사이에 장례를 치른 나의 마음도 아팠지만 남은 가족들에게도 고통스러운 일이었다. 하늘도 가슴 아팠는지 장례예배를 치르는 동안 사고도 생겼다. 미국에서는 장례예배를 치를 때 보통 교회에서 먼저 입관예배를 드리고 장지에 가서 하관식을 하든지 아니면 장지에 있는 예배실에서 입관 예배를 하고 곧바로 장지에서 하관식을 했다. 그날은 그분의 평생 헌신하셨던 밴나이스 교회에서 입관예배를 마치고 장지로 향하던 중이었다. 장례 행렬 중 제일 앞에서 경찰이 에스코트를 하고 그 뒤에 영구차 그리고 집례 목사인 내가 뒤를 따르고 있었는데 갑자기 경찰이 모든 차량을 정지시키는 것이었다. 앞서가던 우리는 무슨 일인지를 몰라 궁금해하고 있었는데 공중에는 경찰 헬기와 방송국 헬기가 떠서 계속 돌고 있었다. 그제서야 무슨 사고가 생겼다는 것을 직감할 수가 있었다. 나는 앞쪽에 있었기 때문에 뒤에서 생긴 일을 알 수가 없었다. 나중에 안 일이지만 뒤에서 우리를 에스코트하며 차량 흐름을 통제하던 경찰을 어떤 중년부인이 운전부주의로 친 것이었다. 그 때문에 우리는 길거리에서 한 시간을 서 있어야만 했다. 사고 수습을 위해서였다. 어쨌든 장례식을 치르러 가다가 또 한 사람을 장례 치를 뻔한 아찔한 순간이었다. 다행히 그 경찰은 많이 다치지는 않아서 며칠 후 퇴원을 할 수가 있었다고 한다.

미국교회에서 목회하면서 겪었던 가장 아찔한 순간이었다. 같은 장소에 딸과 어머니를 장사 지낸 나는 한참을 그렇게 서 있으면서 삶과 죽음을 생각해 보았다. 산다는 것이 곧 죽는 것이고 죽는 것이 곧 산다는 것이 기독교의 진리임을 다시 한번 깨달았다. 딸을 먼저 보내고 살아야만 했던 그 어머니는 살아도 사는 것이 아니었을 것이다. 지금도 그 묘지 쪽으로 가게 되면 생각이 난다. 그 공동묘지에 갈 때마다 내가 장례식을 치러 준 교인들의 무덤을 둘러보게 된다. 아련히 그분들의 모습이 생각난다. 그런데 묘지에 갈 때마다 마음이 평온해지고 뭔가 가슴속에 인생의 깊은 의미를 느끼는 것 같은 기분이 든다. 어떤 때는 일부러 공동묘지에 가기도 했다. 묘지에는 많은 이들이 묻혀 있고 저마다 삶의 이야기들을 담고 있다. 그땅에 묻힌 이들이 나에게 해주고 싶은 이야기가 있다는 것을 안다. 나보다 앞서간 이들의 죽음을 통해 배울 점이 있는 것이다. 인생은 그렇게 앞서거니 뒤서거니 하면서 종착역을 향해서 가는가 보다. 우리는 그 종착역에 언제 도달할지 모른다. 앞서 간다고 반드시 먼저 가는 것도 아니고 뒤에 있다고 반드시 나중에 오는 것도 아닌 것이 인생이기 때문이다. 우리 인생의 주관자는 내가 아닌 그분이다. 내 삶의 주인공이 내가 아닌 것이다. 이것을 무덤 속에 있는 이들이 나에게 말해 주려고 하는 것은 아닐까? 지금도 나는 공동묘지에 가서 앉아 있기를 좋아한다. 무덤에 묻힌 사람들로부터 듣고 싶은 이야기가 있는 것이다

무지개 너머에는 노년의 아름다움이

백발이 성성한 Lester 할아버지는 언제나 그 자리에 서서 예배에 참석하러 오는 교인들을 가슴에 이름표를 달고서 반갑게 맞아주곤 하셨다. 누구든지 교회에 예배 드리러 오는 사람은 그 할아버지를 가장 먼저 보게 된다. 30년을 넘게 그 할아버지는 교회 안내요원으로 봉사하고 계셨다. 그것이 하나님께서 자신에게 주신 은사라고 그리고 자신이 할 일이라고 생각하시며 할아버지는 30년을 안내요원으로 봉사해 오신 것이다. 그런데 이제 그 할아버지를 더 이상 교회에서 만나지 못하게 되었다. 할아버지는 외출하고 돌아와 집에서 쉬던 중 갑자기 심장마비를 일으켜 돌아가시게 되었다. 노인들에게 심장마비는 너무나 흔한 그리고 치명적인 질병이다. 그 할아버지는 그렇게 유언 한마디 남기지 못하고 돌아가셨다. 문제는 홀로 남으신 할머니였다. 할머니는 너무 연로하셔서 운전도 못하셨다. 그분들에게는 교통사고로 인해 하반신을 사용하지 못하는, 평생을 휠체어에서 살아야 하는 50이 넘은 아들이 있었다. 자식이 부모를 돌보는 것이 아니라 오히려 부모가 자식을 돌보아야 했다. 또한 할머니 혼자서는 집 관리도 하지 못하는 형편이었다. 결국 할머니는 집을 팔아 양로병원으로 들어가셨고 좋은 지역에서, 좋은 집에서 사시던 그 할머니는 갑자기 변한 환경에 적응해야만 했다. 그 할머니에게는 그나마 한 달에 한 번씩 찾아가 기도해 주는 목사가 잠시나마 대화할 수 있는 즐거움이었다. 내가 한 달에 한 번씩 찾아가면 그 할머니는 교인들의 안부를 한 명씩 이름을 대어가며 목사에게 묻고는 하셨다. 그 아들은 평생을 휠체어에 앉아서 생활해야 되는 불구자였기 때문에 양로병원에 계신 어머니를 찾아오기가 버거운 형편이었다. 할머니는 양로병원에서 잘 적응하지 못하셨다. 심방을 가보면 사람들과 어울리지 않으시고 항상 방안에 홀로 계셨다. 미국의 양로병원에는 즐거운 게임을 인도해 주는 사람도 있고 자원봉사자들이 늘 있어서 외롭지 않다. 그런 생활에 익숙하지 않은 할머니는 늘 혼자였다. 할아버지가 옆에 계시지 않은 할머니는 외로움을 견디지 못하고 그 이듬해에 돌아가시고 말았다. 평생을 함께 해온 배우자를 잃는다는 것은 그렇게 큰 상처가 되고 아픔이 된다는 것을 깨닫게 되었다.

한 할아버지는 늘 혼자서 교회에 나오셨다. 몸이 시원치 않아서 운전도 못하시기 때문에 주일날에는 다른 분에게 도움을 받아야만 교회에 나오실 수가 있었다. 마른 체격에 늘 허약한 모습으로 그 할아버지는 혼자서 집에서 사셨다. 집에 가보면 여러가지 과일나무도 있었지만 관리할 힘도 없으셔서 나무는 제멋대로 자라고 있었고 집안 내부도 자주 청소를 하지 못해서 지저분했다. 가구는 너무 낡고 먼지가 많아서 목사가 심방 가서도 안심하고(?) 앉지를 못했다. 그러나 그분에게는 평생의 추억이 담긴 집이었다. 사랑하는 아내와 자녀들과 함께 행복하게 살던 곳이기 때문이었다. 아내의 손때가 묻은 그릇들, 자식들이 떠들어대고 뒹굴던 가구며 침대들, 차고에 차 대신 가득 찬 여러 가지 잡동사니들이 그 할아버지가 살아온 인생을 그대로 보여주고 있었다. 사랑하는 가족들의 손때 묻은 흔적들을 할아버지는 지우기 싫으셨고 그곳을 떠나기도 싫으셨던 것이다. 내가 심방을 가면 그 할아버지는 늘 모든 가구들을 가리키면서 그 가구에 담긴 이야기들을 해주시고는 했다. 갈 때마다 반복되는 이야기였지만 끝까지 인내심을 가지고 들어주어야만 했다. 할아버지에게는 인생의 귀중한 추억들이 담긴 소중한 물건들이었다. 할머니는 돌아가신 지 오래되었어도 물건 하나하나에 담긴 이야기와 기억들을 오래도록 보존하고 싶으셨던 같다. 결국 할아버지도 무지개 너머 아름다운 곳으로, 아내가 계신 곳으로 떠나가셨다. 무지개 너머에는 많은 이들의 이야기가 담겨 있는 것 같다. 늙고 병들면 모두 다 무지개를 넘어 아름다운 곳으로 이사를 가신다. 나에게도 무지개 너머로 이사를 갈 때가 올 것이다. 그때가 언제인지 모르지만 준비를 하고는 있어야 할 것 같다. 그래야 죽음 앞에서 당황하거나 두려워하지 않을 테니까.

멀리서 살면 오고 싶고 가까이에서 살면 보고 싶은 곳

신앙인들에게 교회란 무엇일까? 나는 어머니 뱃속에서부터 교회를 다녔다. 증조할머니께서 조선 말엽에 선교사의 전도를 받아들여 신자가 되셨고 할머니, 부모님 모두 신앙의 가정이 되었다. 나의 자식들까지 넣으면 5대째 신앙의 가정인 셈이다. 미국인들에게도 교회는 삶의 일부이고 어려서부터 다녔던 교회 혹은 부모님의 손을 잡고 다녔던 교회는 잊지 못하는 것 같다. 교회가 오랜 역사를 가지고 있다 보니 많은 분들이 밴나이스 교회를 고향 교회로 생각하고 살아가는 것을 보게 된다. 역사를 보니 밴나이스 교회와 함께 밴나이스 시는 시작이 된 것이었다. 오렌지나무만 가득했던 곳에 도시가 세워지고 교회가 세워져서 그때 당시만 해도 100년을 넘게 지내오고 있었다.

자니 크리터슨 할머니는 교회의 산 증인이었다. 교회에서 주일학교 때부터 신앙생활을 했기 때문이었다. 그분에게 있어서 교회는 언제나 마음속의 고향이었던 것 같다. 그분은 교회에서 60마일 이상 떨어진 오렌지 카운티로 이사를 가셔서 살고 계셨다. 나는 그곳까지 심방을 가서 할머니를 만나서 나를 소개하고 첫 만남을 가졌다. 멀리서 심방을 와준 나를 너무나 고마워하셨다. 기도해 드리고 이야기를 나눈 다음 할머니는 당신이 사시는 곳을 구경시켜 주며 즐거워하시곤 하셨다. 그곳은 은퇴한 노인들이 살고 있는 평화롭고 아름다운 실버타운이었다. 그분은 초창기때 교회의 모습을 찍은 사진을 나에게 보여주며 일일이 설명을 해주셨다. 할머니의 미소를 띤 얼굴에는 행복한 추억으로 가득했다. 시간이 많이 흘러서 머리는 백발이 되고 허리는 굽어지고 기력은 쇠해도 교회를 사랑하는 마음은 항상 젊었다. 거동이 어려워지자 교회 근처로 다시 이사를 오셨다. 교회가 그리웠기 때문이었다. 거동이 불편해서 교회에 나오지는 못해도 교회 근처에 사시는 것만으로도 행복해하던 분이었다. 나는 늘 교회 주보를 보내주고 심방하면서 이야기하는 시간을 가졌다. 할머니는 그 시간을 기다리며 한때나마 행복해하시더니 교회 근처로 이사 온 지 얼마 되지 않아 돌아가시고 말았다. 가족들은 장례식 때 교회에 와서 그 할머니가 한창 활동하실 때 교회에 기증해 놓으신 것들을 가리켰다. 교회의 구석구석에 그 할머니의 손때가 묻어 있었다. 겉으로 보면 신앙이 없는 것처럼 보이지만 그들의 가슴속에는 그렇게 신앙이 자리잡고 있었다. 교회와 함께 자라고 늙어가며 교회와 함께 사라져 가는 것이 신앙심 깊은 미국인들이다. 한국사람들처럼 금방 뜨거워지고 금방 식어지는 그런 믿음은 아니어도 늘 변함없는 마음으로 교회를 사랑하는 것이 그들의 신앙심이다. 언젠가 심방 가서 할머니와 담소를 나누고 있는데 갑자기 우주선 챌린저호가 폭발했다는 소식을 긴급 뉴스로 듣게 되었다. 할머니는 TV로 그 모습을 보면서 많이 슬퍼하셨고 특히 젊어서 선생님으로 일하신 때문인지 챌린저호에 타고 있던 승무원들 중 한 사람이었던 여 선생님을 더욱 안쓰러워하셨다. 나도 함께 뉴스를 보면서 안타까움을 나누었다. 깊은 주름살과 하얀 백발이 세월을 뛰어넘어 오히려 아름다움으로 비추이는 분이었다.

미국인들은 어떤 사람이 다른 사람과 비교하여 아주 위대하거나 뛰어났을 때 Legend라는 표현을 쓴다. William Lampkin이라는 할아버지가 한 분 계셨는데 그분의 장례식을 치르면서 처음으로 Legend라는 표현을 썼다. 그분은 그 당시 91세임에도 불구하고 매주 수요일 교회에 오셔서 다른 분들과 함께 일주일 동안 교인들이 모아온 신문지를 폐품수집 센터에 갖다 주는 분이었다. 매주 수요일마다 남선교회에서는 신문지, 깡통, 혹은 유리병 등을 수집하고 그 돈을 팔아서 헌금으로 드렸다. 그분들과 함께 나도 매주 수요일이면 수집한 신문을 묶고 트럭에 실어서 재활용 센터에 갖다 주었다. 노인들이 일하시는 것을 두고 볼 수만은 없는 것이 한국인의 정서이기 때문이었다. 일을 마친 후 함께 먹는 도너츠는 최고의 맛이었다. 그리고 Lampkin 할아버지는 일주일에 사흘씩 교회 주위에 있는 노숙자들을 위해서 교회에서 마련한 음식을 나누어주는 일을 하셨다. 그분은 마지막 쓰러지는 날까지 교회에서 봉사하시다가 아름다운 죽음을 맞이했다. 더 이상 육체적으로 감당할 수 없을 때까지 봉사를 쉬지 않으신 분이었다. 고통의 시간도, 죽음을 느낄 시간조차 없이 축복 가운데 돌아가신 분이었다. 그분이 하늘나라에서 받을 상금이 그 누구보다도 크다는 것을 감히 말할 수 있다.

한국사람들은 70세만 되어도 노인대접을 받아야 된다고 생각하고 가정에서나 교회에서 아무 일도 하지 않으려고 한다. 사회적으로도 경로사상이 만연해 있어서 젊은 사람들도 당연히 그렇게 생각을 한다. 노인을 잘 대접해야 한다고 생각하는 것이다. 과연 봉사를 하는 것까지도 노인이기 때문에 쉬어야 한다는 말이 옳은 것일까? 미국교회는 대부분 노인들이 많이 계시기 때문에 70세는 노인 축에 들지도 못한다. 미국교회에서 시무하는 동안 노인들께 할아버지, 할머니라고 불렀다. 한국 식으로 생각하면 감히 할아버지, 할머니뻘 되는 분들의 이름을 부를 수가 없었기 때문이었다. 내가 할아버지 할머니로 부르자 그분들도 목사라는 호칭 대신 손자라고 불러주셨다. 렘킨 할아버지는 그야말로 나에게는 할아버지뻘 되는 분이었다. 지금도 그분이 나만 보면 손을 흔들며 Hi, Rev. Shin! 하고 부르시던 모습이 눈에 선하다. 바람이 세게 불면 혹시 넘어지지나 않을까, 운전하다가 혹시 정신을 놓아 사고 나지는 않을까 늘 염려하였지만 그분은 강건한 모습으로 끝까지 충성하다가 부르심을 받았다. "할아버지, 하늘에서 상 많이 받으시면 저한테 좀 나누어주세요."

사랑스러운 그대 이름은 Darling

내가 지금까지 목회하면서 만난 교인들 중에 가장 오래 사신 분이 Darling 할머니이시다. 사랑스러운 그 이름처럼 그 할머니는 모든 분들에게 사랑을 받으셨고 사랑을 베푸시는 분이었다. 밴나이스 교회로 파송 받았을 때 그 할머니는 이미 활동력을 잃고 하루종일 휠체어에 의지하신 채 양로병원에서 살고 계셨다. 처음 그 할머니를 심방했을 때 그분은 99세이셨고 그후 4년을 더 사시고 103세에 돌아가셨다. 처음 그분을 뵈었을 때 귀도 어둡고 눈도 어두워 목사를 알아보지는 못했지만 간신히 대화는 할 수 있을 정도였다. 밴나이스 교회에 새로 파송 받아온 목사라고 소개를 하니까 자신은 밴나이스 교회를 너무나 사랑한다고 하시면서 잘 들리지 않는 목소리로 한참이나 교회에 대해서 자랑을 하셨다. 다른 분들에게 말씀을 들으니 그 할머니는 평생을 가난한 사람들에게 나누어줄 뜨개질을 하셨다고 한다. 교회에 계신 분들

중 그 할머니에게 직접 뜨개질한 숄더 한 개 받아보지 못하신 분이 없을 정도로 많은 분들이 그 할머니의 사랑의 작품(?)을 가지고 있었다. 교회에도 그 할머니의 아름다운 작품들이 많이 남아 있었다. 세월이 지나 너무 노쇠하고 병들어 거동도 불편하셔서 양로병원에서 사실 수밖에 없는 처지가 되셨다. 부족한 목사였지만 정기적으로 그 할머니를 심방했고 그 할머니는 점점 쇠약해지면서 끝내는 눈도 보이지 않게 되었다. 그간의 경험으로 보아 곧 임종하실 것을 느낄 수가 있었다. 마침내 영원한 여행을 떠나셨고 정성스럽게 장례식을 치러드렸다. 103세, 지금까지 살아오면서 만난 사람들 중 가장 오래 사신 분이었다. 평생을 뜨개질로 남에게 옷을 만들어 주고 담요를 만들어 주며 사랑의 손길을 주신 할머니셨다. 비록 그분은 하나님의 품에 안기셨어도 그분이 남기신 많은 사랑의 작품들은 영원히 사람들의 가슴속에 남아 있을 것이다. 뜨개질로 만든 담요를 덮을 때마다, 옷을 입을 때마다 그 할머니가 생각이 날 것이다. 사람은 죽어서 이름을 남긴다더니 그 할머니는 사랑의 옷을 남김으로 사람들의 기억속에 남게 되었다. 나는 죽어서 무엇을 남길 수 있을까?

교회에서 20마일 정도 떨어진 곳에 제2차 세계대전에 참전하시고 한국전쟁에도 종군기자로 참가하신 분이 계셨다. 처음 그 교회에 파송 받았을 때 내가 한국사람인 줄을 알고는 그가 젊었을 때 버마(지금은 미얀마)의 한 정글에서 한국 위안부들을 찍은 사진을 보여주셨다. 오래된 사진이어서 색도 바랬지만 사진 속에는 15세 정도의 젊은 여자들이 정글 속에서 겁먹은 얼굴로 20여 명이 무리 지어 앉아 있었다. 그 가운데 인솔자인 듯한 일본군 군인이 칼을 차고 앉아 있었다. 말로만 듣던 종군위안부들을 사진 속에서나마 직접 볼 수가 있었다. 힘들고 고통스러운 인생을 살아오신 그분들이 지금까지 살아계신 분들이 별로 없다고 들었다. 사진을 바라보면서 가슴속에 저린 아픔이 몰려왔다. 지금도 일본은 위안부의 존재 자체를 부인하지만 할머니들의 생생한 증언은 그들의 양심적인 반성과 사과를 지속적으로 요구하고 있다. 그분은 한국에 대해서는 좋은 인상을 받았다며 한국에 대한 칭찬을 많이 해서 기분이 좋았다. 이분은 태평양전쟁이 끝나갈 무렵에 히로시마에 떨어뜨린 원자폭탄의 위력을 확인하러 사흘 후 그곳으로 날아가 사진을 찍어온 분이다. 그분은 재혼을 하고 전처와 자녀들은 거의 만나지 않고 살아가고 있었다. 심방을 가서 기도를 하려는데 그분이 나한테 가족을 소개해 주었다. 개도 한 마리 있는데 그 개도 가족이므로 그 개를 위해서 기도하는 것을 잊지 말아달라고 부탁을 하는 것이었다. 지금까지 목회하면서 아니 살아오면서 짐승을 위해서 기도해 본 적이 없기 때문에 속으로 당황했다. 개가 어디 있나 보려고 고개를 돌려보니 탁자 밑에 앉아 있었다. 그 개를 보는 순간 속으로 "딱 보신탕 감이구만" 하는 생각이 스쳐 지나갔다. 그러나 내색하지 않고 그 개를 위해서도 기도를 하였다. 평생 처음으로 짐승을 위해서 기도해 본 순간이었다. 개도 가족으로 생각하고 사랑하는 미국인들을 한편으로는 이해하면서도 또 한편으로는 문화적으로 너무나 다른 이질감을 느꼈다. 그 개도 복받은 개라고 생각이 되었다. 한국에서 태어났으면 여름날 개 같은 인생(?)을 마쳤을지도 모르는 일이다. 집에 돌아와 예수님이 과연 짐승을 가족처럼 사랑하셨는가 생각을 해보았다. 예수님께서 짐승에 대한 사랑을 언급한 것이 거의 없다는 것을 알게 되었다. 그러나 만물을 사랑하시는 주님의 형상을 따라 지어진 인간이니 살아있는 모든 것들을 사랑하며 살아가는 것이 그분의 마음에 합당하리라 생각을 해보았다. 짐승도 가족으로 생각하며 살아가는 법을 배워야 하고 짐승을 위해서 기도하는 것도 할 줄 알아야 미국인들을 위해서 목회할 수 있을 것 같았다. 하나님의 사랑은 사람이나 짐승이나 차이는 없을 테니까.

늙지 않는 비결

밴나이스 교회에 파송되어 갔을 때 처음 만난 분이 'Paul'이라는 분이었다. 한국 식으로 발음하면 '바울'이다. 성경에 나오는 바울은 사도 중의 사도였다. 그분의 영적 성품을 닮았는지 내가 처음 교회에 와서 이곳저곳을 살펴보고 있을 때 Paul은 교회의 문을 고치고 계셨다. 은퇴한 지도 오래 되었지만 하루도 빠지지 않고 교회에 나오셔서 봉사하시는 분이었다. 트럭을 타고 다니시면서 항상 교회에 필요한 일을 앞장서서 해주셨다. 사택에 고장이 나면 그분이 항상 고쳐주셨다. 다리를 약간 저셨지만 교회 일은 누구보다도 열심이셨다. 재미있는 점은 서로 다른 가정의 두 남매가 서로 결혼을 했다는 사실이었다. 우리말로는 겹사돈이 된 것이다. 미국에서는 그것이 가능한 모양이다. 한국사회에서는 말도 안 되는 이야기이지만 혈연을 그리 중히 여기지 않는 미국사회에서는 별문제가 되지 않는 것 같다. 언젠가 신문에서 보니 한 자매가 한 남자에게 동시에 시집가기 위해서 일부다처를 허용하는-물론 공식적으로는 안 되지만-몰몬교에 입교한다는 이야기를 읽었다. 어쨌든 이분은 87세에 이르는 연세에도 불구하고 사다리를 타고 그 높은 교회 천장의 전구도 바꾸고 종탑의 고장 난 전기도 고치는 참으로 용감하신 분이었다. 그분을 보면 교회에서의 봉사가 얼마나 값지고 귀한 일인가를 알 수가 있었다. 매주 그 할아버지는 교회에 와서 일주일 동안 모은 신문을 가져다 팔아서 그 돈을 교회로 가져오셨다. 그리고 다른 분들과 함께 맛있게 커피와 도너츠를 드셨다. 그분들과 함께 폐품을 나르고 차에 싣고 그리고 함께 앉아서 먹는 커피와 도너츠 맛을 지금도 잊을 수가 없다.

그분의 봉사하는 열정은 건강의 축복으로 이어져 그 연세에도 불구하고 질병도 앓지 않고 건강하게 교회 봉사를 할 수 있도록 인도해 주셨다. 한국사회에서는 그 연세라면 일한다는 것을 쑥스럽게 여기고 교회에서 그런 일을 한다는 것은 상상도 할 수 없는 일일 것이다. 그런 일은 젊은 사람들이나 하는 것이려니 생각할 것이기 때문이다. 물론 젊은 사람들이 그렇게 고령에 일하시도록 내버려 두지도 않을 것이다. 아무튼 그분이 늙지 않으시는 것은 열심히 일하시기 때문인 것 같았다. 교회든 사택이든 그분의 손길이 닿지 않은 곳이 없었다. 해마다 성탄절이 되면 가장 먼저 부족한 목사에게 성탄 카드를 보내주셨다. 그리고 교인들의 소식을 전해 주셨다. 목사는 그분의 왕성한 활동을 보면서 참으로 멋있다는 생각을 하곤 했다. 그리고 육신이 허락하는 한 나도 저분처럼 열심히 봉사하리라 다짐을 하곤 했다. 그러나 세월의 흐름을 끝까지 거역할 수는 없었다. 결국 천국에 가셨고 2년 후 그분의 아내로 평생을 살아오신 '룻' 할머니도 남편 곁으로 가셨다. 그런데 그 할머니는 부족한 나를 끔찍이도 사랑하셔서 가족들에게 당신이 죽으면 나에게 장례식을 해달라고 부탁하라는 유언을 남기셨다. 나는 이미 다른 교회에서 섬기고 있었지만 가족들의 연락을 받고 그 할머니의 임종을 앞둔 한 달 전 그 할머니를 방문하고 유언 아닌 유언을 직접 들었다. 자신의 하관식은 간단하게 가족들끼리만 하고 나중에 Memorial service를 당신이 평생 헌신하신 밴나이스 교회에서 해달라고 부탁하셨다. 이제는 하늘나라의 일원이 되어 그곳에서 무슨 일을 하고 있을까 생각을 해본다. 아마도 그분은 지금도 천국에서 일을 하고 계실 것이다. 쉬지 않고 일하면 변함없이 늙지 않는 것 같다.

다양성과 포용성이 공동체를 만든다

미국이라는 나라는 이민으로 만들어진 나라이기 때문에 다양한 인종이 어울려 살아간다. 다양한 문화와 전통을 존중하고 서로 포용하여 미국이라는 나라는 만들어졌고 지금도 만들어져 가고

있다. 교회도 마찬가지이다. 섬기는 교회는 백인들이 대부분이었
지만 흑인이 두 가족 그리고 필리핀 사람이 두 가족 있었다. 흑인
두 가족 중 '도로시' 할머니는 혼자 사는 분이었다. 자녀들은 멀
리 다른 주에 살고 있는데 할머니 혼자 아파트에서 살고 계셨다.
항상 누구보다도 교회예배 시간에 먼저 나오고 밝은 웃음으로 인
사 나누는 아주 친절한 분이셨다. 그 교회를 떠난 지 오래 되었어
도 매년 성탄절이면 성탄 카드를 보내주셨던 분이시다. 그분의
집에 심방을 했다. 혼자 사시지만 어쩌면 그렇게 깨끗하고 정결
한지 벽난로 옆에는 가족들의 사진이 나란히 걸려 있었다. 미국
인들은 어디서든 가족들의 사진을 걸어놓기를 좋아한다. 방문객
이 오면 집에 있는 가족사진들을 보여주면서 설명을 해준다. 지
갑에도 늘 넣고 다니면서 다른 사람들에게 보여준다. 그 교회를
떠나는 마지막 주일날 그분은 눈물을 보이고 말았다. 정이 많이
들었던 모양이다. 그 교회를 떠난 후에도 교인들을 위하여 15회
이상 장례식을 집례해 주었다. 지금은 모두 돌아가시고 세 분만
남아 계신다. 미국인들도 정이 깊다. 한국사람들만큼 끈끈하지는
않지만 그분들의 정도 아주 깊다. 백인들이 모이는 교회에서 흑
인이 어울리는 것이 어쩌면 부자연스러웠을지도 모르는데 그분
은 잘도 어울렸다.

첫 주일을 맞았을 때 모든 교인들이 가슴에 이름표를 달고 새
담임목사가 교인들을 하루빨리 알아볼 수 있도록 배려해 주는 것
을 보고는 커다란 감명을 받았다. 조그마한 동양인 목사를 그렇
게 따듯한 마음으로 환영해 주는 것을 보고 가슴속에 있는 두려

움이나 어색함이 모두 사라졌다. 밴나이스 교회 100년의 역사상 최초의 동양인 목사로 파송을 받았는데 교인들은 따듯이 맞아주었다. 그중에 한 할머니는 자신을 소개하고 이름을 말해주면서 머리 빗는 빗을 생각하라고 했다. 그 할머니의 이름이 영어로 Comb였기 때문이었다. 한국말 이름이 '머리빗'인 것이다. 목사와 교인들의 첫 번째 만남을 부드럽게 만들어 주고 자연스럽게 만들어준 할머니가 바로 그분이었다. 그래서 그 할머니의 이름을 가장 먼저 기억하게 되었다. 그 할머니는 교회 근처에서 살고 계셨기 때문에 운전은 하지 않으시고 교회까지 걸어 다니시는 분이었다. 여름에는 양산을 쓰고 걸어 다니셨는데 하루는 옛날 일본 여인들이 쓰고 다녔던 아름다운 그림이 그려져 있는 대나무로 만든 양산을 쓰고 오셨다. 그래서 그 양산을 어디에서 났느냐고 여쭈었더니 그라지 세일에서 샀다고 하면서 자세히 보여주시는 것이었다. 미국에서의 그라지 세일은 보물을 찾는 곳이다. 주인은 쓸모없어 집안을 정리하는 의미로 헐값에 파는 것이지만 필요한 사람에게는 아주 싼값에 살 수 있는 기회를 얻게 되는 것이다. 그 때도 그렇지만 지금도 자주 그라지 세일을 찾아서 구경도 하고 필요한 것도 사고는 한다. 그 할머니는 교회 활동 사진을 찍으면 게시판에 붙이는 일을 맡아서 평생을 하시는 분이셨다. 그리고 그 사진 밑에는 설명하는 글까지 쓰셔서 보는 이의 마음을 기쁘게 해주시는 분이셨다. 비가 오는 날이면 바바리 코트를 입고 교회를 걸어오셨다. 몇 번 집까지 모셔다 드린 적이 있지만 할머니는 군이 사양하셨다. 운동을 해야 한다는 것이었다. 그런데 어느

해인가 성탄카드를 보내오셨는데 주소를 보니 내가 새로 옮긴 교회에서 가까운 곳이었다. 아마도 양로병원으로 가신 것 같았다. 할머니가 위독하다는 소식을 그분의 따님으로부터 듣고 심방을 갔다. 교회를 떠난 지 오래 되었지만 할머니가 위독하다는 소식을 듣고는 그냥 있을 수가 없었다. 이미 사람을 알아보지 못할 정도로 심각한 상태였다. 오래 못 버티시겠구나 생각했는데 며칠 후 다시 연락이 왔다. 운명하셨다는 것이었다. 나는 가족들과 상의하여 정성스럽게 그 할머니의 장례식을 치러드렸다. 아들이 경찰서장이라 형편이 괜찮음에도 불구하고 혼자 사시면서 교회봉사를 열심히 하셨던 할머니. 이제는 하늘나라의 가족이 되어 그곳에서 천국에서 사는 이들의 교회활동 사진을 붙이는 일을 하고 계실 것이다.

다양한 이들이 함께 신앙생활을 했지만 세 자매가 함께 교회에 나오는 가정이 있었다. 세 자매 중 위로 두 언니는 과부가 되어 혼자 살아오고 계셨다. 그리고 막내는 결혼을 하지 않고 혼자 사시는 분이었다. 그때 이미 모두 80세가 넘고 제일 큰언니는 92세였다. 정신도 가끔 없으셔서 가끔 내가 누구인지를 모르실 때가 있었다. 그러자 그분의 따님이 나한테 혹시 어머니가 목사님을 못 알아봐도 섭섭하게 생각지 말라고 미리 말씀해 주셨다. 다행히도 제일 큰언니는 자녀로 두 따님이 있는데 모두 효도를 잘하는 분들이었다. 점점 정신이 없어져 가니까 이미 은퇴한 두 따님이 시간을 나누어 어머니 곁을 하루종일 지켜드리기로 결정을 하였다. 참으로 미국사회에서 보기 드문 효성스런 분들이었다. 이런 경우 대부분의 사람들은 어머니를 양로병원에 모시고 가끔 찾아뵙기만 할 뿐이다. 참으로 두 따님은 하나님께 축복받으리라 생각을 하였다. 그리고 다른 사람들도 이런 효성스런 분들을 본받아 미국사회가 좀더 따뜻해지고 부모에게 효도하는 분위기가 되면 좋겠다는 생각도 해보았다. 하나님은 부모를 공경하라고 말씀하셨다. 부모에게 효도하는 사람에게 복 주신다고 말씀하셨다. 눈에 보이는 부모에게 효도하지 않는 사람이 눈에 보이지 않는 하나님을 섬긴다고 어떻게 말할 수 있을까?

어느날 따님이 전화를 하셨다. 점심이나 같이 먹자는 것이었다. 나는 감사하기는 했지만 기대는 하지 않았다. 미국인들 점심식사를 잘 알기 때문이었다. 그래서 나도 부담 없이 참석을 했다. 아니나 다를까 점심메뉴는 chicken salad 한 가지였다. 닭고기를 찢어서 야채와 함께 버무린 간단한 메뉴였다. 한국 같으면 식사에 초대하려면 상다리가 부러질 정도로 준비를 했을 것이다. 참으로 서로 부담 없이 점심을 같이할 수 있는 시간이었다. 그 이후로도 그 따님들은 가끔 나에게 전화를 해서 안부를 묻고는 하셨다. 잘 지내느냐고. 미국인들도 정이 들면 쉽게 잊지 못하는 모양이다. 그리고 세월이 좀더 흘러서 이젠 그 세 자매 할머니들 모두 돌아가셨다. 세 자매는 정도 깊은지 돌아가실 때도 2년 사이에 모두 돌아가셨다. 그분들의 장례식에 가서 추모사를 하였다. 많은 기억들이 머릿속에서 떠올랐다. 그 교회를 떠난 뒤에도 오랫동안 제일 큰언니의 두 따님은 성탄 때와 부활절이면 카드를 보내주었다. 할머니 자매님들, 천국에서 늘 평안하게 그리고 사이

좋게 사세요.

두 집 살림도 능력이다

　두 집 살림을 하는 분이 있었다. 그런데 부부가 동의를 하고 사
는 것이었다. 부부가 정도 깊다. 바람이 난 것은 더더욱 아니다.
멀리 아이다호 주의 호숫가에 별장을 사두고 일년에 반은 그곳에
서 그리고 일년에 반은 밴나이스에서 지내는 것이었다. 물론 부
부가 항상 함께 움직이면서 두 집 살림을 하는 것이었다. 남편은
콧수염을 아주 멋있게 기르는 분이었고 아내는 한국 아줌마처럼
둥그렇게 생기고 마음씨가 참 예쁜 분이었다. 두 분은 RV를 가지
고 여행을 하면서 재미있는 삶을 살아가고 있었다. 자녀들은 물
론 성장하여 나름대로 인생을 살아가고 있으니 자식 걱정은 할
필요가 없었다. 전형적인 미국인들의 삶을 살고 계셨다. 자녀들
이 어떤 인생을 살든 그것은 자식들의 몫이다. 부모로서의 책임
감은 느끼지 않는다. 그저 고등학교 졸업할 때까지만 책임지면
되는 것이다. 그리고 고등학교를 졸업하는 18세가 되면 가차 없
이 집에서 내쫓는 경우도 있었다. 독립하라는 것이다. 어떤 아이
는 고등학교를 졸업하고 며칠 후 엄마 아빠가 자기의 짐을 모두
밖에 내어놓았다고 울먹였다는 얘기도 들었다. 무조건 독립하라
는 뜻이었다. 갈 데가 없어진 그 아이는 친구집에서 당분간 얹혀
살기로 했다고 한다. 어찌 보면 정떨어지는 이야기지만 그것이

미국인들의 삶이다. 그렇게 일찍부터 독립을 하기 때문에 광활한 서부의 캘리포니아를 개척할 수가 있었고 지금도 미국인들의 삶 속에서는 그러한 개척정신이 흠뻑 들어 있음을 보게 된다.

자식들 걱정하지 않고 또 자식들 때문에 부모 인생 볼모로 잡히지 않고 두 부부가 그렇게 사이좋게 살아가는 모습이 참 보기에 좋았다. 성탄절에 교인들과 함께 크리스마스 캐롤을 하고 그분 집에 가서 함께 피자를 먹었다. 피자를 먹은 후 그분은 교인들에게서 피자 값을 걷기 시작했고 모두가 지갑에서 돈을 꺼내 자신이 먹은 피자 값을 치렀다. 그분이 자신의 집으로 초대를 했으니 당연히 교인들에게 대접을 해주겠지 라고 생각했는데 그분은 장소만 제공을 한 것이었다. 한국사람 같으면 초대를 했으니 당연히 집주인이 음식값을 내는 것이 당연했지만 미국인들의 삶은 달랐다. 문화적인 차이를 철저히 느끼는 순간이었다. 다른 교인들은 아무렇지도 않게 돈을 내는 것을 보고 이것이 미국인들의 삶이구나 하는 것을 느꼈다. 주일이면 예배 후 교인들끼리 나누어 먹을 과자를 맛있게 구워 오는 분이 바로 그분들이었는데 그 값은 받지 않았다. 가끔씩 그 과자 맛이 생각이 난다. 아이다호 주까지 놀러 오라고 하였지만 한 번도 가볼 기회는 없었다.

그런가 하면 참으로 여행을 즐기는 또 다른 부부가 있었다. 많은 미국인들이 RV(Recreation Vehicle)을 가지고 있다. 여행용 큰 버스인데 그 안에는 부엌과 화장실 등 모든 것이 갖추어져 있어서 움직이는 집이라고 할 수 있다. 나 또한 은퇴 후 그런 차를 구입하여 미국 곳곳을 여행 다니면서 사는 것이 꿈이다. 두 분은 일년이면 6개월을 그 RV를 운전하면서 미국 전역을 다니면서 여행을 즐긴다. 하루는 할아버지가 나한테 일년 여행 스케줄을 보여주었다. 여름을 중심으로 일년 동안 여행할 곳 그리고 여행하면서 참석할 같은 여행족들끼리 만든 동우회와의 만남 등이 모두 적혀 있었다. 일년 동안 여행하면서 다녔던 곳을 교회 오면 자랑스럽게 이야기해 주셨다. 그러면 많은 곳을 다녀보지 못한 나는 그분의 이야기를 재미있게 듣고는 했다. 남선교회 회장을 맡고 있었는데 여행하느라 교회에 오지 못할 때는 부회장에게 맡기고 올 수 있을 때는 꼭 참석하셨다. 한 달에 한 번 남선교회가 식당에서 아침식사를 같이하는데 그분은 가능하면 참석하려고 하셨다.

어느날 할머니가 돌아가셨다. 갑자기 세상을 떠난 이유는 심장마비였다. 나는 슬픈 마음으로 장례를 치러 드렸다. 할머니를 잃은 할아버지는 그 좋아하던 RV를 아들에게 주시고는 오레곤 주에 있는 또 다른 아들 집 근처로 이사를 가셨다. 갈 때는 연락도 없었고 그 이후로는 소식이 끊겼다. 한편으로 섭섭하기도 했다. 장례식까지 치러 드렸는데 장례식 이후로는 소식이 끊겨버린 것이 조금은 섭섭했다. 하지만 그것이 미국인들의 삶인 것 같다. 미국인들도 나이 들어 거동이 불편하고 혼자 살기 외로우면 자식들 곁으로 이사를 간다. 내가 목회하던 교회에서는 그렇게 노후를 지낼 계획을 세우신 분들이 대부분이었다. 그래서 몇 가정이 배우자가 사망한 경우에는 모두 자식들 곁으로 이사를 가셨다. 미국인들도 한국인들 못지않게 부모에 대한 공경심을 가지고 있다.

나는 할머니의 장례예배를 인도하면서 "이제 할머니는 예수님과 함께 천국에서 춤을 추고 계실 것입니다" 하고 할아버지를 위로해 드렸다. 할아버지는 할머니 무덤 앞에서 오랫동안 그렇게 서 계셨다. 할아버지, 너무 슬퍼하지 마세요. 할머니는 좋은 데 가셨잖아요.

커피향보다 진한 사랑의 냄새

두 분은 국민학교 동창이었다. 두 분이 연세가 90세를 넘기도록 함께 사셨으니 수십 년을 친구처럼 그렇게 살아오신 분들이다. 가만히 보면 두 분은 오누이처럼 말하고 오누이처럼 행동한다. 오랫동안 삶을 나누다 보니 서로 비슷해진 것 같다. 할아버지는 YMCA 활동에 적극적이었고 할머니는 교회의 Out Reach Committee의 멤버로서 불우한 이웃을 돕기 위해 또 교회 주변의 가난한 이들과 집 없는 이들을 돕기 위해 적극적으로 활동하고 계셨던 분들이었다. 더 나아가 제3세계의 가난한 나라에 사는 사람들이 필요로 하는 안경을 모아서 보내주고, Cambel Soup 상표를 모으고 여러 가지 상품 교환권을 모아서 필요한 사람들에게 나누어주는 일을 하셨다. 주일날이면 예배 후 친교 모임을 위해서 커피를 맛있게 끓여서 교인들을 대접하였다. 미국인들은 작은 것이지만 남을 돕는 일에 적극적이다. 얼마 안 되는 그런 것들을 정성스럽게 모아서 필요한 사람에게 전해 주는 일을 하는 것에 대해서 즐거워한다. 한국사람들이라면 그까짓거 차라리 돈으로 조금 내고 말지 할 테지만 미국인들은 참여하고 함께 일하는 데 대해서 기쁨을 느낀다. 우리가 배울 수 있는 좋은 점인 것 같다.

두 분은 항상 다정하게 손을 잡고 교회에 나오셨다. 할아버지는 오랫동안 교회에서 안내요원으로 평생을 헌신해 오신 분이셨다. 예배 시작하기 전까지는 안내를 해주시고 헌금 시간에는 헌금요원이 되셔서 헌금을 거두어주셨다. 새로 오시는 분이 있으면 정성스럽게 안내해 주시고 예배 후에는 친교 시간도 도와주시는 너무나 활동적이시고 충성스럽게 헌신하시는 분이셨다. 남선교회 몇 분이 골프를 치실 때 늘 빠짐없이 함께 어울렸던 분이었다. 그때만 해도 나는 골프를 치지 않았기 때문에 그분들과 어울릴 기회가 없었다. 모두 은퇴하신 분들이라 좋은 골프장을 찾아서 이곳저곳을 다시니며 그렇게 즐겁게 남은 인생을 여유 있게 사시는 것이었다. 연세가 드시면서 더 이상 골프를 치기가 어려워지셨고 아예 골프를 그만두셨다. 이제는 골프채를 차에 넣고 꺼내는 것도 힘들다고 하셨다. 가슴이 저려왔다. 언제까지나 건강하시면 좋을 텐데. 늙는 것을 막을 수는 없다 다만 끝까지 건강하게 살 수 있도록 노력하는 것뿐이다.

미국교회는 교인들이 각자 맡은 일을 충실히 하기 때문에 교회가 안정적이고 목사가 특별히 신경 쓸 일이 없다. 목사가 없어도 잘 운영이 되는 것이 미국교회이다. 커피 아줌마가 한 분 있었다. 그분은 주일예배 후 늘 커피를 끓여 교인들에게 대접을 하셨다.

나는 그분을 Mrs. Coffee라고 불렀다. 미국인들은 한국사람들처럼 예배 후 점심을 먹는 것이 아니고 그저 간단하게 커피와 도너츠로 대신한다. 그렇게 하면 아침 일찍부터 밥하려고 여자들이 부엌에서 시간 보낼 필요도 없고 도와주지 않는다고 불평할 필요도 없다. 그렇게 베키 아줌마는 수십 년째 교회에서 커피를 끓이는 분이었다. 할머니가 되어서 손주들도 여럿이지만 주일마다 커피향을 교회에 퍼뜨리는 아름다운 분이었다. 그것만이 아니고 친교 시간이 끝나면 부엌 청소는 물론 커피포트까지 깨끗하게 씻어 놓고 가는 분이었다. 지금도 그 아줌마만 생각하면 가슴속에서 커피향이 우러나온다. 원래 커피를 안 마셨지만 미국교회에서 시무하면서부터 커피를 마시기 시작했다. 주일마다 예배 후에는 커피를 마시며 교인들이 친교를 하기 때문이다. 커피의 진한 향기가 사람들의 마음을 향기롭게 하고 그분의 삶을 향기나게 하였다. 남편은 회계사이기 때문에 생활도 걱정 없었다. 그분은 학교 선생님이었지만 건강이 허락하는 한 열심히 일하며 살아가는 분이었다. 언젠가 그분의 남편과 미국인들의 감사절인 추수감사절에 대해서 논쟁을 벌이다가 관계가 안 좋아진 일이 있었다. 역사적으로 보면 미국땅에 처음 발을 내디딘 영국에서 온 청교도들에게는 미국이 기회의 땅이었다. 반면에 원래부터 살고 있던 인디언들 입장에서 보면 그것은 침략이었다. 지금도 원주민들인 인디언들은 추수감사절을 지키지도 않고 좋아하지도 않는다. 왜냐하면 그들의 아픈 역사를 기억하고 있기 때문이다. 인디언들은 신대륙에 도착한 청교도들에게 옥수수와 먹을 것을 주었지만 그들은 잔인하게 인디언들을 학살했기 때문이다. 추수감사절에 담긴 이런 이야기들을 교회 소식지에 실었는데 그분의 남편이 읽고서 기분이 상해서 항의를 하였다. 나는 그분을 찾아가 역사적인 사실을 말했을 뿐 청교도들을 나쁘게 말할 의도는 없었다는 것을 이야기하고 서로 이해하게 되었고 그 후로는 더욱 친하게 지내게 되었다. 지금도 성탄절이 되면 가장 먼저 카드를 보내주는 분들 중의 한 분이다. 좋은 소식, 기쁜 소식을 제일 먼저 알려주는 참으로 고마운 분이다. 그 교회를 떠난 지 오래 되었어도 교인들의 장례식을 치르려 가면 그분이 제일 먼저 커피를 끓여놓고 맞이해 주었다. 커피보다 진한 그리스도의 향기가 언제까지나 그분의 삶에서 배어나기를 기도해 본다.

잘 배워야 잘 가르친다

첫 번째 목회지였던 샌버나디노에서 7년을 목회하는 동안 첫 해에는 한국인들만을 위해서 목회하다가 그 이듬해에는 미국인 교회와 합쳐서 미국교인들까지도 맡아서 목회하게 되었다. 그래서 영어 발음을 더 잘하려고 미국교인 한 사람에게 부탁하여 일주일에 한 번씩 만나서 발음을 연습하였다. 그러다가 두 번째 목회지인 밴나이스 미국교회로 왔다. 밴나이스 교회로 파송 받아오면서 영어발음을 교정해 줄 분을 교인 가운데 찾았는데 그분이 바로 Hutchens 할머니이다. 남편은 경찰관으로 오래 근무하다가 은퇴하였고 집에서 Ham(무선통신)을 하면서 다른 사람들과 대화하는 것을 즐기며 살아가는 분이었다. Van Nuys 미국교회에서 5년 동안 목회하면서 이분에게 매주일 한 번씩 영어발음을 교정 받았는데 덕분에 발음이 많이 좋아졌다. 이분은 교회 프로그램으로 방과 후 아이들의 숙제를 도와주는 일을 시작했을 때 제일 먼저 앞장서서 도와주었던 분이다. 그분의 제자들은 모두가 학교 선생님들이었다. 그 선생님들에게 아이들 가르치는 법을 가르치는 것이다. 선생님들의 선생님인 셈이다. 주일예배 후에는 평신도 성경공부도 인도하셨다. 평생 남을 가르치는 일을 하신 분이었다. 이만큼이라도 영어발음을 할 수 있게 된 것도 그분 덕택인 것을 늘 감사하고 있다. 나에게도 영어책을 많이 주셔서 지금도 그분이 주신 책을 소중하게 간직하고 있다. 사람이 자신이 가지고 있는 능력과 재능을 다른 사람을 위해서 사용할 수 있다면 그처럼 의미 있는 일도 없을 것이다. 예배 드릴 때도 이분이 옆에서 예배순서를 맡아주시면 걱정이 없었다. 나는 그저 목회기도와 설교만 하면 되기 때문이었다. 장례예배 때도 늘 사회를 맡아주셨던 고마운 분이었다. 그분과 나는 오랫동안 예배 사회자와 설교자로 매주일 함께 일했고 그 교회를 떠난 후에도 장례식이 생기면 함께 만나서 함께 예배를 인도했다.

미국인들은 겉으로 보기에는 신앙이 없는 것처럼 보인다. 주일 성수도 제대로 하지 않고 수요예배나 새벽기도회도 없기 때문이다. 그런 미국인들과 새벽기도를 시작해 보았다. 매일은 아니지만 일주일에 한 번 금요일 새벽에 함께 모여 찬양을 하며 기도회를 같이 하였다. 사실 새벽기도회도 아니었다. 아침 6시니까 아침기도회라고나 할까. 어쨌든 4명, 5명에서 10명으로까지 불어났다. 그들의 일생에서 처음으로 아침기도회를 해보는 것이었다. 나의 실력 없는 기타 연주로 복음성가를 부르고 기도 제목을 나누고 함께 기도했다. 기도회가 끝난 후에는 도너츠와 커피를 함께 먹었다. 서로들 맛있는 과자와 빵을 구워 왔다.

바바라 할머니는 그중 가장 열심히 참석하신 분이었다. 나는 그분을 늘 할머니라고 불렀다. 그분에게는 손자가 셋이 있었는데 막내손자가 나보다도 두 살이 많았으니 내가 할머니라고 불러도 전혀 이상할 것이 없었다. 그분은 나를 손자라고 부르면서 가장 가까이에서 도와주셨다. 하루는 기도회를 마치고 이런저런 얘기를 하던 중 금요일마다 TV에서 방송해 주는 레슬링을 보느냐고 여쭈었더니 전혀 안 본다고 하셨다. 나는 그 레슬링을 가끔 보면서 무엇이 그렇게 많은 관중들을 열광시키는지 생각해 보고 있다고 말했다. 할머니는 그래도 레슬링은 너무 폭력적이라고 하시면서 보지 말라고 하셨다. 혼자 사시는 그 할머니는 집에 심방을 가보면 혼자서 카드놀이를 즐기는 것을 여러 번 보았다. 교회에서 결혼식이 있으면 결혼예식을 도와주는 직책(Wedding Cordinater)을 맡아서 늘 수고해 주셨다. 내가 다른 교회로 파송을 받은 후 얼마 있지 않아서 그 할머니는 자식들이 있는 곳으로 이사를 가셨다. 미국인들도 가족 간의 유대가 깊다. 부모가 늙어서 스스로 돌보기가 어려우면 자식들 곁으로 모셔다가 가까이에서 돌보아 드린다. 미국인들은 정이 없고 가족 간에도 한국사람들처럼 끈끈한 관계가 없는 줄 알았는데 그것이 아니었다. 속 깊은 정은 오히려 한국사람들보다도 깊은 것 같다.

음악가의 악기처럼 부부관계를 조율하라

음악은 사람의 마음을 풍요롭게 한다. 음악을 좋아하는 사람 치고 마음이 악한 사람은 별로 없는 것 같다. 두 사람은 부부이지만 부부 이전에 음악을 함께 나누는 음악가들이었다. 두 사람은 교회의 행사 때마다 또 매주일 성가대원으로 아름다운 찬양을 통해서 그분께 영광을 돌렸다. 장례예배가 있으면 늘 부부가 특별 찬양을 하곤 했다. 아내는 좀 성격이 까탈스러워서 남편과 자주 다투기는 했어도 남편은 잘 넘기는 편이었다. 어떻게 그런 아내를 데리고 살 수가 있는지 옆에서 볼 때는 안타까울 때가 여러 번 있었다. 소크라테스가 그리 유명해질 수 있었던 것도 악처 때문이었다는 얘기를 책에서 읽은 적이 있다. 부부라는 것이 무엇인지 평생을 그렇게 살아오면서 음악을 통해서 부부관계를 조율하는 것은 아닌가 생각도 해보았다. 그의 집에 가보면 과일나무가 많이 있었다. 한때는 교회의 관리와 청소를 했던 분이라서 집안도 깔끔하게 정리가 되어 있는 편이었다. 과일나무들도 잘 관리되어 있고 분위기가 편안한 집이었다. 그의 딸이 아들을 낳았다. 그러니까 손자를 본 것이다. 병원에 가보니 아이를 낳은 산모는 누워 있었지만 전혀 산모같이 보이지를 않았다. 미국인들은 참 건강하다. 아이를 낳고도 금방 찬물로 샤워를 하고 병원에서도 이틀 이상을 머물지 않는다. 물론 보험회사에서 허용하지를 않아서 그렇긴 하지만. 산모는 밝게 웃으며 나를 맞아주었다.

부부는 은퇴 후에도 자주 교회를 나와서 이것저것을 살펴보고 나에게 도울 일이 없는지를 묻고는 했다. 나중에 교회 주변의 히스패닉들을 위한 목회를 시작했을 때도 가장 열심히 도와주신 분들이다. 히스패닉들은 전통적으로 천주교의 영향을 깊이 받아서 개신교가 그들의 가슴속에 뿌리내리기가 쉽지 않다. 헌금도 별로 하지 않는다. 그들에게는 내일이 없다. 낙천적이다. 내일 일은 내일 걱정하면 되는 것이다. 그저 오늘을 즐기며 사는 것이 그들인 것 같다. 그래서 히스패닉 교회는 성장이 어렵다. 2년 동안 교회 주변의 히스패닉들을 위하여 히스패닉 목사를 채용하고 그들을 위해서 목회해 보았지만 참으로 힘든 일이었다. 그러나 그분은 끝까지 용기를 잃지 않고 히스패닉 목회를 도와주었다.

미국교회는 항상 비서가 있다. 주로 교회의 행정에 관한 일이나 목사의 잔업무들을 돌보아준다. 덕분에 목사는 설교 준비와 심방에만 전념할 수가 있는 것이다. 교회에는 아침 9시부터 오후 3시까지 일하는 비서가 있었지만 릴리안 할머니는 항상 교회에 나와서 목사의 일을 도와주시곤 했다. 더욱이 교회 비서를 도와 너무나 충성스럽게도 교회 일을 도와주었다. 그 할머니의 아들은 경찰인데 멀리 떨어져 살기 때문에 그 할머니는 늘 혼자였다. 그래도 운전을 하실 수 있기 때문에 교회에는 참 많은 도움이 되었다. 그 할머니가 운전하는 차는 굉장히 오래된 차인데 장거리를 달리지 않고 주로 교회와 마켓만 다니시니까 마일리지는 적었다. 차의 페인트가 다 벗겨져서 보기에는 지저분해 보이지만 그 할머니는 아랑곳 하지 않고 오래된 차를 운전하고 다니셨다. 미국사람들은 참 소박하다. 굳이 고급차를 고집하지 않고 자주 바꾸지도 않고 자기에게 알맞은 차를 운전한다. 그런 이유로 교인들은 대부분 오래된 차들을 타고 다닌다. 미국인들에게 있어서 자동차는 그저 운송수단일 뿐 신분 과시용은 아닌 것이다. 하지만 코리아타운에 나가보면 한국사람들은 고급 차를 많이 타는 것을 보게된다. 신분 과시용인 것이다. 고급 차를 타야 사회적으로 대접받을 수가 있는 것이 한국문화라서 그런가 보다.

릴리안 할머니는 교회 일을 도와주면서도 보수를 받지 않았다. 즐겁고 기쁜 마음으로 항상 도와주었다. 그 할머니만 교회에 있으면 만사형통이었다. 집에 심방을 가보면 오래된 허름한 집에서 혼자 사셨는데 항상 넓은 Living room의 넓은 창문 앞의 흔들의자에 앉아서 밖을 바라보면서 책을 읽는 것을 좋아하셨다. 햇빛이 많이 들어오는 그 할머니의 집은 참으로 밝고 따뜻했다. 나는 자주 할머니 집에서 커피를 마시며 담소를 나누었다. 심심할 때면 혼자 카드놀이도 즐기는 밝은 마음을 가지고 있는 분이었다. 미국인들의 신앙생활은 뿌리가 깊다. 청교도들의 신앙으로 세워진 나라여서 그런가 보다. 교회에서 45년 이상을 예배 시작할 때 촛불을 켜는 할머니도 그런 분 중의 한 분이다. 이 할머니는 작은 키에 가느다란 몸매를 가지신 아주 멋쟁이 할머니셨다. 과부이시지만 애인도 있어서 주말이면 애인과 함께 즐겁게 춤추러 나가신다. 춤도 수준급이어서 나보고도 한 번 같이 가자고 했지만 내가 춤을 못 춰서 사양을 한 적이 있다. 미국교회 목회하려면 춤도 배우는 것이 좋을 것 같다. 이분은 병원에서 자원봉사로 활동하시는 분이시다. 그 공로를 인정받아 밴나이스 시에서 표창장을 받기도 했다. 미국인들은 사회봉사를 많이 한다. 늙었다고 집에만 있는 것이 아니라 몸이 건강하면 다른 사람을 위해 봉사할 일을 찾는다. 그것이 미국의 저력이다. 병원에 가보아도 노인들이 자원봉사를 하고 있는 것을 쉽게 볼 수 있다. Information desk(안내석)에 앉아서 병원을 찾은 분들에게 안내를 해주는 분들은 대부분 노인 자원봉사자들이다. 학교 앞 길에서 아이들이 위험하지 않도록 길을 건널 때 stop 사인을 들고 아이들을 도와주는 분들도 역시 노인 자원봉사자들이 많다. 양로병원에서 노인 환자들을 돌보는 분들도 건강한 노인 자원봉사자들이 많다. 이분들은 이미 은퇴하셨기 때문에 집에서 무료한 시간을 보내기보다는 사회를 위해서 봉사를 하시는 것이다. 그러다가 자신이 늙어서 주위로부터 도움이 필요할 때 또 다른 자원봉사자들로부터 도움을 받게 된다.

또 하나의 미국의 힘은 기부문화이다. 자식들에게 재산을 물려주지 않고 사회에 환원을 하거나 교회에 기부하는 분들이 많이 계시다는 것이 미국의 진정한 힘이다. 자원봉사와 기부문화가 미국을 지탱하는 진정한 힘이요 저력이라는 것을 미국에 살면서 그리고 미국교회에서 목회를 하면서 알게 되었다. 구약성경 잠언은 도울 힘이 있으면 다른 이들을 도와주라고 권면하고 있다. 남을 도움으로써 이 할머니의 삶은 더욱 값지게 보였다. 어느날 이 할머니의 집을 심방하고는 고장 난 전구가 있어서 바꾸어 드렸다. 그랬더니 이 할머니는 교회에 오셔서 몇 번이고 교인들에게 자랑스럽게 말씀하셨다. 신 목사가 자기 집 전구를 갈아주었다고. 괜히 쑥스러워졌다. 칭찬받으려고 한 것이 아닌데. 그저 노인이니까 도와드린 것뿐인데. 할머니는 그런 작은 일에도 너무나 오랫동안 고마워하셨다. 할머니 그렇게 고마워하실 것 없습니다, 한국사람은 당연히 하는 일이랍니다. 노인을 공경하는 것이 한국문화랍니다.

자동차도 축복해 주면 더 잘 달린다

필리핀 사람들은 문화가 여러 가지로 한국과 비슷한 데가 있다. 아마도 같은 동양 사람들이라 그런 것 같다. 필리핀 사람들도 한국만큼이나 아픈 역사를 가지고 있다. 프랑스에게 식민지로 살았고 일본에게 억압받은 시절도 있었고 2차대전 후에는 승전국 미국에게 군사기지를 내주어 미국의 속국처럼 살던 시절도 있었다. 병원에 가보면 필리핀 간호원들이 많다. 그 이유는 그들이 영어를 잘하기 때문이다. '리젤살롱가'도 간호원이었다. 필리핀 여자들은 생활력이 강하고 반대로 남자들은 생활력이 없는 것 같다. 필리핀 여자들은 미국사회에서도 당당하게 자기 직업을 가지고 일을 하는데 필리핀 남자들은 집에서 살림이나 하는 경우가 많다고 한다. 필리핀 사람들은 집을 사거나 차를 사게 되면 목사에게 심방 요청을 하여 축복기도를 받는다.

하루는 필리핀 교인 '리젤'이 부탁을 하였다. 부탁의 내용은 새 차를 샀으니 축복해 달라는 것이었다. 나는 차를 축복해 본 적이 없었다. 어떻게 해야 하나 생각하다가 필리핀 교회에서 목회하시는 목사님께 전화를 하여 어떻게 하는 것인지를 여쭈어보았다. 마침내 주일이 되어 광고를 하였다. "예배 후에 전교인들은 교회 주차장에 모여주십시오. 우리 교인 중에 새 차를 산 가정이 있어서 감사예배를 드릴 것입니다." 모든 교인들을 새 차 주위에 둥그렇게 서게 한 후 차 후드를 열고 엔진에 성수를 뿌리면서 축복해 주었다. 목회 시작한 이후 처음으로 사람이 아닌 차에게 축복하는 순간이었다. 그리고 간절히 기도하였다. 이 차가 고장 없이 잘 달릴 수 있고 사고 나지 않게 해달라고. 차는 잘 달렸지만 그들에게는 아픔이 있었다. 아들이 간질증세가 있어서 가끔씩 발작을 하기 때문이었다. 하루는 전화가 와서 달려가 보니 아이가 발작 증세를 일으켜서 당황한 나머지 나에게 전화를 한 것이었다. 나는 아이를 붙잡고 함께 기도를 하였다. 그리고 위로해 주었다. 아이가 자라면서 몸이 건강해지고 그러면 간질증세를 이길 수 있는 내성이 생길 테니 괜찮을 거라고. 그후에도 몇 번 그 가정에 심방을 하였는데 하루는 맛있는 생선요리를 내왔다. 필리핀 전통방법으로 요리를 한 것이었다. 생선 속을 파내고 그 속에 밥과 향료를 넣은 후 다시 봉하고 요리를 한 것인데 입맛에 맞지를 않았다. 특이한 향내가 역겨웠던 것이다. 그래도 억지로 맛있다고 하면서 먹었더니 심방이 끝나고 집에 올 때는 한 마리를 싸주는 것이었다. 집에 가지고 오니 집사람은 냄새 나서 못 먹겠다고 손사래를 쳤다. 목회를 하다 보면 교인이 대접하는 음식을 맛없는 것도 맛있다고 거짓말을 할 때가 있다. 어떤 때는 본의 아니게 거짓말을 하게 되는 것이다. 그분의 마음을 상하게 하지 않기 위해서이다.

목회하면서 가장 연세 많으신 분 생일 잔치예배를 인도해 보았다. 교인 중 연세 많으신 한 분의 100세 생신 잔치를 인도했다. 미국인들은 생일이라도 한국사람들처럼 예배를 드리는 것이 아니라 그저 기도만 요청한다. 매년 생신이 되면 그 할머니는 많은 이들을 집으로 초대하여 햄버거를 구워주셨다. 90대 중반이 되실 때까지 운전을 하시면서 건강하게 살고 계시던 분이었다. 미국은 대중교통보다는 개인의 자동차 문화가 잘 발달되어 있다. 워낙 땅이 넓은 나라이다 보니 그 넓은 곳을 모두 대중교통 망으로 연결하기가 어렵기 때문이다. 대부분의 미국인들은 16세가 되면 부모의 동의하에 운전면허를 갖게 되고 아니면 18세부터 부모의 동의 없이도 운전할 자격이 주어진다. 운전대를 놓는 순간 그들의 삶은 고립된다. 이분도 끝까지 운전을 하시다가 95세인가 96세 되던 해 운전을 그만두셨다. 어느날 운전을 하고 집으로 오시다가 갑자기 집을 못 찾으신 것이다. 노령으로 인하여 strock(풍)이 오는 바람에 그렇게 된 것이었다. 할머니는 차를 팔아버리고 운전을 그만두셨다. 그 이후로는 그분의 따님이 운전을 하여 교회로 모시고 오셨다.

100세 잔치는 그 할머니의 집에서 열었다. 미국인들은 대개 집에서 파티를 한다. 할머니는 건강하신 모습으로 손님들을 맞으시고 식구들도 멋있게 차려 입고 잔치를 베풀었다. 연세가 많으시니 자녀들도 많고 손자 손녀들도 많아서 집안은 대성황을 이루었다. 그날따라 비가 조금 왔다. 부슬부슬 내리는 비를 바라보며 나는 그 할머니가 건강하게 사시기를 기도했다. 한국사람들처럼 푸짐하게 음식을 차리지는 않았어도 많은 사람들이 웃으며 이야기하며 즐거운 시간을 보냈다. 그러다가 점점 건강이 나빠지시면서 집에서 밖으로 나가기도 어렵게 되셨다. 그 다음에는 Walker에 의지하여 걸으시다가 그 다음에는 휠체어에 앉아서 생활하셨다. 결국에는 아름다운 삶을 마감하고 천국에 가셨다. 천국에서는 끝까지 운전 잘하시면서 활기차게 생활하고 계실 것이다. 할머니, 천국에 가셔서 이 신 목사를 위해서도 좋은 자리 하나 마련해 주세요.

인생은 기찻길처럼 쭉 뻗어 있지 않다

가장 젊은 부부가 있었다. 그분들도 물론 나보다는 나이가 많았다. 남편은 신장 이식 수술을 받은 후 후유증으로 몸이 그렇게 건강하지를 못했다. 수술 후유증으로 배가 불룩 나와서 임신 9개월쯤 된 모습이었지만 주일이면 교회 나와서 봉사를 열심히 했다. 남편은 건강 문제로 일을 못하기 때문에 조기은퇴 후 집에 있었고 아내만 일을 했다. 남편은 주중에 교회에 나와서 집 없는 사람들에게 음식 나누어주는 일을 했고 아내는 교회에서 안 쓰는 안경을 모은다든지 Cambel Soup(깡통음식)에 붙어 있는 포장지를 교인들이 모아오면 한 달에 한 번씩 본부로 보내어 그 돈으로 제3세계 사람들에게 도움을 주고는 했다. 너무나 열심히 그리고 성실하게 신앙생활을 하던 그분들은 부모님이 돌아가신 후 물려받은 집과 자신들의 집을 팔고 좀 멀지만 집값이 아주 싼 곳으로 이사를 갔다. 교회가 있는 밴나이스는 원래 백인 동네였지만 점점 멕시컨이나 아시안들이 많이 들어와 사는 지역으로 변모하고 있었다. 더욱이 그때 교회의 대부분의 교인들은 백인들인데 교회 주위의 사람들은 멕시컨들이 되어버려서 전도에 어려움이 많았다. 교인들과 함께 전도지를 들고 가가호호 방문하며 전도도 해보았지만 멕시컨들이 대부분이어서 반응이 없었다. 대부분의 멕시컨들은 천주교를 믿기 때문이다.

평소에 그분들의 집을 자주 갔었다. 내가 가면 그 남편은 늘 흔들의자에 앉아서 반갑게 맞아주곤 하였다. 일주일에 한 번 새벽기도를 할 때면 늘 나와서 기도하고 함께 도넛을 먹고는 했다. 한 달에 한 번 남선교회로 모이면 빠지지 않고 참석하면서 교회 일에도 열심이었다. 그 집에는 개가 한 마리 있었는데 어느 주일 예배시간에 그 개가 감기 들어서 아프니 그 개를 위해서 기도해 달라는 목회기도 요청서가 올라왔다. 순간 당황스러웠다. 주일예배 때 개를 위하여 목회기도를 해본 적은 없기 때문이었다. 하지만 그 개를 위하여 기도해 주었다. 어떻게 했는지 생각도 나지 않는다. 개를 식구처럼 사랑했던 그분들은 사랑이 많은 사람들이었다.

장난감 기차를 사랑하는 분이 계셨다. 육군에서 근무하다가 은퇴하고 철도회사에서 일을 했다고 했다. 그분의 집에 가보면 온갖 장남감 기차가 가득 차 있었다. 차고를 개조하여 모든 종류의 장남감 기차들을 전시해 놓았다. 한마디로 기차 박물관이었다. 장남감 기차가 달리는 레일을 만들어 놓고 내가 가면 기차를 운행하여 여러 종류의 다른 기차들이 소리를 내며 달리는 모습을 보여주었다. 나는 어렸을 때 장남감 기차를 선물로 받아보기는 했지만 그렇게 실제 모형기차가 레일을 달리는 모습은 처음 보는 것이었다. 그분은 자신의 집을 방문한 사람들에게 자신의 개인 기차 박물관을 구경시켜 주고 기차를 달리게 하는 모습을 보여주는 것을 좋아했다. 집은 오래 되어서 낡고 보잘 것 없었지만 그분들이 수십 년 동안 살아온 정든 집이기에 늙어서 관리하기는 힘들어도 그 집에서 살아오고 계셨다. 그분들의 집이 교회 근처에 있었기 때문에 심방을 자주 갔었다. 그저 커피를 함께 마시면서 대화를 나누는 것이 대부분이었지만 그분들은 목사가 와서 얘기를 들어주는 것만으로도 행복해하셨다. 늙고 힘이 없어지면 대화할 상대가 더욱 필요한 것 같았다. 그러나 그분이 사랑하는 기차는 끝까지 힘차게 달리면서 그분 곁을 지켰다.

어느날 그분은 자신이 군대에 있을 때 몬트레이에 있는 부대까지 101 Freeway를 달려서 가야만 했던 때를 이야기해 주었다. 그때는 포장도 되어 있지 않고 길도 좁았던 그 도로를 동료들이 함께 운전하며 갔다고 한다. 지금은 고속도로가 새로 뚫려서 4시간이면 갈 수가 있는데 그때는 이틀 걸렸다고 했다. 그 오래

된 길이 카마리오에 아직도 남아 있다. 옛날에 그분이 그 도로를 통해서 몬트레이까지 갔던 것을 생각해 보았다. 세월은 흘러서 모든 것은 변했지만 아직까지 변하고 있지 않은 것은 사람의 진심인가 보다. 나이 차이를 넘어서 인종을 넘어서 그 할아버지와 나는 그렇게 좋은 만남의 관계를 지속했다. 그 할아버지가 돌아가신 후 나는 장례식에 참석하여 다시 한번 옛날의 추억을 생각해 보았다. 지금은 해변가로 기찻길이 있어서 관광열차를 타고 갈 수도 있는데. 천국 가시는 길은 예쁜 기차를 타고 가세요. 기적소리를 울리면서 말입니다.

RV는 봉사를 싣고 달린다

감리교는 300백년 이상 된 조직을 아직도 유지하고 있으며 위로는 감리사, 감독이 있어서 교회를 치리한다. 개체교회가 목사를 받아들일 때는 감독이 파송한 목사와 교회의 목회위원회가 함께 만나서 회의를 통해서 결정을 한다. 이때 목사와 개체교회 목회위원회가 함께 합의를 이루어내야 그 교회 담임목사로 파송을 받게 된다. 화니타 스프링거 교우님은 내가 시무했던 교회로 파송 받을 때 그 교회의 목회위원회 위원장이었다. 아이들을 위해서 주일학교 교사로 봉사해 주셨던 감사한 분이었다. 처음부터 나를 따뜻하게 맞아주었고 끝까지 많이 도와주었던 아주 좋은 분이었다. 세탁소에서 일을 했는데 세탁소 주인이 한국사람이었다.

지금도 그렇지만 그때는 참으로 조심스러웠다. 한국사람들이 세탁소를 많이 하고는 있었지만 임금도 많이 주지 않고 일하는 사람들에게 대체적으로 좋은 평판을 받지 못한다는 것을 알고 있었기 때문이었다. 그러나 다행히도 한국사람에 대해서는 좋은 평을 가지고 있던 분이었다. 손자가 하나 있었는데 너무 똑똑해서 캘리포니아 주 전체 수학 경시대회에서 입상을 할 정도였다. 그 할머니는 늘 그 손자를 자랑스러워했다. 그 아들은 예배시간에 음향시스템을 점검하고 조절하는 일을 하였다.

　내가 다른 교회로 파송이 결정되어 떠나기로 된 어느 주일날 이분이 놀래서 달려왔다. 오랫동안 같이 있고 싶었는데 떠나게 되어서 서운하다는 것이었다. 그것이 감리교이다. 감독의 파송에 의해서 목사는 언제든지 떠날 준비를 하고 있어야 한다. 새로운 교회에 도착하자마자 다시 이삿짐을 쌀 준비를 해야 하는 것이 감리교 목사이다. 목회위원장으로서 오랫동안 나를 도와주었던 그분은 가정적으로 어려운 환경 속에서도 늘 밝은 마음을 가지고 있던 분이었다. 떠난 후 다시 만났을 때 그분은 내가 다시 그 교회로 돌아오기를 기다리고 있다고 했다. 그것이 가능한지는 모르겠지만 정이 많아서 그런가 보다. 지금도 전화를 해서 안부를 묻는 너무나 친절하고 좋은 분이시다. 지금은 은퇴하고 다른 교회를 다니신다고 얼마전 연락이 왔다. 웬일인가 궁금하기도 해서 만나서 커피를 마시며 이야기를 했는데 목사와의 갈등 때문이었다. 중간에서 개입하기도 어려운 문제이기도 해서 그저 신앙생활은 사람과의 관계보다는 하나님과의 관계가 더 중요하니 그래도

수십 년 다닌 교회에서 믿음생활 하는 것이 더 좋지 않겠느냐고 조언해 줄 수밖에 없었다

미국인들 중 많은 사람들은 RV(캠핑카)를 가지고 있다. 그리고 이 차를 이용하여 휴가를 떠나기를 좋아한다. 이분들도 집에 RV가 있었는데 여름이면 한국사람들이 스키 타러 많이 가는 Bishop에 있는 산장에 가서 휴가를 즐기고는 했다. 젊은 시절에는 해군 비행기 조종사로 근무했던 남편은 집에는 항상 모형 비행기를 가지고 있었다. 그분은 손주들과 함께 조립된 모형 비행기를 가지고 날리기를 좋아했다. 성탄절이면 온 교인들을 초청하여 집에서 성탄 파티를 하였다. 아름다운 촛불로 집안 구석구석을 장식하고 맛있는 과자를 구워 교인들을 대접하였다. 부활절이나 크리스마스 시즌이 되면 늘 교회를 아름답게 장식해 주었다. 그분들의 손길이 닿는 곳은 늘 아름답게 변했다.

어느 날 갑자기 그분은 심장마비로 돌아가시고 말았다. 미국인들이 가장 많이 죽는 원인 중의 한 가지는 심장마비이다. 비만과 관계가 있는 것 같다. 그분은 조금은 뚱뚱한 편이었지만 그래도 건강하게 살아가시다가 한 번 쓰러지더니 영영 일어나지 못했다. 나는 정성껏 장례식을 치러드렸다. 장례식 후 그분의 아들집에 가서 평소에 그분이 식구들과 찍은 비디오 테이프를 보면서 그분을 기억하는 시간을 가졌다. 남편이 죽으니까 혼자 집을 관리하기가 어렵게 된 아내는 집을 팔고 그렇게 좋아하던 RV는 아들에게 주고 동생이 살고 있는 곳으로 이사를 갔다. 평소에 나에게 Bishop에 있는 산장을 빌려줄 테니 놀러 가라고 여러 번 얘기를

했는데 한 번도 가지를 못했다. 지금은 너무나 후회가 된다. 그때 그 산장에 가서 휴가를 지내며 좋은 시간을 가질 수 있었는데 영영 기회를 놓쳐버렸다. 그분의 손녀딸이 노래를 잘해서 어느 성탄절에 나와 함께 성탄전야 예배 때 찬양을 하였다. 장례식 때도 그 손녀딸은 할아버지를 위해서 조가를 불렀다. 지금은 그 손녀딸도 시집을 갔을 것이고 아이들의 엄마가 아니 어쩌면 할머니가 되어 있을지도 모르겠다. 홀로 된 할머니도 이제는 다른 가족들 곁으로 이사를 가시고 말았다. 몇 년의 시간이 지난 후 다른 교인의 장례식장에서 할머니를 만났다. 몰라보게 수척해지셨고 건강도 안 좋아 보였다. 나를 제대로 알아보지도 못했다. 미국교회에서 시무하면서 많은 장례식을 치르고 노인들을 위한 목회를 하다 보니 이제는 노인들의 상태만 봐도 어느 정도 짐작을 할 수가 있게 되었다. 이제 얼마 못 사시겠구나 하는 생각이 들었다. 천국에 가시면 그곳도 아름답게 장식해 주세요.

하와이의 크리스마스

크리스마스를 맞아 교인들과 함께 크리스마스 캐롤을 하였다. 교회 밴에 교인들을 싣고 내가 직접 운전하여 집집마다 돌면서 그 가정을 위하여 크리스마스 캐롤을 불러주었다. 교인들은 모두 참으로 오랜만에 해보는 크리스마스 캐롤이라고 하면서 즐거워하였다. 지금의 교인들이 어렸을 때는 미국의 교회들도 대부분

수요예배도 있었고 속회예배도 있었고 주일 저녁예배도 있었다. 내가 섬기던 교회도 한때는 2,000명이 넘는 교인들이 모이던 대형 교회였다. 주일예배가 네 번 있었다고 했다. 그때의 사진을 보면 예배실이 가득 차고 교회 주차장에는 지금은 골동품 차들이지만 그때는 멋있는 차들이 가득 찬 것을 볼 수가 있다. 지금은 대부분의 교회들이 주일예배만 드리고 주중에 성경공부 정도만 있을 뿐이다. 그러다 보니 교회들이 점점 약해져 가는 모습을 보게된다. 샌버나디노에서 목회할 때 어느 해인가 부활절을 맞아 감리교 교회연합회에서 교인들을 위해서 6주 동안 성경공부를 하자고 하였다. 그때 나는 교인들에게 과거의 감리교 전통과 역사를 가르쳤는데 그때 한 교인이 이런 얘기를 했다. "우리가 어렸을 때는 교회에 늘 가서 놀기도 하고 교회 행사도 많았는데 지금은 다 없어졌다. 수요예배도 있었고 주일 저녁예배도 있었다." 열심히 신앙생활을 하던 교인들은 늙고, 젊은이들은 교회를 떠나면서 미국의 교회들이 점점 줄어들고 있는 현상이 무척이나 안타깝다.

참으로 오랜만에 크리스마스 캐롤을 부르며 찬양을 불러주는 교인들도, 심방을 받는 가정들도 모두 다 기뻐하였다. 한 할머니는 손수 구운 과자를 나누어주시면서 감사하다는 말씀을 하셨다. 이렇게 좋아들 하시는 것을 왜 진작에 시작을 못했을까 생각도 해보았다. 교회 프로그램의 일환으로 '하와이 날'을 정했다. 교인들은 모두 하와이언 스타일의 옷을 입고 교회도 하와이 스타일로 아름답게 꾸몄다. 특히 친교실 전체를 하와이 스타일로 장식을 하고 음악가를 불러서 하와이 음악을 연주하였다. 음식도 맛있는 것을 주문하여 함께 나누었다. 나는 한국 전통음악 공연팀을 불러서 한국의 아름다운 부채춤, 장고춤, 가야금 연주 그리고 태권도 등을 선보였다. 교인들은 그저 원더풀, 원더풀만 연발할 뿐이었다. 그들은 한국의 아름다운 문화행사를 본 적이 없었다. 미국인들은 역사가 짧기 때문에 그저 American Indian이나 Hawaian 등 힘으로 다스리거나 눌러서 얻은, 아니 강제로 빼앗은 문화를 자기들의 것이라고 말할 수밖에 없다.

샌버나디노에서 첫 목회를 할 때 옆집 사는 사람이 인디언이었다. 그 사람과 이야기를 나누던 중 그 사람이 인디언이라는 것을 알게 되어서 내가 이렇게 말했다. "바로 당신이 이 나라의 주인이군요." 그랬더니 이 사람이 깜짝 놀라는 것이었다. 역사를 보면 인디언들이 살던 땅에 백인들이 들어오면서 땅을 빼앗고 백인들이 들여온 질병 그리고 무기 등으로 인하여 인디언들이 거의 멸절되다시피 했다. 그 인디언은 그런 아픔이 가슴속에 남아 있을 것이라고 생각하고 그런 이야기를 한 것인데 그 인디언은 이렇게 대답했다. "그러고 보니까 그렇네요. 그러나 솔직히 오랫동안 그런 생각을 하지 못하고 살아왔습니다." 이제는 역사책에서만 배울 수 있는 과거의 이야기들이 오랫동안 그 인디언으로 하여금 생각조차 하지 못하고 살아오게 만들었을 것이다. 이땅에 살던 인디언들은 과거에는 찬란했던 문명과 역사를 가지고 있었다. 지금도 아리조나 주에 가보면 '아나사지' 인디언 유적지가 있다. 오래전 그곳을 일부러 여행하면서 그들의 역사의 흔적을 보았다. 그곳에는 과거 그곳에 살던 인디언들의 찬란했던 문명의 흔적을

찾을 수가 있었다. 어느날 갑자기 그들은 홀연히 사라져버리고
말았다. 문명의 흔적만 남긴 채. 그들은 어디로 사라졌을까? 그
들의 후손은 총으로 무장한 백인들에 의해서 무참하게 짓밟혔다.
그들의 후손은 소수민족이 되어 보호구역에서 살면서 정부에서
주는 보조금으로만 살아가고 있는 신세가 되어버렸다. 인간의 역
사는 힘있는 자들에 의해서 만들어져 간다. 그러나 하나님의 역
사는 힘이 아닌 그분을 믿는 소수의 사람들에 의하여, 그들의 헌
신을 통하여 이루어져 간다. 아무리 인간들이 반항하고 원망하며
하나님을 부인해도 하나님의 선하신 뜻은 하나님의 방식대로 이
루어져 간다. 이것을 안다면 좀더 겸손하게 자신을 낮추고 살아
갈 수가 있지 않을까?

II
시간의 흐름 한 줄기

Block Party는 파티가 아니다
영적 배고픔보다 육체적 배고픔이 먼저다
도전하면 가치 있는 삶이 보인다
학교는 인생의 연장선에 있다
아픔을 나누면 나는 더 아프다
핑크빛 자켓 속에는 핑크빛 사랑이 있다
정의가 강물같이 흐르는 세상은 과연 올까?
힘든 길을 돌아가면 더 힘들다
생각이 미래를 만든다
다양한 삶 속에는 다양한 문제들이 있다

Block Party는 파티가 아니다

새로운 도전은 늘 가슴을 뛰게 하고 기대감을 갖게 한다. 영어목회도 새로운 도전이었고 경목도 새로운 도전이었다. 더욱이 공군 군목으로 섬긴 24년은 매일매일이 새로운 도전과 열정의 연속이었다. 교회 길 건너에 경찰서가 있기 때문에 12주간의 경목 훈련을 받고 경목이 되어 지역사회를 섬겼다. 경목을 하면서 경찰서장과 몇몇 동네 지도자들과 의논하여 Van Nuys 시를 위하여 Block Party를 하기로 하였다. 이것은 동네의 범죄추방을 위한 캠페인 같은 것이다. 커다란 행사를 추진하면서 경찰 간부들, 시 관계자들 그리고 한인회 대표를 만나 의논도 하였다. 경찰서 앞 그리고 교회 주위의 몇 블록을 막아놓고 천막을 치고 여러 사회단체나 회사 그리고 개인 사업자 등을 초청했다. 여러 단체가 참가하여 함께 범죄 없는 아름다운 시를 만들어가자고 행사를 하였다. 시의원 사무실에서도 도움을 주었다.

한인들도 참가하기를 바랐지만 참가한 한인들은 한 사람도 없었다. 그 지역에서 장사하는 사람들에게는 꼭 필요한 일이었다. 그런 행사에 참가해서 경찰서장이나 시의원 그리고 시의 중요 인물들을 만나고 그들의 어려움을 호소하면 도움을 받을 수도 있는 좋은 기회였다. 한인사회의 이슈들을 전달할 수 있는 길도 열리고 미국의 풀뿌리 민주주의가 어떻게 운영되는지도 배울 수 있는 좋은 기회였다. 한인 이민자들은 어디에서 살든지 자신에게 직접

적인 이해 관계가 없으면 주류사회에 참여하지를 않는다. 언어 문제가 있어서 그런 점도 있다. 그런 이유로 일본이나 중국 사람들에게 뒤지는 것이다. LA에 가면 한인들이 모여 사는 한인타운이 있는데 시에서 그곳에 사는 주민들을 초청하여 그들의 얘기에 귀를 기울이면서 시정에 참여할 수 있는 기회를 준다. 그것이 지방자치주의라는 것인데 유독 한인들은 참여하지를 않는다. 자신의 가게나 집과 직접적인 연관이 없으면 참여하지 않는다. 그러다 보니 항상 주류사회에서 인정을 받지 못한다. 주류사회로 진출하려면 투표를 통해서 힘을 나타내야 하는데 한인들은 투표율도 낮고 시정에 참여하는 정도도 낮으니 정치인들이 한인타운에 관심을 갖지 않는 것은 너무나 당연한 것이다. 정치인들에게 많은 돈은 기부하는데 기부한 만큼 도움을 받지 못한다. 시정에 참여하여 정치인들에게 요구를 하지 않으니 정치인들은 정치헌금만 받고 한인사회의 일에는 관심을 갖지 않는 것이다. 한인사회에서도 자체적으로 범죄 퇴치운동도 벌이고 한인 사업가들에게 도움을 줄 수 있는 정치인들과의 만남도 필요한 것이다. 한인사회는 아직도 그런 노력이 부족한 것 같다. 미국사회 속에 있는 풀뿌리 민주주의 그리고 지방 자치제도를 본받아서 좋은 결실을 맺어야 할 텐데 하고 생각도 해본다. 미국 속의 한인 이민사회가 120년이 넘었다. 이제는 이민자가 아닌 미국 속의 성숙한 시민으로 권리를 주장할 수 있는 한인사회가 되어야 하는데 아직도 갈 길이 먼 것 같다.

12주 동안 경찰학교를 다녔다. 경목으로서 경찰들이 하는 일을 좀더 배우고 익히기 위해서 경찰학교에서 12주 동안 여러 가지 교육을 받고 수료증을 받은 것이다. 경찰들이 하는 일을 알고 그들을 이해할 수 있는 좋은 기회가 되었다. 12주 동안 교육 받으면서 한국사람은 나 한 사람밖에 없다는 것을 알게 되었다. 아니 아시안은 없었다. 경찰학교에 참석한 주민들 속에는 개인 사업체 사장도 있고 학교 선생님도 있고 주부도 있고 여러 가지 일에 종사하는 사람들이 모여서 자기 시간을 내어 배우면서 참여하고 있었다. 주민들이 지역사회의 경찰과 좋은 유대관계를 맺고 그들을 돕기 위해서 노력을 하는 것이 미국의 특징이다. 직접 배우면서 체험을 하는 것이다. 군목을 하면서도 그리고 경목을 하면서도 언제나 한국인으로서는 유일하였다. 아니 아무리 눈을 씻고 봐도 아시안이 보이지를 않았다. 좀더 많은 한인 2세들이 주류사회에 진출하여 어깨를 나란히 하고 어울리면 좋을 텐데 하는 생각을 해보았다. 많은 한인 이민자들이 먹고 사는 일에만 매달려서 주류사회가 어떻게 돌아가는지를 모르고 우물 안의 개구리처럼 살아간다. 기왕 이민을 왔으면 주인의식을 가지고 미국땅에서 주인처럼 살아가면 얼마나 좋을까. 다행히도 지금은 한인들이 군대에도 경찰에도 자주 보인다. 그동안 한인사회도 많이 발전을 한 것 같다.

때로는 경찰들과 함께 청소년 지도를 위해서 밤 늦게까지 순찰차를 타고 지역을 순찰하기도 하였다. 갱들이 낙서를 하는 모습도 보았고 Skate Board를 타다가 사고가 나서 긴급히 출동하기도 하였고, 업소에서 알람이 울려서 출동하기도 하였다. 불과 몇 시간 동안의 늦은 밤에도 우리가 모르는 사이에 많은 일들이 일어나고 있었다. 대부분의 사람들이 깊이 잠든 그 시각에도 어디에선가 그들을 지켜주는 경찰들이 있었다. 미국의 낮과 밤은 너무나 다르다. 마치 라스베가스처럼 내가 사는 동네도 그처럼 다른 모습을 경목을 하면서 발견할 수가 있었다. 낮에 주로 활동하는 사람들은 밤에 일어나는 일을 잘 알지 못한다. 반면에 주로 밤에 활동하는 사람들은 낮의 일을 알지 못한다. 우리 사회에는 이렇듯 항상 어둠과 밝음, 낮과 밤이 공존한다. 그러나 그리스도인들의 삶은 항상 낮의 활동이어야 한다. 교회 건물에는 항상 밝은 빛을 내는 십자가가 있다. 그 십자가를 바라보면서 사람들은 위안을 받기도 하고 소망을 갖기도 한다. 교회의 밝은 불이 사회를 밝혀야 하는 것처럼 그리스도인들도 사회를 밝히는 밝은 불빛이 되어야 하는데 오늘날 교회가 그 역할을 많이 상실한 것 같아서 안타깝다. 그분을 향한 변치 않는 마음을 간직하고 살아가는 것이 중요한 것이 아닐까?

영적 배고픔보다 육체적 배고픔이 먼저다

경찰서 유치장에는 항상 많은 사람들로 북적거린다. 잘못을 저지른 사람들은 잡혀와서 유치장에 갇히게 된다. 잡혀온 후 48시간 내에 Court house에 가서 판사 앞에서 Hearing을 하게 된다. 예배가 끝난 주일이나 쉬는 월요일이면 늘 그곳에 가서 잡혀온 사람들을 위해서 경목으로서 기도해 주든지 상담을 해주었다. 때로는 마사지 업소에서 일하면서 매춘을 일삼다 잡혀온 한인 여성들을 보기도 했다. 그 여성들은 거의가 그날로 풀려난다. 매춘업소 사장이 보석금을 내고 풀려나게 하는 것이다. 그런 이유로 매춘에 관련된 한인 여성들이 경찰서 감옥에서 하룻밤을 보내는 경우는 거의 없다는 얘기를 경찰로부터 듣고는 좋은 일인지 안 좋은 일인지 판단하기가 쉽지 않은 경우도 있었다.

감옥에 있는 사람들에게 기도와 상담을 해주다 보면 많은 얘기들을 듣게 된다. 눈물을 보이는 사람, 하소연하는 사람, 억울하다고 하는 사람 등 가지각색이다. 각자의 사정들은 다 있겠지만 내가 판단해 줄 수는 없다. 그것은 판사의 몫이고 나는 그저 그들의 이야기를 들어주고 기도해 주면 되는 것이다. 하루는 주일예배를 마치고 경찰서에 가서 잡혀온 사람들을 위해서 상담이나 기도해 주려고 했더니 15명이 줄을 섰다. 속으로 아찔했다. 한 사람당 15분씩만 사용해도 이게 대체 몇 시간인가? 상담이나 기도를 원하는 사람들을 따로 격리하여 다른 방에 넣고 한 사람씩 만나면서 기도해 주고 상담해 주었다. 30여 분이 지나자 점심시간이 되었다. 그러자 점심식사를 본 대부분의 사람들이 제자리로 돌아가 버렸다. 점심식사를 받기 위해서였다. 참으로 허탈했다. 육신의 배를 채우는 것이 정신적 도움보다 먼저 필요하다는 것을 깨닫는 순간이었다. 그래서 예수님도 배고픈 사람들을 위해서는 빵을 만들어 그들의 배고픔을 먼저 해결해 주셨나 보다. 오병이어의 기적을 통해서 예수님은 배고픈 사람들에게 육신의 양식을 공급해

주셨다. 그들에게는 한끼의 식사를 해결하는 것이 절실한 문제였던 것이다. 똑같은 경우였다. 이들에게는 당장 먹을 것이 먼저였던 것이다. 왜 잡혀왔을까? 무슨 일을 하다가 잡혀왔을까? 이런 의문들이 머리를 스쳤지만 그들을 도와줄 수 있는 근본적인 해결책은 아직은 요원했다. 그저 그들과 함께하면서 기도해 주고 위로해 주고 사정 얘기를 들어주는 것으로 만족해야 했다.

하루는 나의 두 아이들을 데리고 경찰서에 가서 그곳에 잡혀와서 수갑을 차고 발을 묶여 있는 사람들을 보여주었다. 그리고 말했다. "너희들도 나쁜 짓 하면 저렇게 된다. 그러니 절대로 나쁜 짓 해서는 안 된다." 산교육을 시킨 것이다. 마약이나 범죄 등에 너무 쉽게 노출되어 있는 미국에서 자라나는 아이들에게 어려서부터 세뇌(?) 교육을 시켰다. 절대로 술, 담배, 마약은 하지 말라고. 그러나 어른이 된 지금 과연 한 번도 해보지 않았을까? 중요한 것은 한 번도 안 해보는 것이 아니라 해본 다음이라도 스스로 깨닫고 다시는 하지 않는 것이 중요할 것이다. 한 사람의 신앙인으로 살아가면서 나약한 인간인 우리들이 하나님의 말씀을 절대적으로 지키며 살아가기가 얼마나 어려운 일인지 다시 한번 깨닫게 된다.

도전하면 가치 있는 삶이 보인다

오래전부터 마음속에 군목이 되고 싶다는 생각이 있었다. 마침

내 결단을 하고 이제는 군목으로 나머지 목회를 하기 위해서 여러가지 준비과정과 시험을 거친 후 한 달간 미국공군 장교훈련과정에 다녀왔다. 알라바마 주의 멕스웰 공군부대에 있는 장교학교였다. 모두 94명이 입소하여 함께 훈련을 받았다. 의사, 간호사, 변호사, 목사 그리고 치과의사 이렇게 다섯 종류의 직업을 가진 사람들이 공군장교가 되기 위해서 함께 훈련을 받았다. 이미 한국에서 고등학교와 대학교에서 교련 교육을 받았기 때문에 훈련과정은 어렵지 않았다. 오히려 미국인들이 전혀 낯설은 군대교육에 더 힘들어 하는 것이었다. 아침마다 조깅을 하고 첫 주간에는 새벽 4시에 깨우기도 하였지만 오후 4시가 되면 하루의 일과가 끝나기 때문에 참 신사적이라고 생각하였다. 4주 후 전원이 무사히 졸업을 하였다. 그중에는 유격 훈련과 리더십 훈련도 있었지만 모두 다 잘 마치었다. 유격 훈련 때는 줄을 타고 거꾸로 매달려서 약 50미터를 물 위를 건너와야 하는데 반쯤은 도중에 떨어져서 군복과 군화가 흠뻑 물에 젖었지만 나는 끝까지 버텨서 떨어지지 않고 통과하였다. 아시안으로서는 혼자였기 때문에 한국을 대표해서 잘해야 한다는 생각이 모든 훈련과정을 잘 마치게 하였다. 나이도 다른 사람에 비해서 많았지만 평소에 몸매 관리를 잘한 덕에 잘 이겨낸 것이다. 그때 내 나이 36세였다. 다른 장교 후보생들은 대학을 갓 졸업했거나 법학대학원 혹은 의과대학원을 졸업했더라도 30세 전이었다. 그들과 달리 한국과 미국에서 대학교 6년, 미국에서 신학대학원 3년 반 그리고 나서 7년 동안 목회를 했기 때문에 나이가 많았던 것이다. 미국에서는 장교는

42세까지 그리고 사병은 40세까지 지원할 수가 있었다.

아직 아이들도 어리고 아내도 한 달 이상 떨어져 본 적이 없었기 때문에 조금은 걱정이 되었지만 보다 나은 미래를 보장받기 위해서는 그만한 대가를 치러야 한다는 생각으로 잘 이겨냈다. 장교훈련 도중에는 자신의 직업과 관련된 일은 할 수가 없다. 의사는 의료 행위를 할 수가 없고 목사는 목회를 해서는 안 된다. 다만 장교 후보생일 뿐이었다. 부대에 도착한 다음날 제일 먼저 알지도 못하는 주사를 왼쪽과 오른쪽 어깨에 여섯 대를 맞아야만 했다. 여러가지 예방주사였을 것이다. 그러자 이틀 후부터 왼쪽 귀가 부으면서 가렵기 시작하였다. 한꺼번에 여섯 개의 주사를 맞으니까 몸이 힘들었나 보다. 그래도 견딜 만은 했지만 부대병원에 가면 훈련을 빠져야 하기 때문에 그냥 버티기로 하였다. 하지만 아무래도 함께 훈련받는 의사에게 한 번 물어보는 것이 낫겠다고 생각하며 물어보았더니 염증이 생겨서 항생제를 먹어야 한다는 것이었다. 그 의사는 자기가 마침 항생제를 가지고 있으니 주겠다고 하였다. 고맙게도 그 의사가 준 항생제를 먹고 나을 수가 있었다. 그 후 문제가 생겼다. 그것은 의료 행위였다. 훈련 기간 중에는 자신의 직업과 관련된 일을 해서는 안 되는 규정을 어긴 것이다. 나도 그 의사도 그런 생각을 하지 못했던 것이다. 항생제 한 개를 준 것이 의료 행위였다는 생각은 못했던 것이었다. 별것 아닌 것으로 생각했지만 그 의사는 나에게 항생제를 준 것이 의료 행위에 해당된다고 생각하며 나중에 담당 교육관에게 찾아가서 고백을 하였다. 그래서 그 의사와 나는 함께 교관에게 불려가서 진술서를 써야만 했다. 미국은 참으로 정직한 사회라는 것을 다시 한번 깨달았다.

졸업하기 위해서는 시험을 두 번 보았는데 영어로 시험 보는 군대 용어들이 낯설어서 어렵기는 했지만 가까스로 합격하여 졸업하게 되었다. 미국 공군 중위로 임관하게 된 것이었다. 2년 후 대위가 되고 8년 후 소령이 되고 7년 후 중령이 되었다. 그리고 모두 합쳐 23년 7개월 22일을 복무하고 은퇴하게 되었다. 유학생으로 미국에 와서 이민자로 살아가면서 겪었던 언어문제, 문화적 충돌 등 어려운 일들도 있었지만 도전을 마다하지 않았고 나에게는 항상 새로운 길이었다. 새로운 길은 결코 쉬운 길이 아니었다. 남이 가지 않은 길이고 나에게는 언제나 개척자의 길이었다. 항상 도전의식으로 이겨냈고 극복했다. 도전은 새로움을 주고 극복하면 보상이 따른다. 도전하는 삶이 아름답다고 느끼는 것은 나만의 생각일까?

학교는 인생의 연장선에 있다

한 달간 군목학교에 가서 배운 것이 많다. 군목은 다른 장교들과 함께 똑같은 장교교육을 받아야 하지만 장교교육을 마치면 군목학교에 가서 군목교육을 따로 받아야 한다. 그래서 다른 장교보다도 공부도 더 많이 해야 하고 그러다 보니 나이도 일반 장교들에 비해서 많다. 4년제 대학을 졸업해야 하고 또다시 신학대학원에서 목회학 석사과정을 마쳐야 목사가 되기 때문이다. 그 목회학 석사(M-Div)과정이 4년 과정이다. 일반대학원은 2년이지만 목회학 석사과정은 풀타임으로 공부를 했어도 여름학기를 포함, 3년 반을 해야만 했다. 군대에 가보니 또다시 일반 장교들과 똑같은 교육과정을 받고도 별도로 군목교육을 받아야만 하는 것이 조금은 불합리하게도 생각되었다. 군목이 다른 석사과정보다 더 많이 공부했다고 해서 월급이 많은 것도 아닌데 군목은 왜 그렇게 공부와 훈련이 많나 하면서 마음속으로 투덜거리기도 했다. 그분의 일을 하는 사람은 다른 사람보다 더 많이 배우고 알아야 한다는 생각이 그 모든 과정을 이기게 했다.

공군 장교로 임관한 후 또다시 일년 만에 알라바마의 맥스웰 공군부대에 있는 군목학교에 가서 한 달간 생활하게 되었다. 이번에는 군목들만 모여서 훈련을 받는 과정이었다. 군목학교는 군종사병들과 함께 교육을 받는다. 군목은 군목에게 필요한 교육을 받고 군종사병들은 부대에 배치되어 군목을 도울 교육을 받는데 같은 기간 동안 다른 장소에서 교육을 받는다. 군종사병의 도움 없이는 군목은 일을 제대로 수행할 수가 없다. 군목은 세 번의 군목학교 교육과정을 마쳐야만 했다. 초급반, 중급반 그리고 고급반이다. 처음 장교로 임관된 후에는 초급반 군목학교를 한 달간 마쳐야 하고 다음에 소령이 되면 중급반 그리고 중령이 되면 고급반을 마쳐야 한다. 나는 고급반까지 마쳤다. 대령이 되려면 또다시 대령학교에 가서 1년간 공부해야 하고 시험 봐야 하니 공부의 연속이었다. 군목학교 중급반은 일주일간의 파병 교육이 포함되어 있었다. 이라크나 아프가니스탄 같은 나라에 파병될 것에 대비하여 훈련을 하는 과정이 포함되어 있다. 일주일간은 실제 파병된 곳의 환경과 비슷하게 만들어 놓고 그곳에서 생활하면서 여러 가지 실질적 교육을 받게 된다. 내가 간 곳은 플로리다 주의 끝에 있는 곳이었다. 4월이었는데 어찌나 모기가 많고 작은 벌레 들이 물어대는지 고생을 많이 했다. 잘 때는 '후치'라는 곳에서 자는데 바닥은 시멘트이고 접이식 이동 간이침대가 주어졌다. 그 저 몸을 눕히면 옆으로 돌아 눕기에도 좁은 작은 침대였다. 음식 은 MRE(Meal Ready to Eat)를 먹는데 이것은 훈련용 혹은 작전 나갔을 때 가지고 가는 즉석음식이다. 봉지를 뜯고 물만 넣으면 금방 데워져서 먹을 수 있는 음식이다. 다행인 점은 메뉴가 다양 하다는 것이었다. 봉지 안에는 후식으로 먹을 수 있는 껌과 과자 도 들어 있다. 이것만 일주일을 먹다 보니 김치 생각이 간절했지 만 참아야만 했다. 가는 길 오는 길은 버스를 타고 이동을 했는데 즐거운 소풍을 가는 기분이었다. 그때 함께 시멘트 바닥의 막사 에서 간이침대를 놓고 생활했던 동료들은 어디에 있는지 궁금하 다. 모두 은퇴했을까. 아니 나보다 젊은 군목들은 아직 근무를 하 고 있을 것이다. 그중 한 명은 공군 군목 세미나 가서 만나기도 하였다.

군목 고급반은 중령 진급이 확정된 후 다녀왔다. 이때는 노스 캐롤라이나에 있는 잭슨 육군부대에 가서 받게 된다. 이곳에는 육군, 공군, 해군 등 모든 군목학교가 있다. 이곳에서 교육받는 동안 잊지 못할 일이 있다. 하루의 교육은 8시에 시작해서 4시에 끝난다. 하루는 교육이 끝난 후 운동을 하기 위해서 부대 내에 있는 작은 호수를 돌면서 뛰기로 했다. 작은 호수는 아름다웠고 주변에는 공원도 조성되어 있어서 운동하기에도 좋았다. 한참을 뛰고 있는데 갑자기 애국가가 들려왔다. 5시가 되면 국기 하강식이 있는데 이때는 모든 차량이 멈추고 가던 길도 멈추고 부동자세로 애국가가 들리는 쪽을 향해서 서 있든지 경례를 해야 한다. 나는 간편하게 운동복을 입고 있었기 때문에 달리던 것을 멈추고 부동자세로 애국가가 들리는 쪽을 향해서 서 있게 되었다. 그러자 모기떼가 습격을 했다. 달릴 때는 몰랐는데 서 있으니까 모기들이 달려든 것이었다. 그곳은 호숫가라 습한 기온이었고 모기가 많이 살고 있는 곳이라는 것을 몰랐던 것이었다. 모기떼는 달려드는데 부동자세로 서 있느라고 쫓을 수도 없었다. 짧은 시간이었지만 많은 모기들에게 많은 헌혈을 해야만 했다. 그 후에도 연장교육을 받으러 그 부대에는 한 번 더 다녀올 기회가 있었다.

아픔을 나누면 나는 더 아프다

군목생활 동안 많은 상담을 하였다. 사람들은 군목에게 와서 그들의 고민을 털어놓기도 하고 아픔을 나누기도 한다. 상담을 받은 이들은 가벼운 마음으로 돌아간다. 군목은 그들의 고민과 아픔을 들어주면서 그들의 몫까지 얹혀져 더 아프다. 어느날 한 흑인병사가 상담을 요청해 왔다. 그 병사는 이혼을 앞두고 군목에게 상담을 받기 위해서 온 것이다. 나를 보는 순간 한국사람이냐고 묻고는 자신의 어머니가 한국사람이라고 하였다. 참 반가웠다. 여러가지 이야기를 나누다가 다음에 올 때는 아내와 함께 오지 않겠느냐고 물었다. 그 병사는 다음에 아내와 함께 왔다. 그 흑인병사의 아내의 어머니도 역시 한국사람이었다. 나는 너무 반가워서 두 사람을 저녁식사에 초대하였다. 그리고 함께 한국음식으로 식사를 하는데 흑인 병사는 풋고추를 고추장에 찍어서 맛있게 먹으면서 자신이 어릴 때는 이런 것을 먹었다고 말을 하였다. 식탁에 있는 김을 보더니 기억이 난다고 하면서 역시 밥을 김에 싸서 맛있게 먹는 것이었다. 하지만 그의 아내는 한국 음식을 별로 좋아하지 않는다고 하면서 맨밥에 간장을 뿌려서 먹었다. 식사 후 함께 결혼관계에 대해서 상담을 하였다. 부부를 앉혀놓고 상담을 하니 더욱 대화하기가 쉬웠다. 많은 이야기를 함께 나누었다. 두 사람 모두 좋은 마음으로 돌아갔다. 그 이후에는 연락이 없었다. 다시 군목을 찾는 일이 없으니 잘되었을 것이라고 스스로 생각해 보았다. 한국인 어머니를 자랑스러워하고 자신의 정체성을 당당하게 밝히는 그 병사가 자랑스러웠다. 한국인 어머니의 헌신적인 자식사랑은 자녀들을 주류사회에서 성공적인 모델로 자라도록 만든다. 여러 부대를 가보았지만 어디에나 한국인은 있었다. 화장실 청소부에서부터 사무실 직원까지, 사병으로부터 장교에 이르기까지 의지의 한국인은 어디에나 있었다. 모두 다 열심히 살아가고 있었다.

핵가족화하고 20세 이하의 자식만을 가족의 테두리 안에 포함

시키는 미국사람들의 삶의 양식은 우리 한국사람들과는 많이 다르다. 한국사람들은 장성하여 결혼을 해도 자신의 부모도 가족에 넣고 의료보험 혜택도 받게 하지만 미국은 오직 20세 이하의 자녀들만 가족에 들어간다. 그렇다고 효도를 안 하는 것은 아니다. 미국교회에서 목회하는 동안 양로병원에 있는 교인들을 위해서 정기적으로 심방을 하였다. 그중에는 자녀들이 멀리 살고 있어서 할 수 없이 양로병원에 모신 경우도 있고 또 그렇다고 해도 자주 찾아와서 만나는 것도 보았다. 물론 그중에는 일년에 한 번 정도만 찾아오는 자녀들이 없는 것은 아니다. 어느날 한 백인 간호장교가 상담을 요청해 왔다. 자신의 어머니가 건강이 안 좋아서 돌볼 사람이 필요한데 자식은 자신밖에 없다고 했다. 그렇다고 어머니 때문에 제대하면 지금까지 쌓아온 장교로서의 커리어는 어찌하면 좋겠느냐고 하면서 눈물을 보였다. 군인은 때때로 해외로 파병도 가야 하고 특히 장교는 평균 3년에 한 번씩 부대를 옮겨야 하는데 그때마다 어머니가 걱정된다는 것이었다. 나는 그 백인 간호장교에게 이렇게 말했다. "당신의 조상 중에 한국사람이 있었는지도 모르겠습니다. 그렇게 부모를 생각하는 민족은 한국사람을 따를 이가 없지요." "하나님은 당신처럼 부모를 돌보려고 하는 아름다운 마음씨를 가진 사람을 축복해 주실 것입니다." 하고 말하면서 그렇게 어머니가 걱정되면 제대하고 간호원으로 병원에 취직하여 어머니를 가까이에서 모시면 되지 않겠느냐고 조언을 해주었다. 누구나 할 수 있는 조언이었지만 그 간호장교는 막상 자신의 직업군인으로서의 사회적 커리어를 포기하기가 쉽지 않았던 모양이었다. 만약 내가 백인이었다면 어머니를 양로병원에 모시면 되지 않겠느냐고 하였을 것이다. 나는 어머니를 사랑하는 딸의 마음을 헤아려서, 사람이 살아가는 데 사회적 지위나 명예보다도 소중한 것은 가족을 생각하는 마음이 우선하는 것이라고 조언을 해주었다. 그 간호장교는 눈물을 흘리면서 나에게 기도를 부탁하였다. 그 간호장교의 손을 잡고 간절히 하나님께 기도하였다. 어머니를 생각하고 효도하려는 딸의 마음을 어여삐 보셔서 그 어머니가 건강하게 해달라고. 그 간호장교와 어머니에게 하나님이 함께 해주시기를 간절히 기도하였다.

하루는 백인병사가 찾아왔다. 자신이 곧 한국의 오산으로 해외근무를 가야 하는데 아내가 따라가지를 않으려고 한다는 것이었다. 오산으로 가라는 명령은 떨어졌고 이제는 이삿짐을 싸서 갈 준비를 해야 하는데 아내가 가지 않으려고 하니 답답해서 군목을 찾아온 것이었다. 참으로 그 병사가 안타깝게 생각되었다. 그 병사가 한국으로 간다고 하니 더욱 마음이 쓰였다. 내가 그의 아내와 함께 셋이서 만나보면 어떻겠냐고 제안을 하였다. 며칠 후 다시 연락이 왔다. 아내가 군목을 만나려고 하지도 않는다는 것이었다. 이혼을 하자고 했다는 것이었다. 가슴이 답답해졌다. 혹시 내가 상담을 잘못해서 그런 일이 생기지는 않았나 생각도 되고 그런 일로 남편의 해외근무 때문에 이혼을 요구하는 그 아내가 답답하기도 하였다. 다시 그 병사에게 제안하기를, 그러면 한국으로의 파병을 좀 늦추어 달라고 청원을 해보면 어떻겠냐고 하였다. 가족이 해외근무 문제로 어려움을 겪으니 가정이 깨지는 것을 막기 위해서는 그렇게 하는 것이 좋겠다고 생각했기 때문이었다. 그랬더니 그 병사가 그러겠다고 한 후 나에게 부탁을 하는 것이었다. 상담이 끝난 후 군종참모(중령)에게 이야기를 하니까 그런 경우에는 무조건 명령에 따르라고 조언하는 것이 낫다고 하였다. 군인은 명령에 무조건 복종해야 한다는 것이었다. 원칙적으로는 그 말이 맞는 것이었다. 그 후에도 그 병사를 몇 번 더 만났지만 뾰족한 방법은 없었고 나는 다른 부대로 가게 되었다. 문화적 차이가 생각의 차이를 가져오고 때로는 너무나 다른 결과를 가져올 수도 있음을 깨닫게 되었다. 가정의 소중함이 먼저인가 아니면 군인으로서 명령에 따르는 것이 먼저인가를 두고두고 생각해 보았다. 가정의 소중함을 먼저 조언했던 나의 생각이 과연 옳은 것이었을까 지금도 가끔씩 생각해 본다.

핑크빛 자켓 속에는 핑크빛 사랑이 있다

대위로 근무할 때 나의 상관으로 백인 군목이 소령으로 있었고 그 위에 또 다른 백인 군목이 중령으로 있었다. 나의 바로 위 백인 군목 소령은 겉으로 보기에는 따뜻하고 좋은 사람이었고 나에게도 잘 대해 주었지만 가끔은 어딘가 이상한 느낌을 받고는 했다. 그 느낌이 무엇이었는지 그때는 알지 못했다. 나중에야 그 군목이 동성연애자였음을 알게 되었다. 그 군목은 놀랍게도 군목으로 근무하는 군대생활 동안에도 저녁때는 마사지 팔러로 일을 하고 있었다. 풀타임 군인은 군법으로 다른 직업을 가질 수가 없도록 되어 있다. 하루는 부대 예배실에서 주일예배를 인도하는데 그 군목이 하얀색 바지에 핑크빛 자켓을 입고 설교를 하는 것이었다. 이상하다고 생각은 했지만 설마 동성연애자였는지는 몰랐던 것이다. 하루는 그 군목이 나에게 질문을 했다. 동성연애를 어떻게 생각하느냐는 것이었다. 평소의 소견대로 교회의 문은 누구에게나 열려 있고 받아들여야 하지만 목사가 동성연애를 하는 것은 용납하지 못하겠다고 하였다. 교회는 모든 죄인들이 모이는 곳이다. 모든 사람들이 죄인이라는 데는 동성연애자들도 포함된다. 그들도 교회에 와서 예배드릴 수 있고 찬양할 수 있고 함께 어울려야 한다. 그들이 동성연애자라는 이유만으로 교회에서 따돌림을 받아서는 안 되고 차별을 받아서는 더욱 안 된다고 생각한다. 그렇다고 해서 동성연애자 목사를 나의 신앙관으로는 받아들일 수가 없었다. 자신의 동성애가 옳지 않고 스스로 깨닫고 변화가 되어야 한다고 생각하는 것이다. 그들의 생활과 삶을 돌이켜서 하나님이 기뻐하시는 삶을 살아야 한다고 믿기 때문이다. 목사는 교인들의 삶을 신앙적으로 이끌어가야 하는 사람인데 동성연애를 한다는 것은 용납할 수가 없었다. 그 군목은 잠자코 듣고만 있었다. 지금 생각하면 나와 그런 대화를 하면서 참 불편했을 것 같다. 나는 그때만 해도 그 군목이 동성연애자라는 것을 전혀 몰랐으니까. 아무튼 그 군목은 결국 아내와 세 딸을 버리고 다른 남자를 찾아갔고 팜 스프링에 자신의 마사지 업소를 열었다는 얘기를 나중에 들었다.

미국의 군대에서는 동성애 문제에 대해서는, "Don't ask, Don't tell" 규정이 있었다. 나중에 그 규정이 바뀌기는 했지만 다른 사람이 동성연애자인지 묻지도 말고 또 물어보면 대답하지도 말라는 것이었다. 그것은 문제를 해결하는 근본적은 방법은 아니지만 문제를 수면 위에 떠올리지 않겠다는 고육지책인 것이었다. 그때 당시는 자신이 동성연애자임을 밝히면 강제 제대 당하게 되어 있었다. 나중에는 동성연애자도 입대할 수가 있고 자신이 동성연애자임을 밝혀도 상관이 없게 되었다. 동성연애자 부부가 부대 안 관사에서 살 수 있도록 허용이 되었다. 그러다가 트럼프 대통령이 47대 대통령으로 취임한 후에는 또다시 동성연애자는 군대에서 강제 추방하도록 법이 바뀌었다. 미국의 군대 내에는 동성연애가 심각한 문제이다. 그렇다고 해서 공론화할 수도 없고 문제를 삼을 수도 없었다. 그것은 그저 개인적인 문제일 뿐이었다. 얼마 전에는 미국군대의 한국인 장교가 자신이 동성연애자임을 밝히고 군대에서도 동성연애자를 차별해서는 안 된다는 모임을 조직하고 활동을 시작했다는 이야기를 신문에서 읽었다. 그 사람은 자신이 동성연애자였기 때문에 강제 제대를 당했다며 그런 차별은 있어서는 안 된다는 주장을 하면서 동조하는 사람들을 모으기 시작한 것이다. 심지어는 자신이 현역을 떠나 예비역으로 있는데 그곳에서도 나가라고 강요를 하고 있다고 하였다. 그러면서 이제는 군대에서 유지하고 있는 "Don't ask, don't tell" 정책을 폐지하도록 운동을 일으키고 앞장서겠다고 공언을 하는 모습을 보았다. 결국 그의 바람대로 된 것이었다. 오바마 행정부는 동성연애자들에 대해서 비교적 관대하였다. 대통령 선거할 때 이미 동성연애자들에 대한 지지를 밝힌 적도 있다.

어떤 사람들은 이렇게 이야기한다. 동성연애자들은 마치 여자와 남자가 있듯이 자연스럽게 태어날 때부터 그렇게 태어났기 때문에 그대로 인정해 주어야 한다는 것이다. 그런가 하면 동성연애자들 중에는 자신의 잘못된 길을 돌이켜 정상으로 돌아온 경우도 있다. 그것이 교육이 필요하고 치료가 필요한 이유이다. 결혼은 한 남자와 한 여자가 하는 것이지 남자와 남자 혹은 여자와 여자가 하는 것은 아니라고 생각한다. 하나님께서 인간을 만드시고 생육하고 번성하라고 축복해 주셨는데 동성연애자들은 생육하고 번성할 수가 없다. 그것은 창조의 질서에 어긋나는 것이다. 주류 정치사회에서는 동성연애자들이 가지고 있는 선거권을 의식하여 가능하면 문제삼지 않으려고 한다. 손바닥으로 하늘을 가릴 수는 없다. 한국에서도 이미 수면 위로 떠오르지만 않았을 뿐 동성연애 문제는 심각한 수준이 되어가고 있다고 들었다. 이미 몇몇 동성연애자들은 공공연하게 자신이 동성연애자임을 밝힐 정도로 그들의 권리(?)를 주장하게 되었다. 그 문제를 그저 그들만의 문제로 인식하고 대처하기에는 사회가 너무 다른 길로 가고 있는 것 같다. 결국 군대에서도 동성연애자에서 더 나아가 성 전환자들을 받아들이게 되었다. 그렇지만 트럼프 대통령이 2기 임기를 시작한 후부터는 다시 법이 바뀌어 군대 내에서 모든 동성연애자들은 그리고 성 전환자들은 강제 제대하게 되었다. 우리 사회가 심각한 도덕 그리고 윤리적 문제로 진통을 겪고 있다. 그저 개인의 문제로 치부하고 못 본 척할 수가 없을 정도로 심각한 사회문제가 되어가고 있다. 우리는 이런 문제에 대해서 어떤 태도를 취해야 할까? 그들을 공동체의 일원으로 무조건 받아들여야 할까, 아니면 그들에게 교육과 치료를 제공하여 돌아서게 해야 할까?

정의가 강물같이 흐르는 세상은 과연 올까?

한 달 동안 Alabama주의 Montgemery에 있는 공군대학에 가서 군목학교를 다니는 동안 하루는 시간을 내어 마틴 루터 킹 목사님이 시무하셨던 교회를 가보았다. 지금 몽고메리에는 한국의 현대차 생산공장이 들어서 있어서 주민들에게 인기가 아주 좋다. 거리 이름도 한국 이름으로 만들었고 공장에서 일하는 한국인들을 위해서 학교도 세워졌다. 마틴 루터 킹 목사님이 시무하시던 교회는 다운타운에 있는 이층으로 지어진 조그마한 그러나 아름다운 교회였다. 마틴 루터 킹 목사님은 그 교회에서 시무하는 동안 흑인 민권운동에 눈을 뜨게 된다. 흑인 여성 Rosa Park이 버스에 탑승했다가 자리를 비키라는 백인 남성의 요구를 거부하면서 시작된 흑인들의 민권운동의 시발점이 바로 그곳이다. 그 당시는 버스에도 흑인과 백인들의 좌석이 정해져 있어서 제일 좋은 자리인 버스의 앞 좌석 자리에는 백인들만 앉을 수 있었고 흑인들은 뒤쪽으로만 앉을 수 있었다. Rosa Park 여사가 하루 일을 끝내고 집으로 돌아가던 중 앞쪽에 앉았다가 흑인들이 앉는 뒤쪽

좌석으로 가라는 백인 남성의 요구를 무시해서 경찰에 체포되는 사건이 일어난다. 이 사건 소식을 들은 흑인들을 중심으로 그 여성을 구명하기 위한 운동이 시작되고 급기야는 미국사회 전체 흑인들의 민권운동으로 번지게 된 역사적인 도시이다. 그곳에서 마틴 루터 킹 목사님은 흑인들의 정당한 권리를 요구하고 인종차별 철폐를 위한 운동을 시작하게 된다.

그런 역사적인 교회에 가본 나는 감개가 무량했다. 마틴 루터 킹 목사님이 설교했던 제단은 예배석보다 훨씬 높은 곳에 위치해 있어서 회중들을 내려다보면서 설교하도록 만들어져 있었다. 그 설교단에 올라가려면 둥그렇게 만들어진 계단을 통해서 올라가야만 했다. 지금도 그 교회는 사람들이 모여서 예배를 드리고 있으며 관광 명소가 되어 많은 사람들이 찾고는 한다. 나는 굳이 설교단에 올라가서 유명한 마틴 루터 킹 목사님의 정기(?)를 받아보고자 시도를 하였다. 속으로 "나에게도 꿈이 있다"라고 외쳐보기도 하였다. 마틴 루터 킹 목사님은 흑인들은 물론 양식 있는 백인들로부터도 존경받는 훌륭한 분이었다. 그분이 처음부터 민권운동에 관심을 가진 것은 아니었다. 그 당시 사회에 만연되어 있는 흑인 차별에 처음부터 정면으로 맞선 것이 아니었다. 두려웠던 것이다. 마침내 로사 팍 여사의 항거가 마틴 루터 킹 목사님에게 영향을 미쳤다. 뜻있는 흑인 지도자들이 찾아와 로사 팍 여사의 구명운동에 동참해 줄 것을 요청하면서 마틴 루터 킹 목사님이 관여하게 된 것이었다. 그의 이런 민권활동은 나중에는 창대하게 되어 미국사회에 커다란 변화의 물결을 일으키게 된 것이다. 하나님의 때에 하나님의 방법대로 역사의 물결은 도도하게 흐르기 시작한 것이다. 교회 옆에는 마틴 루터 킹 목사님 기념관이 세워져 있어서 가보았다. 그곳에는 아모스 선지자가 외친 "정의가 강물같이 흐르리라"는 성경구절이 적혀 있는 조그마한 탑과 분수대가 있었다. 그곳에서 기념사진을 찍었다. 조금이나마 마틴 루터 킹 목사님과 가까워지는 느낌이었다. 짧은 미국 역사에 커다란 획을 그은 사건이 바로 킹 목사님이 주도한 민권운동이었다. 미국은 킹 목사님의 생일을 기념하며 국가 공휴일로 지정하여 온 국민들이 이날을 기억하게 하고 있다. 시간은 흘러서 분열과 정쟁을 일삼는 정치인들에 의해서 미국사회는 점점 양극화되어 가고 있는 것 또한 현실이다. 킹 목사님은 오늘의 미국사회를 어떻게 바라보고 있을까?

힘든 길을 돌아가면 더 힘들다

2년에 한 번씩 공군 군목들이 모여서 세미나를 갖는다. 모일 때마다 약 250명 정도가 모여서 함께 목회를 나누고 경험을 이야기하고 연장교육을 받는다. 처음에는 콜로라도 주의 덴버에서 모였는데 나중에는 조지아 주의 몽고메리에서 모이게 되었다. 시카고에서 모인 적도 있었다. 콜로라도에서 모일 때는 그곳에 있는 공군사관학교를 방문할 수 있는 기회를 가졌다. 젊은 생도들의 생기발랄한 모습을 볼 수가 있었고 그곳에 있는 건축학적으로도 유명하고 아름다운 채플을 들어가 볼 수가 있었다. 그 채플은 종교 다원주의에 입각하여 지하실은 유대교 예배 그리고 1층은 개신교 예배를 위하여 사용되고 있었다. 예배시간을 달리하여 다른 종교의 신자들도 모여서 예배드릴 수 있도록 하고 있었다. 하나님은 한 분이시니까 이해하고 계실까, 아니면 언짢게 바라보고 계실까? 콜로라도에서 모일 때는 2월에 모였기 때문에 눈이 올 때도 있었고 아침에 일어나 보면 얼음이 얼어 있을 때도 있었다. 캘리포니아에서는 좀처럼 볼 수 없는 모습이었다. 조지아 주에서 모일 때는 4월에 모였는데 습기가 많고 나무가 많은 것이 인상적이었다.

2009년도 군목 세미나는 잊을 수가 없다. 그곳은 나무가 많고 밤에는 길도 어둡고 시골이기 때문에 찾아가기가 어려운 곳이었다. 부대가 있는 Warner Robins는 애틀란타 공항에서부터 90마일을 운전해서 가야 하기 때문이었다. 나는 2년 전에 가본 경험이 있어서 낮에 운전하며 가는 것이 좋겠다고 생각하여 집에서 새벽 4시에 나섰다. LA공항에 도착하니 5시, 항공사에 가서 탑승수속을 하려니 내 이름이 없는 것이었다. 이유는 모르겠지만 탑승이 일방적으로 취소된 것이었다. 항공사에 항의하다가 빨리 다른 비행기로 가는 것이 좋겠다고 생각하여 다른 항공사에서 탑승권을 구입하여 떠났다. 그것은 콜로라도를 경유하여 가는 비행기였다. 출발하려는 순간 기장이 비행기에 문제가 생겨서 안전을 위하여 점검을 하고 가야 한다고 안내방송을 했다. 모든 승객들이 기다렸다. 이렇게 한 시간을 기다리니 콜로라도에 도착하면 갈아타야 할 비행기 시간을 놓치게 될 것은 뻔한 일이었다. 아니나 다를까 콜로라도에 도착하니 이미 갈아탈 비행기는 떠난 뒤였다. 할 수 없이 그곳에서 세 시간을 기다려서 그 다음 비행기로 탔다. 이렇게 늦다 보니 애틀란타에 저녁 9시나 도착을 하게 되었다. 그곳에서 예약해 놓은 렌트카를 구해서 운전을 하고 부대까지 내려가는데 길을 잘못 잡았다. 렌트카 회사 여직원이 잘못 가르쳐준 것이었다. 아무리 가도 길이 보이지 않았다. 캄캄한 밤에 나무밖에 없는 낯선 길을 운전하며 가는 것은 쉬운 일이 아니었다. 그때는 지금처럼 전화기에 네비게이터가 있는 때도 아니었다. 급기야 고속도로에 뛰어든 사슴과 부딪쳐서 차가 찌그러졌다. 그 사슴은 살았는지 죽었는지도 몰랐다. 사슴은 사고를 내고 사라져 버렸기 때문이었다. 조금 더 가다가 너구리 한 마리와 부딪쳤다. 너구리는 아마도 죽었을 것이다. 어두운 길에서 방향을 잃어버렸다. 한참을 헤매다가 조그만 마을에 들어가니 감옥이 나와서 그곳에 들어가서 경찰한테 물어보았다. 감옥에는 분명 경찰이 있을 테니 길을 물어보는 것이 좋겠다고 생각한 것이었다. 그 시간에도 감옥은 꽉 차 있었고 시끄러운 소리도 들려 나왔다. 경찰이 친절하게 길을 가르쳐주어 다시 길을 갔다. 그렇게 운전하면서 고생해 보기는 처음이었다. 캄캄한 밤에 앞도 안 보이고 하늘에 별만 보이는 조지아 주였다. 나무는 많고 사람은 없으며 미국은 길마다 번호가 붙어 있는데 그 번호가 마을을 지날 때마다 바뀌는 주가 조지아 주이다. 그렇지만 한 가지 분명한 것은 늦어도, 돌아가도 분명히 목적지까지 간다는 확신이었다. 결국 새벽

4시가 되어 부대에 들어갔다. 그날 아침 세미나에는 너무 피곤하여 참석을 하지 못했다. 출발부터 일이 꼬이면서 힘든 과정이었지만 결국 목적지까지 갈 수는 있었다. 신경질이 나고 화도 났지만 목적지까지 도달은 하였다. 우리 인생길도 그렇지 않을까. 조금은 돌아가더라도 목적지에는 반드시 도착해야 한다. 조금은 힘들기도 하다. 돌아가야 하니까. 그 목적지의 끝에는 무엇이 있어야 할까?

생각이 미래를 만든다

남들보다 새로운 생각이 미래의 일꾼들을 만들어낸다. 나는 미국군대에서의 군목 경험과 미국경찰에서의 경목 경험이 인생에 큰 도움을 주는 동시에 사회에도 공헌하는 기회가 되었다. 많은 한국인들이 미국땅에 이민 와서 그저 먹고 살기 바빠서 주류사회에 진출할 기회를 갖지 못하고 살아가고 있다. 미국은 기회의 나라이다. 누구에게든 기회는 주어진다. 다만 그 기회를 내 것으로 만들 준비가 되어 있느냐 하는 것이 문제이다. 내가 처음 군목을 지원할 때만 해도 주위에 아는 사람이 없었다. 따라서 군목이 되기 위한 절차를 밟아야 하는데 도움을 받을 길이 없었다. 그러다 보니 시간을 많이 낭비하여 군목이 되는 모든 과정을 처음부터 스스로 알아보아야 했고 그 기간이 거의 2년이나 걸렸다. 군목이 된 후에는 모든 절차를 알게 되었음으로 다른 사람을 도와줄 수가 있었고 내가 권면하여 군목이 된 사람들은 6개월이라는 짧은 시간에 모든 절차를 마치고 군목이 될 수가 있었다. 지금도 LA에는 50여 만 명의 한인들이 모여 산다고 하고 그중에 목사님들도 많지만 LA에서 경목으로 봉사하는 한인 목사님들은 거의 없는 실정이다. 한인 목사님들은 목회는 그저 교회에서 교인들을 섬기는 일로만 생각하는 듯하다. 목회는 많은 분야가 있다. 감옥에서, 경찰서에서, 소방서에서, 군대에서, 병원에서, 임종을 앞둔 환자들을 위해서도 채플린은 필요하다. 생각만 조금 넓히면 얼마든지 다른 길로 목회하면서 재미있게 살아갈 수가 있는데 그저 교회에서만 교인들과 얽히고 설키고 살아가다 보니 목회자들이 심각한 어려움을 겪고 있는 것이 사실이다.

미국의 군대 정책은 참으로 잘 되어 있다. 그렇게 막강한 군대를 유지하면서도 실상 군인의 숫자는 인구에 비례하여 혹은 다른 나라에 비해서 그렇게 많지 않다. 모든 것이 첨단 무기화되어 운용할 군인의 숫자만 있으면 되기 때문이다. 미국은 현역과 예비역이 있다. 사실 예비역이라는 단어는 맞지 않다. 한국에는 없는 개념이기 때문에 군이 쉬운 말로 번역을 하자면 풀타임과 파트타임이라고 볼 수가 있다. 현역은 풀타임 그리고 예비역은 파트타임이다. 파트타임 군인도 풀타임 군인과 똑같이 진급과정이나 교육과정을 거쳐야 한다. 일하는 시간만 다를 뿐이다. 현역과 똑같이 근무하고 60세에 은퇴할 수가 있고 20년 근무하고 은퇴하면 정부에서 연금을 준다. 나는 풀타임으로 교회목회를 하면서 파트타임으로 공군 군목을 하였다. 한국도 이런 식으로 군대를 운용하면 고급인력을 계속적으로 군대에서 사용할 수가 있고 적은 인원과 적은 예산으로도 막강한 전력을 운영할 수가 있을 것이다. 이제는 군인의 숫자가 많고 적음이 중요한 것이 아니다. 언제든지 사용할 수 있는 고급인력을 얼마나 확보하고 있느냐가 더욱 중요하다. 군인 숫자보다는 첨단무기가 더 필요한 실정이다. 군대에서 필요로 하는 능력과 기술을 가지고 있는 군인들을 무조건 2년만 근무하고 내보내는 것은 자원 낭비이다. 충분히 교육받고 훈련받은 인적 자원을 지속적으로 제대한 후에도 미국처럼 파트타임으로 운용하게 되면 전력의 공백도 메울 수가 있는 것이다. 한국도 이제는 이런 방법을 도입해야 할 것 같다. 평소에는 민간인으로 각자 일하다가 필요하면 언제든지 현역으로 부를 수 있고 운용할 수 있는 고급인력을 항상 준비하는 것이 더욱 중요한 것 같다. 이라크에 파병된 미국군인의 약 40%가 나와 같은 Reserve였다. 아프가니스탄에 파병된 군인도 마찬가지이다. 6.25 때 미국에서 한국으로 파병한 미군들도 마찬가지로 그중 40%가 Reserve였다.

이렇듯 민간인 목사로 그리고 군목으로 근무하면서 현역 장병들을 위해 목회하면서 젊은 사병들과 함께 재미있게 보냈다. 일반 교회와 부대는 사정이 다르고 환경이 너무나 다르기 때문에 부대에 들어갈 때마다 새로운 마음가짐을 느끼게 된다. 부대에 들어가서 9.11 기념예배를 인도하기도 했고 매년 5월 첫째 주 목요일에 있는 국가기도일 예배(National Day of Prayer)를 인도하기도 하고 주일예배, 기도회 성경공부 등을 인도하면서 한국인으로서 자부심과 긍지를 느끼며 살았다. 보다 더 많은 젊은 목회자들이 미국군대에 들어가서 목회하면 좋을 텐데 하는 생각으로 여러 명의 한국인 목사님들에게 이 길을 소개하였다. 지금은 그분들이 육군, 공군 그리고 해군에서 군목으로 목회하고 있다. 좀더 시야를 넓혀보면 다양하게 그리고 폭넓게 자신의 사명을 감당할 수 있는 방법이 열려 있다. 남들이 하는 똑같은 생각보다는 좀 더 다른 생각을 가진 사람을 사회에서는 더 필요로 하는 것 같다.

다양한 삶 속에는 다양한 문제들이 있다

내가 당직 군목(Duty Chaplain)으로 근무하던 날 밤늦게 전화가 걸려왔다. 부대 내의 사병 가족들이 거처하는 곳에서 소동이 일어났는데 한 병사가 자살을 시도하려고 한다는 것이었다. 이럴 경우 부대 내의 경비병들이 군목에게 연락하여 도움을 받도록 되어 있다. 그날은 내가 당직 군목이었기 때문에 달려갔다. 자살을 하려고 소동을 벌인 그 사병은 이미 잡혀서 감옥에 있는 상태였다. 나는 그 사병을 만나보았다. 그리고 감옥 내에서 상담을 하였다. 자살을 시도하려 했던 이유는 자신이 곧 해외로 파병될 것이기 때문이었다. 이 병사는 해외 파병을 원치 않았다. 그 병사는 명령에 의해서 가야만 했지만 전쟁이 한창인 이라크에 간다는 것은 위험하다고 생각했기 때문에 파병 가는 것보다는 차라리 자살을 시도했던 것이다. 나는 그 병사와 한참을 상담하고 기도하여

준 후 명령을 지켜야 함을 역설하였지만 마음은 안타까웠다. 병사마다 개인적인 이유가 있고 아픔이 있다. 사랑하는 가족과 떨어져야 하는 아픔, 죽음을 목전에서 겪어야 하는 고통 등 이런 것들이 해외에 파병되는 미군들이 겪고 있는 갈등이다. 대부분의 병사들은 이런 아픔을 극복하면서 나라와 민족을 위하여 세계의 모든 전선에서 지금도 전투를 벌이고 있다.

오래 전 오하이오주의 데이튼에 있는 Wright Patterson AFB 공군부대에서 2박 3일간 자살방지 교육을 받은 일이 있다. 부대 내에서의 자살률이 높아지고 있는 실정이었다. 군목으로서 좀더 깊게 자살방지 교육을 받기 위해서 참석한 것이었다. 그때 받은 자살방지 교육이 군대생활을 하면서 병사들을 상담하는 데 큰 도움이 되었다. 그 부대는 백년 전 라이트 형제가 비행기를 발명하여 시험비행을 해본 그 언덕 앞에 들어서 있었다. 나는 그 언덕을 가보았다. 라이트 형제는 아버지가 감리교 목사님이었다. 감리교 목사는 감독에 의하여 파송을 받는다. 라이트 형제의 아버지는 감독에 의하여 오하이오 주의 데이튼에 있는 감리교회로 파송 받아 목회를 하였다. 그 아들들이었던 라이트 형제가 비행기를 발명하고 시험비행까지 한 그 언덕에 가보게 되어 감개가 무량하였다. 그 부대는 외계인을 감추어둔 비밀장소가 있다고 해서 UFO를 믿는 많은 사람들이 비밀을 해제하고 모든 자료를 공개하라는 요구를 받는 부대이기도 하다. 나는 그런 이야기를 들은 적이 있어서 그 부대에 갔을 때 한 번 찾아보려고 했지만 차도 없었고 부대가 워낙 넓어서 찾아보지 못했다.

자살은 스스로의 목숨을 끊는 개인적인 일 같지만 범죄행위이다. 신앙인은 절대로 자살을 해서는 안 된다고 생각한다. 최근 한국에서는 많은 사람들이 연예인들을 모방하여 자살을 시도하고 인터넷에 자살사이트도 있어서 자살을 원하는 사람들이 정보를 공유하여 함께 자살을 한다는 소식을 듣고는 경악하지 않을 수가 없었다. 자살하려는 사람은 자살 시도 전에 자살을 의미하는 행동을 하거나 글을 쓰거나 혹은 가까운 사람들에게 알리기도 한다. 그럴 때 주위에 있는 사람이 그것을 감지하고 전문가에게 요청하여 한 사람의 생명을 구해 주는 것이 중요하다. 자살이 죄악이냐 아니냐가 중요한 것이 아니라 무엇이 사랑하는 사람들로부터 스스로 격리되기를 원하게 하는 것인가를 생각해 보고 그 원인 규명을 먼저 해야 하는 것이다. 무엇이 고귀한 생명을 스스로 버리게 만들고 있을까? 이기적인 마음이 문제인 것이다. 나는 가끔 혼란스럽다. 그러나 분명한 것은 자신의 생명은 자신만의 것이 아니라는 점이다. 생명은 하나님께서 주신 가장 고귀한 선물이다. 나의 생명도 나의 것이 아닌 것이다. 잠시 나에게 맡긴 것일 뿐이다. 때가 되면 생명의 주인이신 그분께서 거두어 가시게 되는데 그전에 스스로 생명을 포기하는 것은 잘못된 것이 아닐까?

　어느날 Staff Sergent(하사관) 한 명이 상담을 요청하여 왔다. 가정 문제였다. 내용을 들어보니 그 사람이 외국에 2년 동안 파병 나가 있는 동안 그곳에 있는 현지 여인과 사랑에 빠진 것이 문제가 된 것이었다. 지금은 후회하고 있지만 과거에 저지른 잘못이 발목을 잡아 가정이 편안하지 못하게 된 것이었다. 그 병사와 몇 차례에 걸쳐 상담을 한 후 그의 아내와 함께 다시 한번 만나자고 하였다. 일주일 후 그 병사가 아내와 함께 찾아왔다. 우선 그 병사는 밖에서 기다리게 한 후 아내와 이야기를 나누어 보았다. 그 아내는 마음속에 분노가 있었다. 남편의 잘못을 용서하고 싶은데 남편이 용서를 구하지도 않고 있으니 마음속에 분노가 남아 있었던 것이었다. 남편과 아내를 각각 만나본 후 다시 남편을 불러서 상담을 하였다. 그 남편도 이미 마음속에는 잘못한 것을 알고 있었지만 아내에게 용서를 구하기가 어려웠던 것이었다. 그 병사에게 용기를 내어 아내에게 용서를 구하라고 하였다. 그것이 진정 용기 있는 행위라고 말을 해주었다. 그 후 두 사람이 서로 내 앞에서 가볍게 키스하는 모습을 보기는 했지만 진정으로 화합했는지는 모른다. 다만 용서라는 것이 그렇게 어렵고 용서를 구하는 것도 어렵다는 것을 다시 한번 확인하게 되는 경험이었다.

예수님의 제자들은 일곱 번 정도 용서해 줄 수 있으면 될 것이라고 생각했지만 예수님께서는 일곱 번씩 일흔 번이라도 용서하라고 하였다. 그것은 끝없는 용서를 의미하는 말씀이었다. 사실 남의 잘못을 지적하기는 쉽지만 용서해 주는 것은 쉽지 않다. 내가 잘못했을 때는 남이 용서해 주기를 바라고 남이 잘못했을 때는 용서해 주기보다는 비난을 먼저 하는 것이 우리 인간들인 것이다. 끝없는 용서와 이해만이 부부간의 관계를 원만히 하고 사람과 사람 사이를 원만하게 만들어주는데 우리 인간들은 서로 용서하기가 참 어렵다는 것을 더욱 깨닫게 된다. 하긴 용서가 쉽다면 이 세상이 이렇게 타락하지도 악해지지도 않았을 것이다. 군대생활을 하면서 제일 많이 한 것이 가정 문제와 재정 문제로 인한 상담이었다. 젊은 병사들이 내일을 위해서 저축하지 않고 스타벅스에서 커피 한 잔을 아무렇지도 않게 사먹는 것이 나중에 얼마나 크게 재정을 위협하는지를 계산을 통해 깨우쳐 주기도 했다. 부모로부터 독립하여 스스로 생활하기는 해도 인생 경험이 부족한 젊은 병사들에게는 하루 한 잔의 커피 값이 아무렇지도 않게 생각될 수도 있다. 다만 주위에서 젊은 그들의 인생을 아끼고 조언을 해주는 인생 선배가 없다는 것이 문제이다. 개인주의가 만연한 사회이기 때문이다.

Ⅲ
옅게 퍼진 안개처럼

넓은 벌 서쪽에는 딸기밭이 있다

넓은 딸기밭과 농장들이 즐비한 곳 그래서 나의 어린 시절이 생각나게 하는 곳이 있다. 교사인 아버지를 따라 부여로 대천으로 그리고 평택으로 이사를 다녔다. 태어나기는 서울에서 태어났지만 시골에서 어린 시절을 보낸 나는 그래서 시골스러운 분위기를 좋아한다. 카마리오는 시골이었다. 걷다 보면 먼지가 폴폴 나며 자전거를 타고 농장지대를 지나면 여러가지 농사 짓는 것을 볼 수 있는 곳이다. 일본인들이 오래전에 이민 와서 농사를 지으며 터를 잡았다. 백인들이 주류인 카마리오는 흑인도 보기가 어렵다. 7년 동안 카마리오에서 사는 동안 흑인은 단 세 번밖에 보지 못했다. LA에 사는 한인들은 카마리오를 잘 모른다. 하지만 카마리오에 있는 아웃렛(Camarillo Outlet)은 잘 안다. 나는 쇼핑을 좋아하지 않기 때문에 아웃렛에 두 번밖에 가보지 않았지만 LA에서 버스를 대절하여 와서도 쇼핑을 하는 곳이 카마리오이다. 카마리오는 공기도 맑고 넓은 땅이 가슴을 확 트이게 한다. 바닷가에는 해군부대도 있어서 나는 자주 교인들을 교회 밴에 싣고 들어가서 함께 영화도 보고 볼링을 치기도 했다. 레이건 대통령이 사망했을 때는 워싱턴에서 Point Mugu에 있는 해군부대로 시신을 이동하여 시미밸리에 있는 레이건대통령기념관으로 이송하는 모습을 보기도 하였다. 카마리오, 일찍이 스페인의 탐험대가 이곳을 지나서 북쪽으로 올라가면서 지나갔던 곳이기에 스페니시

이름들이 많이 남아 있다. 그들은 가는 곳마다 Mission(카톨릭 성당)을 지었고 그 흔적들이 아직도 캘리포니아에는 많이 남아 있다. 샌디에고에서 샌프란시스코까지 카톨릭의 미션들이 아직도 존재하고 있어서 관광객들을 불러 모은다.

아름답고 풍요로운 땅 카마리오, 항공기 조종사들이 가장 살고 싶어하는 곳이 이곳 카마리오라고 한다. 항공기에서 육지를 내려다보면 카마리오 지역의 공기가 가장 맑고 깨끗하다고 한다. 그런 이유로 은퇴 후에는 카마리오에서 살고 싶어한다는 것이다. 아름다운 바닷가에 위치한 해군부대에 들어가보면 수백 마리의 물개떼들을 볼 수가 있다. 자연보호가 잘 되어 있기 때문이기도 하지만 민간인들이 들어올 수 없는 부대 안에서 살고 있기 때문에 물개떼들이 잘 보호를 받고 있는 셈이다. 그곳에서 낚시를 하다 보면 이번에는 수많은 돌고래들이 떼를 지어 모래사장 근처까지 오기도 한다. 무더운 여름에도 부대 안의 바닷가에 가서 파라솔을 펴고 앉아 있으면 추워서 두터운 자켓을 입고 있어야 한다. 또한 부대 안의 골프장에서 골프도 즐길 수가 있었다. 나는 자주 친구 목사들을 초청하여 부대 안에서 싼 값으로 골프를 즐기기도 했다. 넓은 농장들과 아름다운 바닷가 그리고 좋은 환경에서 딸아이는 고등학교를 졸업하고 아들은 고2 때까지 그곳에서 살았다. 무더운 여름에도 시원하기 때문에 집들마다 아예 에어콘이 설치되어 있지 않은 곳이 카마리오이다. 카마리오와 비교될 수 있는 곳이 루이지애나 주의 뉴올리언즈라는 도시가 아닐까 생각된다.

뉴올리언즈는 재즈 음악을 비롯한 음악가들이 많이 활동하는 도시이다. 특히 밤이 아름답다. 그중에서도 French Square라는 곳은 밤문화가 발달한 곳이다. 나는 감리교의 Board of Higher Education(고등교육 기관)에서 미 공군 군목이 되기 위한 Endorsement(추천서)를 받기 위해 인터뷰를 하러 이곳에 가본 적이 있다. 인터뷰를 마치고 밤거리를 구경하러 나갔다. 다른 사람들과 함께 밤거리를 구경하다가 미시시피 강에 이르러 배를 아름답게 장식하고 강에 둥둥 떠 있으면서 배 안에서 파티를 열고 있는 광경을 보았다. 음식점에 들어가 보았다. 메뉴를 보니 호기심을 끄는 것이 있었다. 바로 미시시피 강에 사는 검은 악어(black crocodile) 고기로 만든 음식과 개구리 뒷다리로 만든 음식이었다. 다른 목사님과 함께 두 개를 모두 시켜서 나누어 맛을 보았다. 마치 닭고기처럼 맛이 있었다. 어느 날 태풍의 영향으로 그 아름답던 뉴올리언즈가 물에 잠겼다. 많은 이들이 고통을 받았다. 가족을 잃어버리고, 사업체를 잃어버리고, 재산을 잃어버렸다. 그곳에서 공부하던 한국인 유학생 한 명은 미국에 온 지 한 달 만에 그런 고통을 당했다. 학교는 폐쇄되었고 머물 곳이 없어서 그 학생은 4일을 운전하여 그곳 카마리오의 친척집에 왔다. 그때 당시 미국에서 20년을 살았던 나도 아직 대륙횡단을 해보지 못했는데 미국 온 지 한 달 만에 대륙횡단을 해본 느낌이 어떠냐고 하면서 우리는 함께 웃었다.

시간이 지나면서 고통 가운데서도 사람들은 점차 용기를 내고 다시 일어서기 시작했다. 펌프로 도시의 물을 빼내면서 사람들이

다시 도시로 돌아오기 시작한 것이다. 정든 곳을 떠나기가 어려웠던 모양이다. 많은 한국인들도 고통을 당했다. 이재민들을 수용하는 수용소에는 겉으로 드러난 한국인 피해자는 한 사람도 없었다. 그곳에는 당시 약 3,000명의 한국인들이 살고 있었다고 했는데 모두 어디로 간 것일까? 많은 한국인들도 피해를 당했는데 그들은 왜 수용소에 가지 않았을까? 한국사람들은 교회를 개방하고 가정을 개방하여 어려움에 빠진 같은 사람들을 도와준 것이다. 태풍 피해를 입은 이재민들을 교회와 피해를 입지 않은 주위의 한국인 가정에서 모두 도와준 것이다. 참으로 위대한 한국인들이다. 장교훈련, 군목훈련을 받으면서 그리고 세미나를 다니면서 여러 도시를 가보았지만 어디에도 한국인은 있었고 모두 열심히 살아가고 있었다. 한국인은 태풍 카트리나보다 더 강한 힘을 가지고 있는 것 같다. 이런 강렬한 삶의 의지와 힘을 가지고 있는 세계에 흩어진 800만 이민자들을 한데 묶어 위대한 역사를 일으킬 수 있는 한국의 지도자는 언제쯤이나 등장하게 될까?

산타할아버지가 사는 동네

조용한 도시 카마리오에서는 일년에 한 번씩 크리스마스 퍼레이드를 한다. 작지만 아름다운 도시인 카마리오는 은퇴한 노인들이 많이 사는 동네이다. 젊은이들이 일할 수 있는 일자리는 많지 않아서 노인들이 많을 것이라고 생각했는데 목회를 위해 인구 표

본조사를 해본 결과 의외로 첨단 산업이 있어서 오히려 젊은이들이 더 많다는 것을 알게 되었다. 미국인들은 해마다 추수감사절이 지난 다음부터는 성탄절 준비에 들어간다. 일년 중 가장 분주하고 기쁘고 감사하는 마음으로 지내는 기간이 바로 이 기간이다. 카마리오 시의 각 기관들 그러니까 은행이라든지 상점들, 단체들 혹은 학교에서는 크리스마스 퍼레이드를 준비한다. 각자 아름다운 퍼레이드를 하기 위해서 장식을 하고 카마리오에서 가장 넓은 길인 Las Posas에서 퍼레이드를 연다. 나는 카마리오 시에 그리고 주류사회에 한인교회가 있음을 알리기 위해서 교회 이름으로 퍼레이드에 참석하기로 하였다. 주일학교 아이들과 중고등부 아이들 그리고 어른들이 함께 같은 유니폼을 입고 앞에는 '카마리오 한인 연합감리교회'라는 이름을 쓴 배너를 들고 행진을 하였다. 길거리에는 많은 사람들이 나와서 구경을 하고 있었고 나와 카마리오 교회 교인들은 '메리 크리스마스'를 외치며 사람들에게 성탄의 기쁨을 전해주고 끝까지 행진을 하였다. 퍼레이드를 마치고 교우님들이 제공해 준 도너츠를 맛있게 나누어 먹고 보람 있는 하루를 보내었다.

교회의 사명은 여러 가지가 있지만 그중의 하나는 전도이다. 그리스도 예수의 말씀을 세상 사람들에게 전하여 주는 것이 교인들의 할 일이다. 방법은 여러 가지가 있다. 나는 미국교회의 담임목사로 있을 때에 교인들과 함께 노방전도를 해보았다. 광고지를 만들어 가지고 노인들과 함께 교회 주변의 집들을 방문하면서 교회에 나오라고 권면하였다. 미국 교인들에게는 일생 처음으로 전도해 보는 경험이었다. 성경은 때를 얻든지 못 얻든지 전도하라고 말씀하고 있다. 우리는 기회가 있을 때 말씀을 전하기만 하면 된다. 열매를 맺게 하시는 분은 하나님이시니까. 성탄절에 참가한 카마리오 한인 연합감리교회의 퍼레이드는 이 지역에 많은 이들에게 한인교회가 존재함을 알릴 수 있는 좋은 기회가 되었고 지역사회에 좋은 인상을 심어주었다.

카마리오에서 서쪽으로 10분 정도 가면 전국적으로 유명한 옥스나드 딸기밭이 펼쳐진다. 광활한 대지에 딸기밭이 넓게 펼쳐져 있다. 수확철이 되면 많은 노동자들이 한 줄로 구부리고 앉아서 딸기를 따는 모습을 보았다. 딸기를 수확하는 것만큼은 사람이 직접해야 하기 때문에 많은 노동자들이 필요하게 된다. 이때는 멕시컨 노동자들이 주로 딸기를 수확하게 되는데 그중에 대부분은 불법 체류자들이지만 이때만큼은 단속을 하지 않는다고 한다. 그들을 모두 단속하게 되면 딸기를 수확할 수가 없기 때문이다. 차를 타고 지나가다 보면 길가에 빨갛게 익은 딸기들이 보인다. 노동자들은 한 줄로 서서 국민체조(?)를 하고 딸기를 수확하게 되는데 키가 작은 사람이 유리하다고 한다. 등을 구부리고 일해야 하기 때문이다. 이때 임금을 주는 방법은 두 가지이다. 한 가지는 시간당 지급하는 것이고 다른 한 가지는 능력에 따라 차별 지급하는 것인데 시간당 지급하는 경우에는 일군들의 동작이 느리다고 한다. 열심히 하든 열심히 하지 않든 시간을 채우면 임금을 똑같이 지급받기 때문이다. 그러나 능력에 따라 지급하게 되면 일꾼들의 동작이 아주 빨라진다고 한다. 빨리빨리 일을 해서 많은 딸기를 따게 되면 그만큼 임금을 많이 지급받기 때문이다. 자본주의 사회에서는 역시 돈이 최고인가 보다. 옥스나드 딸기를 맛본 사람은 일반 마켓에서 파는 딸기는 먹지를 못한다. 맛이 다르기 때문이다. 금방 밭에서 수확한 옥스나드 딸기 맛은 일품이었다.

바람 시원하고 공기 맑고 땅이 좋은 카마리오, 한국사람들은 별로 알지를 못한다. 이곳에 사는 한국인들도 많지 않다. 프랑스의 미래학자 자크 아탈리는 인간은 평생을 노마드(유목민)로 산다고 하였다. 옛날에는 소와 양을 키우면서 목초지를 따라서 이동하며 살았다. 지금의 현대인들은 귀에는 아이팟을 꼽고 손에는 스마트폰을 들고 직장을 구해서 세계 어느 곳이나 이동하기 때문에 현대판 노마드라는 것이다. 참으로 일리 있는 말이다. 세계는 점점 세계화되어 가며 서로의 간격을 좁히고 있었다. 문화의 간격, 생활의 간격, 그리고 생각의 간격을. 서로의 간격을 좁히는 것이 세계화였다. 세계화에 적응하지 못하면 도태될 수밖에 없었다. 세상은 더이상 혼자서만 살 수 없듯이 서로 어울리며 살 수밖에 없게 되어가고 있었다. 아직도 농사 지으며 살아가는 사람들이 많은 카마리오도 이제 새로운 농법을 개발하면서 점점 더 많은 수확을 거두어 가고 있다. 카마리오의 농부들은 점점 그들의 지경을 넓혀가고 있다. 그러다 보면 언젠가는 카마리오와 옥스나드가 붙어버리게 되는 날이 오지도 않을까? 이미 그런 일이 벌어지고 있는 것 같다. 가끔 그 지역에 가보면 이미 카마리오와 옥스나드는 점차 붙어가고 있는 것을 보게 된다. 인구가 늘어서일 것이다.

행복한 고민이다. 한국은 인구가 줄어서 걱정인데. 은퇴자들이 가장 동경하는 곳이라는 카마리오, 그곳에는 딸기 따는 산타할아버지가 있다.

몬트레이에 가면

매년 캘리포니아 중가주의 아름다운 몬트레이에서는 감리교 Chaplain들이 모여서 세미나를 연다. 병원이나, 군대, 감옥, 혹은 경찰서 등에서 채플린(Chaplain)으로 수고하는 감리교 목사들이 모여서 세미나를 열면서 새로운 정보를 교환하고 목회에 도움이 되는 여러 가지를 배운다. 매년 차를 타고 네 시간 정도 운전해서 몬트레이에 갔다. 몬트레이에는 미국에서 가장 큰 수족관 중의 하나인 몬트레이 수족관이 있다. 그곳에는 수많은 물고기들이 바다 환경을 재현해 놓은 넓은 수족관에서 관광객들을 기다리고 있다. 매년 몬트레이에 가서 그곳을 보는 것도 큰 즐거움 중의 하나였다.

가는 길은 너무나 아름답다. 101고속도로를 따라 북쪽으로 아름다운 도시 산타바바라(Santa Barbara)를 지나고 덴마크 이민자들이 덴마크 식으로 세운 도시 솔뱅(Solvang)을 지나고, 산타마리아(Santa Maria) 지나 한국사람들이 조개 잡으러 많이 가는 피스모비치(Pismo Beach)에 가서 커피 한 잔하고 항구도시 샌루이스오비스포(San Luis Obispo)를 가면 내가 결혼기념일에 아내와 함께 즐겨 찾던 유황온천 시카모 온천이 나온다. 내려올 때는 그곳에 들러서 온천물을 떠온다. 유황냄새가 풀풀 나는 곳에서 온천을 즐기면 온몸의 피부가 부드러워지고 미끈미끈해진다. 이곳에서 부터는 1번 도로로 바꾸어 타고 바닷가 경치를 즐기며 간다. 바로 미국에서도 유명한 아름다운 Pacific Coast Hwy #1 도로이다. 이 길이 멀리는 오리건과 워싱톤 주까지 연결이 되어 있다. 계속 차를 달려 살리나스(Salinas)에 도착하면 노벨상을 수상한 미국의 작가 존스타인 백(John Steinback)기념관이 나온다. '분노의 포도', '에덴의 동쪽' 등이 존 스타인 백의 대표작이다. 1번 도로를 따라 올라가면 계속 아름다운 경치에 넋을 잃게 될 수도 있으므로 조심해야 한다. 자칫 잘못하면 바다를 구경하다가 바다로 빠질 수도 있기 때문이다. 가끔 이런 사고로 목숨을 잃는 이들이 생겨서 뉴스에 등장하기도 한다. 나는 매년 가는 길이지만 갈 때마다 새로운 맛을 느끼곤 했다.

몬트레이는 아름다운 관광도시이자 군사도시이기도 하다. 미 육군 7사단이 있던 곳이지만 부대가 다른 곳으로 옮겨서 경기가 많이 침체된 상황이었다. 해군군사학교(Naval Postgraduate School)라든지 다른 나라 언어를 배워서 정보계통에서 일해야 하는 병사들이 언어 교육을 받는 DLI(Defense Language Inistitution) 등이 있어서 아직도 군사도시라는 느낌을 들게 하고는 했다. 일년에 한 번씩 그곳에 가면 감리교 군목 수련회에 참석하는 동안 짬짬이 부대를 둘러보면서 미국의 군사력을 실감하게 된다. 그곳은 특별히 선발된 군사들에게 세계 모든 나라의 언어를 단기간에 습득시키는 곳이다. 물론 한국어과도 있고 한국말을 가르치는 한국교사들도 100명이 넘는다고 했다. 다른 나라 언어를 단기간에 배우려면 언어 습득에 특별한 재주가 있는 것이 좋겠다는 생각도 들었다. 특별히 선발된 병사들이 하루에 8시간 일주일에 5일을 언어교육에만 몰두하게 된다. 언어에 따라 다르기는 하지만 일년 혹은 일년 6개월에 언어를 습득하고 그 나라의 정보 계통이나 통역관으로 근무하게 된다. 그 학교는 높은 언덕에 위치해 있어서 몬트레이의 아름다운 바다가 내려다보이고 부대 안에는 사슴떼가 무리 지어 다니기도 하였다. 사람들이 해치지를 않으니 자연스럽게 사람들과 어울리며 평화롭게 사는 것이었다. 가능하면 자연을 파괴하지 않고 있는 그대로 두면서 인공구조물을 최소화하려는 미국인들의 의지는 그곳에서도 나타난다. 나무 한 그루를 뽑지 않기 위해서 건물을 그 나무를 피해서 둥그렇게 지은 모습도 보았다.

아름다운 몬트레이는 17마일 드라이브가 있고 그 옆에는 페블비치가 있다. 거기에 PGA도 열리는 세계의 10대 아름다운 골프장, 페블비치 골프장이 있다. 언덕에서 내려다보는 바다의 모습은 그야말로 절경이었다. 또한 나무 한 그루 꽃 한 송이를 해치지 않기 위해서 노력하며 그대로 유지하기 위해서 새싹을 정성스럽게 키운 뒤에 다시 그 자리에 옮겨 심는 사람들의 모습을 보면서 이것이 진정한 미국의 힘이 아닌가 생각도 해보았다. 매년 감리교 군목들이 모이는 그곳에는 올해도 어김없이 약 40여 명의 군목들이 참석하여 서로 다른 지역에서 섬기는 이야기들을 나누며

강사를 통해서 좋은 강의도 들었다. 강의 후 자유시간에는 늘 바닷가로 나가서 차를 세워놓고 편하게 누워 파도소리, 갈매기 소리를 들으며 비릿한 바다내음을 맡으면서 평화로운 시간을 갖고는 했다. 머릿속의 복잡한 생각들이 파도소리와 함께 사라져 가고 걱정거리들이 비릿한 바다내음과 더불어 몸에서 빠져나가는 것 같았다. 삶이 늘 이렇게 여유로울 수만 있다면 얼마나 좋을까.

언젠가는 감리교 군목들만이 아닌 다른 그룹에서도 수양관에 왔는데 그들은 수련회 기간 동안 입을 전혀 열지 않았다. 그곳에서 수양하는 며칠 동안 입을 떼지 않는다고 한다. 아마도 불교계통에서 온 것 같은데 상당히 많은 사람들이었다. 200명쯤 되는 그들과 식사때마다 함께 식사를 하는데 그들이 전혀 입을 열지 않으니 우리들 목소리만 들렸다. 그들이 수련회 기간 동안 입을 닫고 있으니 어디에서 왔는지 물을 수도 없었다. 때로는 저런 수련을 하는 것도 좋겠다고 생각을 해보았다. 사람이 말로 실수를 많이 하기 때문이다. 사람은 입이 가장 더럽다. 입을 통해서 모든 욕설과 저주가 나오기 때문이다. 그래서 성경말씀에도 입으로 들어가는 것이 더러운 것이 아니라 입에서 나오는 것이 더러운 것이라고 말씀하고 있다. 일주일에 하루 만이라도 입을 열지 않고 산다면 어떻게 될까? 입에서 쓴내가 나겠지만 한 번쯤은 해볼 만한 일인 것 같다. 말은 적게 하고 잘 들어주라고 입은 한 개, 귀는 두 개라고 한다. 남의 말에 귀를 기울이고 잘 들어주는 것이 삶의 지혜인 것 같은데 목사는 말을 많이 하는 직업이니 얼마나 나이를 더 먹어야 남의 말을 기울여 잘 들어주게 될까? 귀 두 개 입

하나를 만들어주신 창조주의 뜻을 언제쯤 잘 지키며 살아갈 수 있을까?

산이 좋고 물이 좋으면 심성도 좋아진다

왜 산에 오르느냐고 물었더니 그냥 산이 거기에 있어서 오른다고 했다던가. 매주 토요일 아침이면 교회의 몇몇 분들과 함께 말리부 지역에 있는 산에 올랐다. 집에서부터 차를 운전하여 카마리오의 넓은 들판을 가로질러 #1 Pacific Coast Hwy에 세워놓고 산에 오른다. 바다와 산이 맞닿아 있는 곳 그래서 그 산이 더욱 아름답고 자주 찾아지게 되었던 것이다. 백팩에 마실 물을 넣고 힘차게 오른다. 오를 때면 힘이 든다. 가파른 언덕도 있고 수풀이 우거져서 얼굴을 스치기도 한다. 여름이면 모기가 많아서 물리기도 한다. 가끔 사슴도 본다. 뱀도 보인다. 힘들게 땀을 흘리고 정상에 오른 후 동쪽으로 길게 뻗은 산맥들을 바라보고 서쪽으로 태평양을 바라보며 내려올 때면 너무나 아름답다. 바다의 모습은 멀리서 바라볼 때와 가까이서 볼 때의 모습이 다르다. 성난 파도는 두려움을 느끼게 하지만 잔잔한 파도는 마음에 평안과 고요함을 준다. 바다는 늘 거기에 같은 자리에 그렇게 있는데 인간은 늘 변한다. 바라보는 시각도 변하고 미각도 변하고 마음도 변한다. 산을 오르다 보면 나무도 늘 그 자리에 있다. 계절이 바뀌어 옷을 갈아 입어도 나무는 늘 그 자리에 버티고 서 있다. 변하는 것은 인간의 마음뿐인 것이다. 그렇게 등산을 하고 내려와서 맥도날드에 가서 먹는 아침식사는 참 맛이 있었다. 때로는 보온병에 커피를 담아가고 도너츠를 준비해서 산을 내려온 후 바닷가에 앉아서 파도를 바라보면서 먹기도 했다. 그 맛은 프랑스 일류요리사가 요리한 음식보다도 좋았다.

계절이 바뀌면 산도 새로운 옷으로 갈아입는다. 계절이 분명하지 않은 캘리포니아이지만 그래도 약간의 변화는 있다. 단풍도 볼 수가 있다. 아름드리 떡갈나무는 그 위용을 드러내며 등산객을 반긴다. 텐트를 치고 야영을 하는 사람들도 보인다. 그들과 만나서 반갑게 인사하고 이야기도 나누어본다. 산을 좋아하는 사람들은 마음도 순수하게 느껴진다. 올라갈 때는 힘들지만 내려올 때는 비교적 쉽다. 인생도 그런 것 같다. 올라갈 때가 있으면 내려갈 때도 있다. 항상 오르막길만 있는 것도 아니고 항상 내리막길만 있는 것도 아니다. 올라가면 내려갈 것을 생각해야 하고 정상에 올랐을 때 내려갈 것을 생각해야 한다. 항상 정상에만 머물러 있을 수가 없기 때문이다. 간단한 진리인데 인간들은 깨닫기가 참으로 어렵다. 아니 알고도 실천을 못하는 것일 것이다.

고등학교 때 교회에서 수양회를 떠났다. 평택에서 완행열차를 타고 청량리에 도착하여 청량리에서 다시 기타를 갈아타고 목적지인 대성리에 도착하였다. 완행열차를 타는 즐거움은 지금도 기억 나도록 즐거운 시간이었지만 그때는 짐을 들고 가야 했기에 고단한 여행이었다. 모든 친구들이 함께 짐을 나누어 들고 각자 맡은 짐을 끝까지 책임지고 목적지까지 가야만 했다. 도착 후 너무나 아름다운 호숫가에서 함께 밥을 해먹으며 즐거운 시간을 보낸 것이 기억난다. 3박 4일간의 꿈같은 시간을 보내고 친구들과 더욱 가까워지고 아름다운 추억을 가슴속에 담게 되었다. 그때의 한국은 어딜 가나 물이 많았다. 여름이면 어디든지 가서 미역을 감을 수가 있었다. 대천에서 살 때는 살던 집 바로 뒤에도 물이 흘러서 늘 그곳에 가서 미역을 감고는 했다. 여름의 어느날 엄마는 빨래를 하고 나는 미역을 감고 있었는데 같은 반 여자아이가 가는 것이 보였다. 나는 얼른 물속으로 얼굴을 숨겼다. 왜 그랬는지는 나도 모르겠다. 그냥 여자아이가 수영하는 내 모습을 보는 것이 부끄럽다는 생각이 들었던 것 같다. 이제 그 많던 물이 말라버렸다. 작은 도랑은 하천 개보수공사를 하면서 덮어버렸고 물은 더 이상 흐르지 않는다. 치산치수는 나라를 잘 돌보는 지름길인데 왜 물이 마르도록 내버려 두었는지 지금도 아쉽기만 하다. 미국에는 한국보다 훨씬 많은 호수들이 있다. 인공으로 만든 호수도 있고 자연적으로 만들어진 호수도 있다. 특히 캘리포니아는 사막 지역인데도 그렇다. 캘리포니아는 물이 없지만 멀리 아리조나 주와 북가주에서 물을 끌어오기 때문에 운하를 볼 수가 있다. 10번 고속도로를 타고 아리조나 쪽으로 가다 보면 그 운하를 만날 수 있다. 운하라고 하지만 배가 다니거나 수송선이 지나 다닐 수 있을 정도로 넓고 큰 것은 아니다. 그저 폭이 10미터 정도 되는 운하이지만 캘리포니아 주민들에게는 생명의 젖줄이다. 물은 수천 마일을 달려서 캘리포니아에 도착하고 주민들은 그 물을 먹고 살아간다. 또한 북가주의 시에라 네바다 산맥에서도 물을 끌어온다. 3,000미터가 넘는 높은 산인 시에라 산맥에 눈이 많이 와야 눈이 녹은 그물을 끌어다가 캘리포니아 주민들의 식수로 사용할 수 있다.

물은 곧 생명이다. 사람은 물이 없으면 살아갈 수가 없다. 역사적으로 인류는 물을 찾기 위한 투쟁을 벌여왔다. 유목민들은 물과 목초지를 찾아서 이곳 저곳을 떠돌아다녔다. 그래서 치산치수가 옛날에는 나라의 근간이었다. 어느날 예수님께서 수가랴 성에 들어가셨을 때 한 여인이 사람들이 오지 않는 한낮에 물을 길러 온 것을 발견하였다. 그 여인은 부끄러운 과거를 가지고 있었고 지금도 다른 사람들 앞에 나설 수 없는 아픔을 가지고 있어서 사람들이 오지 않는 한낮에 그들의 눈을 피해서 물을 길러 온 것이었다. 예수님은 수가랴 성의 목마른 여인에게 영원히 목마르지 않을 생수를 주시겠다고 하셨다. 그 여인의 아픔을 보신 것이다. 그리고 근본적인 치료를 해주신 것이다. 사람은 물이 없으면 살수가 없지만 우리의 영은 생수이신 주님을 만나지 못하면 살수가 없다. 우리도 영원히 목마르지 않을 영원한 생수를 마시고 살아가야겠다. 태평양 바다에 발을 담그고 있는 아름다운 산은 오늘도 나에게 깊은 깨달음을 주고 있다.

4,500년의 나이

여행은 사람을 성숙하게 만들며 생각하는 사람으로 만든다. 교인들하고 자주 여행을 했다. 교회 밴에 가득 타고 여러 곳을 다녔다. 한 달에 한 번은 노인들을 모시고 식당을 두루 다녔다. 그중에서도 내가 가장 좋아하는 도로는 395번 도로이다. 이 길은 샌버나디노에서부터 멀리 북가주의 레이크 타호(Lake Taho)까지 이어져 있으며 이 길을 따라 몇 시간을 운전하다 보면 아름다운 풍경들이 양쪽으로 사진을 걸어 놓은 듯 펼쳐진다. 이 길을 따라 론파인(Lone Pine)까지 가면 그곳에는 화이트마운틴(White Mountain)이 있는데 그 산에는 지구상에서 가장 오래된 나무가 있다. 이 나무는 무려 그 나이가 4,500년이 넘는다. 향나무의 일종인데 구약성경에 나오는 아브라함의 나이보다도 많다. 그 오랜 세월 동안 그 나무는 그 자리에 뿌리를 내리고 서 있다. 아브라함이 하란 땅을 떠나 하나님의 인도하심을 따라 길을 나설 때를 지켜보고 있었다. 모세가 이스라엘 백성들을 이끌고 홍해를 건너는 모습도 지켜보았다. 예수가 이땅에 오셔서 제자들과 함께 선교활동을 하는 모습도 지켜보았다. 제1차 세계대전, 2차 세계대전을 치르는 타락한 인간들의 모습도 지켜보았을 것이다. 그 나무를 만나기 위해 교인들과 함께 밴을 운전하여 그 산을 올라갔다.

산꼭대기는 참으로 추웠다. 무더운 여름에 여행을 했지만 산꼭대기는 차가운 바람 때문에 몹시도 추웠다. 해발 만 2,000피트이니 3,300미터가 넘는 산이다. 한국에서 제일 높은 백두산보다도 높은 산이다. 거센 눈보라를 맞으며, 차가운 바람과 싸우며, 그 나무는 그렇게 오랜 세월을 서 있었다. 바람을 맞는 쪽은 잎이 거의 없고 그 반대쪽만 잎이 조금 있다. 그 나무의 뿌리는 바위틈에 깊이 박고 그렇게 높은 곳에서 인간들을 내려다보면서 세월을 보내고 있었다. 그 나무 앞에서 저절로 움츠러 드는 것을 느꼈다. 기껏해야 100년을 살기 어려운 것이 인간의 삶인데 그 나무는 4,500년을 한 자리에서 자리를 지키고 있었다. 그 오랜 세월을 나무는 무슨 생각을 하며 서 있었을까? 미움과 다툼과 분쟁과 시기와 질투로 점철된 인생들을 바라보며 이렇게 점잖게 타이르지 않았을까? "100년도 못 사는 인생들아, 조금만 서로를 돌보며 살면 좋겠구나"라고. 모두 다 말이 없었다. 비록 나무이긴 하지만 그 오랜 세월을 꿋꿋하게 제자리를 지켜온 거목 앞에서 무슨 말을 할 수 있을까? 자연은 우리에게 깨달음을 준다. 주위에는 1마일 정도의 짧은 향나무 군락지가 있고 걸으며 볼 수 있는 하이킹 코스가 있다. 누구나 쉽게 걸을 수 있는 곳이었다. 산 위의 정상에 서 있는 세계 최대의 향나무 군락지들이다. 교만한 인간들은 누구나 한 번쯤 와서 이 나무를 만나보면 좋겠다는 생각을 했다. 겸손해지기를 원한다면 이 나무를 만나보면 좋을 것이다. 나무는 말없이 서 있으면서 중요한 깨달음을 주고 있다. 나는 자주 공동묘지에 가서 죽은 자들이 들려주는 메시지를 들으려고 하고 자연으로 가서 그들의 가르침을 들으려고 한다. 공동묘지에 가서 앉아 있으면 죽은 이들이 들려주는 말이 있다. 겸손히 그들의 말을 듣고 오면 내 자신도 겸허해지는 것 같지만 시간이 지나면 또다시 마찬가지이다. 어쩔 수 없는 나약한 인간임을 깨닫게 된다. 자연과 조화를 이루며 자연으로부터 배우며 살아가는 세상이 아름다운 세상이다.

샌버나디노 어게인

샌버나디노에서 10년을 살았기에 샌버나디노는 나에게는 마음의 고향 같은 곳이다. 낯익은 건물들, 전에 목회하던 교회, 그리고 낯익은 얼굴들이 있는 곳이다. 첫째아이가 초등학교에 들어갔을 때 그리고 둘째아이가 유치원에 들어갔을 때 그곳을 떠났는데 아이들이 대학생 그리고 고등학교 3학년이 되어서 다시 돌아갔다. 아이들에게 그곳에서의 기억이 나느냐고 물었더니 별로 기억이 없다고 하였다. 너무 어렸을 때 떠나서 그런 거였다. 심각한 불경기 때문에 여전히 거리는 음산하고 그동안 나아진 것이 전혀 없었다. 미국에서 제일 넓은 땅을 가지고 있는 지방자치 도시이지만 경제적으로는 39%의 주민들이 정부 보조에 의지해 살아가고 있는 도시이다. 교인 중에 시장 사무실에서 일하는 분이 있어서 자세한 얘기를 들을 기회가 있었는데 이미 샌버나디노 시는 파산선고를 했고 그 문제가 20년 전부터 있어 왔는데 시 정부 관계자들이 문제의 본질을 외면한 채 시정하려는 노력을 하지 않아서 그렇게 되었다고 불만을 토로하였다. 이번에는 백인 회중이 다수인 교회로 파송을 받았다.

그 교회는 1891년에 창립된, 134년이 넘는 역사가 있는 교회였다. 그 동네에서는 제일 먼저 세워진 교회였다. 교회의 이름은 Del Rosa UMC인데 Rosa는 스페니시로 뜻은 '장미'이다. 교회에 아름다운 장미꽃 정원이 있어서 교회의 이름에 걸맞게 아름다움을 간직하고 있는 교회였다. 교인들 대부분은 나이가 드신 분들이었다. 모두가 백인들이고 흑인이 두 명 있었다. 일본인 할머니가 한 분 있고 히스패닉 가정이 두 가정 있었다. 나도 이제는 그들을 할아버지 할머니가 아닌 아버지 어머니로 부를 나이가 되어서 돌아온 것이었다. 세월은 사람을 기다려주지 않고 그렇게 흘러가면서 나의 머리카락을 하나둘 빼가고 얼굴에 주름살을 만들어 주면서 다시 샌버나디노로 가게 된 것이었다. 나는 그저 동쪽에서 서쪽으로 그리고 또다시 서쪽에서 동쪽으로만 이동을 한 셈이었다. 북쪽으로나 남쪽으로는 가볼 기회가 없는 것 같았다.

시의회가 열리면 목사가 기도를 하고 시작을 한다. 나도 시장이 주재하는 시의회에 여러 번 가서 기도를 하였다. 부대에서도 부대장이 주재하는 회의나 진급축하 파티, 은퇴식 등 행사가 있으면 항상 군목이 기도를 하고 시작을 한다. 교회를 다니든 안 다니든 미국인들의 가슴속에는 기독교가 숨쉬고 있음을 알 수가 있다. 다만 신앙생활이 교회생활과 연결되어 있지 않기 때문에 미국인들은 주일예배를 중요하게 생각하지 않는 것 같다. 개인적인 볼일이 생기면 주일예배를 젖혀두고 볼일 보러 간다. 자신이 기독교인이라고 생각은 하지만 교회예배에 정규적으로 참석하면서 신앙생활을 하는 이들은 한국교회에 비하면 적은 편이다. 그럼에도 불구하고 한국사람들보다는 더욱 신앙적이다. 정직하고 남을 배려할 줄 알고 질서를 잘 지키는 미국인들은 생활면에서 보면 훌륭한 신앙인들이다. 남을 도울 줄 알고 남을 위하여 시간과 물질을 사용할 줄 아는 미국인들의 삶은 충분히 복받을 만한 삶인 것이다. 다만 그 신앙이 교회와 연결되지 않는 것이 문제이다. 신앙으로 세워진 이 나라가 어찌 이렇게 되었는지 안타까울 뿐이다. 평생에 두 번 교회 나오는 신앙인들도 많다. 태어나서 세례받으러 한 번 그리고 자신의 장례식 때 한 번 이렇게 두 번이다. 시의회에 가서 기도를 하였는데 샌버나디노 시를 위하여 간절히 기도를 하였다. 경제적으로 참으로 어려운 도시, 가난한 이들이 너무나 많은 도시, 발전이 없는 도시, 어디서부터 손을 대야 발전이 있을지 참으로 난감한 도시이다.

시의원들과 시장, 방청객들 그리고 내가 함께 기도를 하였다. 서로는 다르지만 샌버나디노 시를 위해 기도하는 마음은 하나일 것이다. 어느날 샌버나디노에 있는 Norton AFB(노턴 공군부대)에서 군사박물관을 여는 행사를 개최하게 되어 내가 가서 기도를 하였다. 많은 노병들이 참석을 했다. 제1차 세계대전에 참전했던 분들도 있고 제2차 세계대전에 참전했던 분들 혹은 베트남전쟁에 참여했던 분들도 왔다. 그들은 군사박물관을 돌아보면서 그들이 젊은 시절에 목숨 걸고 싸웠던 기억을 떠올리면서 기억과 시간을 함께 나누었다. 이제 제1차 세계대전에 참여했던 분들은 생존해 있는 분들이 많지 않다. 그들이 겪었던 전쟁의 상처와 아픔을 후손들이 듣고 배워서 전쟁이 일어나지 않도록 해야 할 텐데 하는 생각을 해보았다.

새 교회로 부임하면서 첫번째로 장례식을 치렀다. 교회의 일꾼으로 오랫동안 봉사해 오면서 사람들에게 인정받고 신뢰받았던 분인데 많은 분들의 아쉬움 속에서 그분은 교회를 떠나 하늘나라로 가셨다. 뇌에서 갑자기 종양이 발견되어 수술을 했지만 결국

3개월 만에 돌아가시고 말았다. 입원해 계신 병원으로 늘 심방 가면서 가족들의 손을 잡고 함께 기도했지만 하나님은 그분을 좀 더 편안한 곳으로 인도하셨다. 미국인들은 먼저 병원에서 진단을 받고 병원에서 치료가 가능하면 병원에 있지만 치료가 불가능하고 더이상 소망이 없다고 판단되면 그 다음 단계인 양로병원으로 모시게 된다. 이제 마지막을 준비하라는 뜻이다. 양로병원으로 옮겨진 교인을 심방하면서 다시금 희망을 갖도록 기도했지만 병세는 점점 악화되었다. 마지막으로 심방했을 때 가족들로부터 이제 이틀 정도밖에 시간이 남지 않았다는 말을 들었다. 나는 성경을 읽어주고 기도하고 돌아왔지만 그 다음날 돌아가셨다는 소식을 들었다. 돌아가셨다는 연락을 듣고 다시 심방을 했다. 가족들은 이미 마음의 준비를 하고 있었기 때문에 담담하게 나를 맞았다. 한국사람들처럼 가슴을 치며 슬퍼하는 모습도, 눈물을 철철 흘리며 우는 모습도 보이지 않았다. 어쩌면 너무나도 정에 둔감한 문화 탓인지도 모른다. 개인주의와 개인의 자유가 최우선인 나라, 혹시라도 개인의 자유를 침해할까 봐 늘 작은 정부를 지향하는 국민성, 그러나 외부의 적을 맞으면 하나가 되는 나라가 미국이다. 전 세계에서 온 이민자들로 구성된 나라이고 역사도 짧은 나라이지만 단숨에 전세계를 지배하는 경찰국가의 역할을 하는 나라가 된 미국. 참으로 알다가도 모를 나라이다. 한편으로 보면 아시아나 아프리카 유럽이 아닌 다른 나라에서 이민 온 사람들을 무시하는 듯 보이면서도 동시에 개인의 인격과 권리를 존중해 주는 나라가 미국이다. 미국은 계속 진화하고 있는 것 같다.

그 진화의 끝은 어디가 될지. 가족들과 함께 장례 일정을 의논하고 정성스럽게 장례를 치렀다. 죽음을 늘 곁에서 보아가면서 죽음의 의미를 너무나 잘 알고 있는 탓인지 별로 슬퍼하지도 않고 눈물도 없는 장례식이었지만 이제 새로운 삶을 시작하러 천국에 가셨다. 천국 가는 길 화려하지는 않지만 아름답게 보내드렸다.

백발의 의미는

한때는 캘리포니아주립대학(Cal-State University San Bernardino)의 학장을 지내셨던 분이었다. 내가 있던 때는 이미 은퇴하시고 아내와 더불어 조용히 편안한 삶을 살고 계셨다. 자녀들도 모두 성공적으로 살고 있었다. 큰딸은 샌디에고 카운티에서 지방법원 판사로 재직 중이었고 사위도 마찬가지로 판사였다. 미국에서 판사가 되려면 선거를 거쳐야 한다. 한국에서는 사법시험을 합격하고 연수원을 졸업하면 자신의 선택에 의하여 판사가 될 수도 있지만 미국에서는 변호사로 평균 십 년 이상을 근무하고 사회적 명망이 있어야 선거를 치르고 판사가 될 수 있다. 그래서 미국사회에서의 판사는 존경의 대상이다. 작은딸은 UCLA에서 영문학을 가르치는 교수였다. 그녀가 쓴 책을 나에게 보여 주었다. 자녀들을 성공적으로 사회에 진출시키고 이제는 내외가 편안하게 살고 있는데 이층집이라서 나이 들어 이층을 오르고 내리는 일이 버거워 이층에는 거의 올라가지 않는다는 것이었다. 집안 구석구석에 미국에서 보기 어려운 물건들이 있었다. 궁금하여 물어보았더니 부모가 스웨덴에서 이민 오신 분들이었다. 집안 구석구석을 장식하고 있는 물건들은 부모님으로부터 물려받은 유산들이고 그림이나 꽃병 등 모두가 부모님이 이민 올 때 스웨덴에서 가져오신 것들이었던 것이다. 미국인 가정들을 심방하면서 깨달은 것은 그들 역시 유럽에서 이민 온 것을 잊지 않고 그들 나름대로의 문화적 전통을 자랑스럽게 생각하고 있다는 것이었다. 인격이 있는 미국인들은 늦게 온 아시아 출신의 이민자들도 같은 이민자의 후손으로 잘 대해 준다. 배우지 못하고 인격이 없는 백인들이 주로 인종차별을 하는 것이다. 사실 따지고 보면 백인들은 유럽에서 일찍 이민 온 후손들이고 아시안들은 아시아에서 늦게 이민 온 후손들이다. 똑같이 이민자 출신들인 것이다. 흑인들은 노예선을 타고 강제로 미국에 왔고 백인들은 이민을 위하여 배를 타고 왔고 아시안들은 비행기를 타고 이민 온 차이뿐이다. 조금 일찍 이민 왔다고 그들이 정치권력을 잡고 늦게 이민 온 사람들을 업신여기고 우습게 보는 것은 있을 수가 없는 일인 것이다. 교회에는 그분들 외에도 스웨덴이나 네덜란드 독일 혹은 영국에서 이민 온 후손들이 대부분이었다. 그들의 이름을 보면 알 수가 있다. 이민을 왔어도 조상으로부터 물려받은 성은 그대로 사용을 하니까 알 수가 있는 것이다. 그들보다 한참 늦게 이땅에 온 나는 하나님을 섬기고 교회를 섬기고 그리고 나라를 위해서 목회를 하고 있는 것이었다.

점잖은 면모와 인격을 갖춘 그들은 나를 반갑게 맞으면서 여러

가지 이야기를 나누었다. 재미있는 것은 그들이 처음에는 침례교회를 다녔는데 침례교에서는 교인 등록을 하려면 반드시 물 속에 온몸을 담그는 침례의식을 해야 한다는 것이었다. 그 의식이 싫고 자신은 물을 싫어하기 때문에 감리교로 왔다는 것이었다. 교리는 하나님이 만드신 것이 아니고 사람들이 만든 것인데 교리가 사람들로 하여금 하나님을 혹은 교회를 멀리하게 만들 수도 있다는 것을 다시 한번 깨닫게 되었다. 오렌지 카운티에 사는 막내딸이 한 달에 한 번 정도 부모님을 방문하고 하루 정도 지내다 함께 교회 나와서 예배 드리고 돌아간다. 그리고 추수감사절이나 부활절 혹은 성탄절 등 명절 때 온가족들이 함께 모이는 기회를 갖게 된다. 자녀들이 독립해도 끝까지 뒤를 돌봐 주며 부모 역할을 해야 하는 한국인들의 정서와는 맞지 않지만 그들 역시 끈끈한 가족 간의 정을 나누며 따뜻하게 살아가고 있었다. 가족 간의 유대는 인종과 문화를 뛰어넘어 누구에게나 똑같은 갈다. 점잖고 인격 있는 그들 부부는 교회에서는 조용히 신앙생활을 하였다. 자녀들을 잘 훈육하여 사회적으로 성공시키고 그 자녀들로부터 효도 받으면서 살아가는 그들 부부의 모습은 백인으로서는 보기 드물게 존경스러운 모습이었다. 머리가 하얗게 된 그들 부부의 삶이 황혼에 이르도록 편안히 그리고 아름답게 마무리되기를 기도해 본다.

멈추지 않는 열정

한 달에 한 번 동네의 어린이들을 위해서 옷을 기증받거나 사다가 무상으로 나누어준다. 이 옷들은 가게를 하는 사람들이나 지인들의 도움으로 기증을 받아서 깨끗이 빨거나 고쳐서 다시 동네의 어린이들에게로 분배된다. 무료로 나누어주지만 한 사람당 미리 나누어주는 봉투만큼만 가져갈 수 있다. 이 일을 하시는 할머니의 집에 가보면 낡은 재봉틀이 있고 온갖 옷감과 실 그리고 단추 등이 있었다. 그 할머니는 이런 재료들을 이용하여 옷을 수선하기도 하고 새롭게 만들기도 하면서 즐거운 마음으로 동네의 아이들에게 옷을 나누어준다. 교회에서는 이 일을 위하여 교실 한 칸을 아예 매장으로 꾸미고 한 달에 한 번 동네의 아이들에게 개방하여 필요한 만큼의 옷을 가져가게 하였다. 이제는 장난감도 많이 기증이 되어서 새롭게 장난감을 위한 방을 한 칸 더 만들어서 동네의 어린이들에게 무료로 나누어주었다. 나도 그곳에서 신발 몇 켤레를 얻어다가 신기도 했다. 새로운 목회 분야였다. 자신이 속한 교회뿐만이 아니라 교회가 속한 동네를 목회 대상으로 선교를 하는 목회였다. 그 교회는 그렇게 110년 이상을 이곳에 있어 왔다. 동네에서 제일 오래된 교회였다. 일년에 한 번은 동네 사람들을 위하여 카니벌을 열고 모두 초청하여 교회 마당에서 각종 선물을 나누어주고 게임을 하면서 즐겼다. 팝콘을 구워주고 핫도그도 만들어주었다. 매년 300명 정도의 동네 사람들이 그 잔치에 참여하여 즐겼다. 그러면서 교회와 동네 주민들이 자연스럽게 하나가 되는 것이다. 어느해인가 교회의 카니벌에 참석한 히스패닉 두 가정이 교회를 나오기 시작하였다. 그것은 크고 아름다운 결실이었다. 나중에 그들은 교회 일에 적극적으로 참여하는 일꾼이 되었다.

교회의 차임벨은 시간마다 아름다운 음악 소리를 내면서 동네 사람들에게 그리스도의 존재를 일깨워주었다. 대부분의 동네사람들은 교회의 차임벨 소리에 무감각하다. 오랜 세월을 들어왔기 때문이었다. 간혹 교회의 차임벨 소리에 대해서 불평을 하는 사람들이 있다. 낮잠 자는 데 방해가 된다는 것이었다. 한 여인은 아예 경찰에 신고를 하였다. 어느날 아침 경찰 두 명이 교회를 찾아와서 교회의 차임벨 소리 때문에 주민이 불평신고를 했다고 하였다. 불평신고 접수를 받은 경찰도 어찌할 수 없는 일이었다. 그러면서 나에게 살짝 말해 주었다. 불평접수를 했으니 할 수 없이 와서 얘기는 하는 것이지만 크게 신경 쓰지 말라는 말을 덧붙였다. 법적으로 하자가 없기 때문이었다. 결국 고심한 끝에 교회의 차임벨 소리를 크게 줄여서 하기로 했다. 그렇게 해도 불평 있는 사람은 또다시 경찰에 신고를 할 수도 있을 것이다.

내가 어릴 때는 한국에서 교회의 종소리를 자주 들을 수가 있었다. 이제는 한국에서는 교회 종소리를 듣기가 어렵다. 교회가 동네 주민들로부터 외면당하지 않고 함께 어울리는 역할을 하려면 동네 주민들에게 교회를 개방하여 교회에 나오지 않아도 마음속에 교회를 인식하도록 해야 한다. 교회가 그들의 삶에 도움이 되어야 하는데 지금의 한국 상황은 교회와 사회가 철저하게 단절되어 있는 것 같다. 교회가 그들 속에 왜 있어야 하는지 이유를 모른다. 교회는 사회 속에 있어야 하고 사회에 꼭 필요한 존재가 되어야 한다. 이것이 한국의 교회들이 배워야 할 부분인 것 같다. 그 중심에 한 분이 있었다. 그 당시 84세이신데도 매일 교회에 오셔서 동네 아이들을 위한 옷을 정리하고 나누어주는 일을 하셨던 분이다. 교회에 오는 것이 즐겁다고 하면서 하루도 쉬지 않고 오셨다. 나는 이분이 교회에서 하루라도 보이지 않으면 불안했다. 혹시 무슨 일이 생기지는 않았나 하고. 연세가 높기 때문이었다. 이미 한 번 가벼운 중풍 증세도 왔었다. 하지만 이웃을 향한 특히 어린이들을 향한 따뜻한 헌신은 멈출 수가 없는 모양이다. 하루는 내가 교회에 출근하여 보니 먼저 와 계셨다. 그래서 농담으로 교회에서 잤느냐고 여쭙기도 하였다. 어린아이와 같은 순진하고 깨끗한 마음을 가진 그분을 보면서 천국은 과연 그분처럼 순수하고 깨끗한 어린아이와 같은 마음을 가진 자들의 것이라는 성경말씀을 다시 한번 생각해 보게 되었다. 끊이지 않는 열정으로 이웃을 섬기는 백발 할머니의 헌신이 교회를 아름답게 하고 교회가 이웃 속에 존재하는 이유를 설명해 준 셈이다.

RVer's mission

해리 목사님은 그 당시 85세가 넘은 분이었다. 은퇴하신 감리교 목사님으로서 내가 있던 교회에서 목회도 하셨고 트럭을 타고 다니시면서 하루에 한 번씩 교회에 오셔서 이것저것을 돌보시던 분이었다. 그의 트럭은 움직이는 공장이었다. 온갖 종류의 공구들이 가득 차 있었다. 물론 교회의 여러 곳을 고치려면 공구들이 많이 필요했기 때문이었다. 내가 목회를 시작했던 1991년만 해도 RVer's mission이라는 친목단체를 이끌면서 다른 교회까지 가서서 온갖 교회 수리를 무료로 제공해 주시던 분이었다. 미국인들은 RV(Riving Vehicle)을 사랑한다. 그것은 큰 차인데 그 차 안에는 부엌과 화장실 그리고 방이 있어서 숙박을 해결하면서 이곳저곳 이동하면서 여행할 수가 있다. 움직이는 방인 셈이다. 해리 목사님은 다른 이들과 함께 이 차량을 타고 미 전국을 여행하면서 남는 시간에는 다른 이들과 함께 교회건물 수리하는 일을 해주시는 분이었다. 자신의 힘과 시간과 기술을 사용해서 다른 이에게 도움을 주는 것이다. 내가 처음 샌버나디노 지역의 다른 교회에서 목회를 시작했을 때도 오셔서 그 교회의 건물을 수리해주시고 페인트 칠도 해주시고 영아실도 만들어주셨다. 아직도 그때 그분들이 오셔서 고쳐주시고 만들어주신 것들이 남아 있을 것이다.

미국인들은 봉사정신이 투철해서 자기가 가진 기술을 이웃을 위해 사용하기를 좋아한다. 그것이 참다운 미국의 정신이다. 오늘날 미국을 지탱하고 있는 가장 큰 힘이 바로 무료봉사 정신이다. 해리 목사님은 은퇴 후에는 그의 시간과 재능을 다른 이들을 위해서 값있게 사용하는 분이었다. 날씨가 갑자기 추워져서 교회 친교실 지붕 위의 물이 얼어버리는 바람에 파이프가 터졌는데 직접 지붕 위에 올라가셔서 그것을 고치셨다. 연세 때문에 지붕 위는 올라가지 말기를 기대했지만 해리 목사님은 아랑곳하지 않고 올라가셔서 수리를 해주셨다. 성경공부 시간에도 빠지지 않고 참석하시고 재미있는 유머로 다른 이들을 즐겁게 해주는 재주도 갖고 계신 분이었다. 정치적인 일에도 관심이 많아서 나에게 늘 뉴스 본 것을 얘기해 주고 어떻게 생각하느냐고 묻기도 하셨다. 대답을 하기 위해서라도 나는 늘 뉴스를 보아야만 했다. 그때 당시 은퇴하신 지가 25년이 넘었지만 그의 목회는 끝나지 않았던 셈이다. 목사에게 은퇴는 없는 모양이다. 세상 끝까지 가서라도 하나님을 섬기는 일을 해야 하기 때문이다. 매주 토요일이면 노인들이 모여서 교회를 청소하고 여러가지 일을 한다. 잔디도 깎고 장미정원에 물도 주고 교회 주변을 어지럽힌 쓰레기들을 치우고 나뭇가지를 자르고 화초를 가꾼다. 이 모든 것은 교인들의 자원봉사로 이루어진다. 교회를 삶의 일부로 생각하는 헌신적인 교인들이 있기에 가능한 일이다. 그 제일 앞에 해리 목사님이 계셨다. 나도 그분들과 함께 매주 토요일 아침 7시면 함께 일을 했다. 내가 그들 중에서 가장 젊었다. 젊기에 가장 무겁고 힘든 일을 해야만 했다. 한국인의 정서상 무거운 것을 든다거나 힘든 일을 노인들이 하는 것을 두고 볼 수가 없기 때문이었다. 나중에는 교회의 멕시컨 교인들도 참여하여 더 많은 이들이 매주 토요일 아침이면 교회 일을 하였다. 그리고 그 이름을 Saturday Yard Crew라고 불렀다.

캘리포니아에서 장미꽃은 일년 내내 볼 수 있는 꽃이다. 그 교회의 또 다른 이름은 장미교회(Church of the Rose)였다. 교회의 정원에 아름다운 장미꽃이 만발해 있고 그 장미꽃이 교회의 상징이기 때문이었다. 장미꽃을 잘 가꾸어서 예배실의 제단에 놓는 꽃으로도 활용하고는 했다. 그 장미꽃을 늘 가꾸는 이가 있었다. 지금은 돌아가셨지만 그분 집에 가보면 그야말로 장미 정원이었다. 뒤뜰과 앞뜰이 온통 장미꽃으로 뒤덮여 있었다. 뒤뜰에는 아예 장미 씨를 뿌리고 싹을 틔우는 조그마한 온실도 가지고 있었다. 은퇴해서 시간이 많기 때문이기도 했지만 장미꽃을 가꾸는 것을 너무 좋아했기 때문이었다. 그분의 페이스북도 장미꽃이 바탕화면으로 등장한다. 장미꽃은 피고지고를 반복하면서 캘리포니아에서는 일년 내내 아름다운 꽃을 보여준다. 그렇게 열정적으로 쉬지 않고 꽃이 피듯이 그 부부의 신앙생활도 활력이 넘치고 아름다웠다. 일년에 한 번은 장미꽃 가지를 잘라주어야 건강하게 자란다고 한다. 나도 그분을 도와서 장미꽃 가지를 잘라준 일이 있었다. 그러나 쉬운 일이 아니었다. 가시에 찔리기 일수였다. 언젠가 그분에게서 장미꽃 씨를 얻어다가 뒤뜰에 심었다. 장미꽃을 씨를 심어서 길러도 된다는 것을 처음 알았다. 씨를 정성스럽게 심고 거름도 주고 물도 주면서 싹이 나기를 기대했다. 기대와는 달리 한 그루의 장미꽃도 나오지 않았다. 나의 기술로는 불가능한 것 같았다. 어쩌면 사랑이 부족해서인지도 모를 일이다. 장미꽃을 여기저기에 심었기 때문에 그 위치를 제대로 기억도 못하는 것도 사실이었다. 인간을 향한 하나님의 사랑은 위치 확인에서부터 싹이 트고 자라기까지 끝이 없다. 그래도 인간은 늘 불평한다.

싹을 틔우고 꽃을 피우기 위한 자신의 노력도 중요한 법인데 자신의 노력은 잊은 채 일방적 사랑만을 요구하기 때문이 아닐까? 꽃 중의 여왕 장미꽃, 가장 향기가 진하고 아름다운 꽃이라고 나는 생각한다. 다시 한번 시도해 보아야겠다. 장미 씨를 심고 물을 주고 거름도 주면서 싹이 트고 자라서 아름다운 꽃을 피우기를 기대하면서. 장미꽃 같은 인생을 활짝 피우면서 살아가고 싶다.

Community Option

미국의 가장 본받을 만한 점이 자원봉사 제도이다. 그것은 오랜 역사와 전통을 가지고 있다. 그 힘을 바탕으로 한국을 비롯한 여러 나라들을 미국인들은 도왔다. 그 교회에서 이전에는 볼 수 없었던 새로운 프로그램을 보았다. 그것은 장애인들의 사회적응 프로그램이었다. 미국은 한국과 달리 장애인들이 세상에서 동등하게 살아가고 있는 것을 보게 된다. 장애인이라고 부끄럽게 생각하지 않는다. 집에만 있지도 않는다. 마켓에 가보아도 공공기관에 가보아도 육체적으로 일할 수 있는 장애인이라면 그렇지 않은 사람들과 어울려 동등하게 일하고 있는 것을 보게 된다. 그 뒤에는 장애인들을 도와서 사회적 진출을 돕는 프로그램이 있다는 것을 알게 되었다. 교회를 청소하러 오는 자원봉사자들이 있었다. 그런데 그들 모두가 장애인들이었다. 언어도 어눌하고 동작도 민첩하지 못하고 뭔가 사회에서 똑같이 역할을 감당하기에는 부족한 장애인들이었다. 알고 보니 그들에게 사회적응 훈련을 시키는 일환으로 청소를 가르치는 것이었다. 코치 한 사람이 서너 사람의 장애인들을 데리고 매일 교회에 온다. 그리고 청소하는 법을 가르쳐 준다. 진공청소기 사용하는 법, 걸레질하는 법, 먼지 터는 법 등 여러가지 기술들을 가르쳐 사회적 진출을 돕는 것이다. 나도 그들을 돕는 일환으로 정성스럽게 도와주었다. 나도 미국에서 학교 다니는 동안 학비를 버느라고 청소를 몇 년 동안 한 경험이 있기에 그들에게 청소비법(?)을 전수해 주었다.

마침내 그들 중의 한 명이 청소를 잘하게 되고 비록 파트타임이지만 일자리를 얻게 되었다. 일주일에 사흘을 청소하는 직업을 갖게 된 것이다. 이제 그의 꿈은 돈을 모아서 그가 원하는 차를 사는 것이었다. 무슨 차를 살 거냐고 물어보았더니 환하게 웃으면서 스포츠 카를 살 것이라고 말하였다. 어눌하게 말을 해서 잘 알아들을 수는 없지만 그 사람은 일자리를 얻은 것을 너무나도 기뻐했고 나도 함께 기뻐해 주었다. 이제 그의 얼굴에서는 웃음꽃이 피었다. 즐거운 마음으로 교회에 청소하러 온다. 이제 일자리를 얻었으니 돈을 받으면서 일을 하게 될 것이다. 그것이 교회에서 시작한 나의 새로운 목회 분야였다. 이름하여 '청소목회'였다. 청소하는 법을 가르쳐주고 사회에 새롭게 적응하는 길을 열어주는 것이다. 어쩌면 평생을 남에게 의지하여 살아갈 수밖에 없는 한 사람에게 새로운 희망이 시작된 것이다. 그의 이름은 Brian이었다. 나중에는 함께 일하는 장애인 동료 아가씨를 사랑하게 되어 결혼하게 되었다. 이제는 둘이 함께 밝게 웃으면 교회에 청소하러 오게 되었다. 정말 축하하고 기뻐해야 할 일이었다. 더 많은 장애인들이 그들의 장애를 수치스럽게 생각하지 않고 밝은 마음으로 사회에 진출하여 함께 일하게 되기를 기도해 보았다. 그들에게 더 나아가서 성경공부에 참여시키면 어떨까 하는 생각도 해보았지만 실행하지는 못했다.

일주일에 한 번 모여서 교인들을 모아놓고 성경공부를 했다. 보통 열다섯 명 정도가 참석하였다. 미국인들은 어려서부터 학교에서 토론하는 법을 배우기 때문에 활발한 토론이 이루어진다. 한국사람들은 성경공부 할 때 거의 목사의 말을 일방적으로 듣지만 미국인들은 자신들의 생각이나 의견을 활발하게 내놓는다. 때로는 목사도 생각하지 못한 것을 얘기하기도 한다. 어떤 때는 두 시간을 훌쩍 넘기기도 한다. 그럴 때는 나도 요령이 생겨서 본론에서 벗어나는 쓸데없는 이야기가 나오면 얼른 화제를 다시 성경공부로 돌리기도 한다. 활발한 토론문화를 보면서 이것이 진정한 민주주의가 아닌가 생각도 해보았다. 중세시대를 거쳐서 유럽에서 활짝 핀 민주주의는 이렇듯 토론문화가 기본이 된 것이다. 한국사람들은 다양한 의견을 수렴하지 못하고 한 방향으로 한 마음으로 달려가기만을 요구받아 왔는지 안타까운 마음이 들기도 하였다. 다양성을 존중하지 못하는 권위주의적인 문화가 합일성을 이루어내지 못한 것은 아닌가 생각도 해보았다.

14주 동안의 성경공부를 거의 마무리해 가면서 주일 저녁에 또 다른 성경공부를 시작해 보았다. 주일 저녁에 모여서 각자 준비해 온 음식으로 간단한 저녁식사를 하고 찬양을 하고 성경공부를 하였다. 마지막 순서로 성경공부가 끝나면 기도회를 가졌다. 모두들 이야기하였다. 주일 저녁에 이렇게 모여서 성경공부를 하고 기도를 하는 것이 참으로 오랜만의 일이라고. 미국의 역사가 신앙의 역사이고 그들의 삶이 곧 신앙생활이던 때가 있었다. 그러나 1차대전이 끝나고 미국이 세계의 중심에 서면서 그들의 신앙생활도 바뀌어갔다. 1차대전을 겪은 세대들은 그들이 어렸을 때 주일학교도 나가고 수요예배도 참석했고 주일 저녁예배도 참석했다고 회상하였다. 감리교에서 처음 시작한 신앙의 전통인 속회에도 참석했다고 한다. 그러나 시간이 지나면서 급격한 산업화와 새로운 이민자들의 물결 그리고 경제적 풍요는 그들의 신앙생활을 바꾸어놓고 말았다. 신앙생활보다 가족중심의 문화와 삶이 더욱 존중받고 개인의 자유와 권리가 더욱 강화되는 새로운 물결이 그들의 신앙의 삶을 바꾸어 놓은 것이다. 그 결과 대부분의 큰 교단들 그리고 교회에서는 주일 저녁예배도 사라지고 성경공부도 사라지고 이젠 주일 성수도 중요하지 않게 생각되어 버리고 말았다. 지금의 한국사회가 이런 미국의 물결을 따라가고 있는 것이 안타까울 뿐이다.

하루는 성경공부 시간에 동물도 천국에 갈 수 있는가 하는 문제를 가지고 토론을 하였다. 나는 동물은 천국에 갈 수 없다고 믿는다. 동물은 하나님이 생기를 불어넣으셔서 만들어진 피조물이 아니기 때문이다. 다시 말하면 영혼이 없기 때문이다. 물론 동물도 감정은 있지만 영혼은 없다. 그러나 많은 미국인들은 동물도 천국에 갈 수 있다고 믿는다. 그 배후에는 어린이들을 위한 만화영화 'All dogs go to heaven(모든 개들은 천국에 간다)'의 영향이 있는 것 같다. 그 만화영화를 미국인들은 좋아했고 특히 아이들이 사랑했다. 그만큼 동물을 사랑하기 때문이다. 집에서 함께 살던, 식구처럼 생각하는 애완용 동물이 사람과 함께 천국에 갈 수 있다고 생각하는 것은 어쩌면 자연스러운 일일지도 모른다. 동물은 영혼이 없기 때문에 천국에 갈 수는 없다는 나의 생각을 미국인들은 이성적이라기보다는 감정적으로 받아들이는 것 같았다. 결론은 못 내렸지만 교회의 작은 모임인 주일 저녁 성경공부가 그들의 삶에 새로운 변화의 물결을 가져오기를 기대해 보았다.

그녀는 어떤 남자일까?

자신의 정체성 때문에 고민하고 갈등한다는 것은 참으로 고통스러운 일이다. 자신이 누구인가를 분명히 알아야 그 다음 단계인 자신의 인생에 대해서 고민할 수가 있기 때문이다. 특히 미국 땅에서 이민자로 살아가는 많은 한인들은 정체성 때문에 고민하고 갈등한다. 미국땅에서 영주권자로 혹은 시민권자로 살아가기는 해도 관심은 항상 두고 온 가족들이 있는 고국, 한국에 있기 때문이다. 시민권을 가지고 있어도 권리를 제대로 행사하지 못하고 주변을 맴도는 소수민족으로 살아가기가 쉬운 것이 이민자들의 생활이다. 이민 2세들은 더욱 그런 것 같다. 그들은 과연 한국인인가 미국인인가를 갈등하고 고민하면 살아간다. 그러다가 대학에 들어가면서 자신의 정체성을 찾는 일이 많다. 그 시기에 한국말을 해야 될 이유를 알게 되어 한국말을 배우고 한국의 문화를 배우고 한국 친구들과 접촉하면서 자신의 정체성을 찾아가는 것이다.

남자로 태어났지만 자신 안에 있는 여성성 때문에 갈등하는 여자 아닌 남자가 있었다. 어렸을 때부터 자신은 여자였다고 한다. 겉은 남자이지만 여성이고 싶어했다는 것이다. 부모 몰래 화장도 해보고 치마도 입어보았다고 했다. 거울 앞에 서서 아름다운 여성이 된 자신의 모습을 생각하면서 행복을 느낄 수가 있었다고 했다. 이런 자신에 대해서 친구들이 놀려대도 참을 수 있었다. 여자 옷을 입고 여자처럼 행동할 때면 행복했기 때문이었다. 이런 혼란에서 벗어나 자신의 정체성을 찾아보려고 군대도 갔다 왔다. 사랑하는 여자와 결혼하여 자녀도 두었다. 그럼에도 불구하고 자신 안에 있는 여성을 부인할 수 없었다. 마침내 이혼하고 여성으로 살아가기로 하였다. 이젠 당당하게 바지 대신 치마를 입고 화장을 하고 하이힐을 신고 여자 화장실을 사용하게 되었다. 자신의 내면으로 볼 때는 분명한 여자였기 때문이다. 그러나 자세히 보면 얼굴 모습이나 행동은 남자였다. 아무리 여성 옷을 입고 여성처럼 행동하고 말을 해도 목소리를 바꿀 수는 없었고 문득문득 나타나는 남성성을 부인할 수는 없었다. 언젠가부터 그가 처음에는 남자였다는 것을 알고 함께 신앙생활해 온 이들에게는 문제가 되었다. 남자였을 때는 잘 생겼는데 이젠 못생긴 여자가 되었다는 비아냥도 들려왔다. 여자들이 그와 함께 여성 화장실을 사용하기를 꺼려했다. 마침내 교회에서 회의를 통하여 그에게 교실 안에 있는 화장실을 혼자서 사용하도록 열쇠를 주었다. 참으로 고민스러운 결정이었다. 어떻게 해야 할까? 여성으로 인정할 것인가 아니면 원래인 남자로 인정할 것인가?

선택은 결국 그 사람의 몫이었다. 그런데 주변에서 말이 많은 것이 문제였다. 결국 주위의 눈총을 견디다 못해 교회를 떠났다. 그가 교회를 떠난 것을 두고 여러가지 말도 들려왔다. 교회가 너무 관심을 보여주지 못했다 혹은 차라리 잘되었다는 의견이 대부분이었다. 무엇이 그에게 가장 좋은 결정이었는지 나도 당황스러웠다. 그가 교회를 떠나기로 한 결정에 교회가 도움을 준 일은 없다. 혼자서 곰곰 생각해 보았다. 우리가 한 사람의 신앙인으로서 자신의 정체성을 찾는 것도 중요하다고. 자신이 왜 신앙생활을 하고 있는지, 하나님과 나와의 관계는 무엇인지 생각하지 않고 무조건적인 신앙생활을 할 때 때때로 신앙의 갈등이 오게 된다. 신앙생활도 생각하면서 해야 한다. 신앙인으로서의 자신의 정체성을 찾아야 한다. 나중에 들은 그 사람에 관한 소식은 라스베가스에서 자살했다는 것이었다. 결국 자신의 정체성 때문에 고민하다가 자살이라는 극단적 선택을 하지 않았을까 생각해 본다. 안타까운 일이었지만 나로서는 어찌하기 어려운 일이었다.

하와이 연가

어떤 이들은 하와이를 천당 바로 밑의 999당이라고 부른다. 많은 사람들의 꿈의 휴양지 하와이는 아름다운 섬들로 이루어져 있다. 작은 섬들은 많지만 다섯 개의 큰 섬이 잘 알려져 있다. 와이키키와 호놀룰루로 알려진 오하우 섬, 화산과 코나 커피의 생산지인 빅아일랜드 섬, 원시림이 남아 있고 공룡들이 등장하는 '쥬라기 공원' 영화 촬영지가 있는 카와이 섬, 데미안 신부가 나병환자들을 치료하면서 생활했던 곳으로 알려진 몰로카이 섬 그리고 하와이 왕조의 수도가 있었던 마우이 섬. 이렇게 하와이는 다섯 개의 잘 알려진 섬으로 이루어져 있는데 대부분의 사람들은 하와이 하면 하나의 섬으로 생각하게 된다. 나 역시 처음 하와이로 가는 비행기표를 끊을 때 그냥 하와이행 표를 달라고 했던 기억이 난다. 하와이행 비행기표를 사려면 어느 섬으로 갈 것인지를 정확하게 얘기해 주어야 한다. LAAFB에서 하와이의 Hickam 공군부대로 새로 옮겼다.

하와이는 한인 이민 조상들의 얼과 정신이 남아 있는 곳이다. 그중 올리브 연합감리교회는 한인 이민 역사상 최초로 해외에 세워진 교회이다. 고종 황제 때 노동력이 부족했던 하와이 사탕수수 밭의 농장주들의 청원을 받아들여 하와이로의 이민을 추진했고 통역관을 포함 121명이 이민선인 갤릭호를 타고 인천항을 출발했다. 당시 하와이로 직접 올 수 있는 길이 없었던 관계로 일본의 고베항을 먼저 둘렀는데 그곳에서 실시한 신체검사에서 20여 명이 탈락하고 102명의 첫 이민자들이 하와이에 도착하였다. 그들 중 반 이상이 인천 내리감리교회 교인들이었다. 이렇게 감리교인들이 많았던 이유는 당시 인천 내리감리교회의 담임목사였던 존스(George Heber Jones 한국 이름은 조원시) 목사님이 헐벗고 가난했던 조선인들에게 이민을 적극 권장했기 때문이었다. 그런 이유로 첫 이민선을 탔던 102명 중 내리감리교회 교인들이 50여 명이나 되었다. 그 당시 그들이 받은 임금은 한 달에 16달러였지만 가난했던 조선 백성들에게는 큰 돈이었다. 하와이로 향하던 배 안에 김이제 권사님이 계셨다. 그분은 배 안에서부터 예배를 인도하였다. 1903년 1월 13일에 호놀룰루에 도착, Waialua Plantation Mokuleia Camp로 이동한 뒤 그곳에서도 이민자들을 위한 예배를 인도하였다. 그곳에서 감리교회의 첫 가정예배 처소를 세워 예배를 인도하다가 4년 후인 1907년 9월에 지역 이름을 딴 '와이에와' 한인 연합감리교회를 창립하게 된다. 이때의 초대 목사님은 임정수 목사님이시다. 그러니까 올리브감리교회의 시작이 된 가정교회는 첫 이민자들이 도착하는 날부터였지만 올리브감리교회라는 이름을 사용한 것은 4년 후인 1907년이 되는 것이다. 이날 45명이 모여서 와이에와 한인 연합감리교회를 창립하게 되며 그 당시의 이야기들은 90이 넘은 몇 교인들이 부모로부터 전해 듣고 기억하고 있었다. 그래서 가정교회 역사부터 치면 123년이 되는 것이다. 현재 올리브감리교회는 1903년 사탕수수 밭으로의 이민자들의 후손인 3세대와 4세대가 함께 신앙생활을 하고 있다. 세계에서 유일한 그리고 가장 오래된 한인 이민교회로서 역사에 그 이름을 남기고 있는 것이다.

2세대는 거의 돌아가셨고 얼마 남지 않은 이민 3세대는 이미 한국말은 잊어버렸고 그들의 조부모가 하와이 섬에 도착하여 사탕수수 밭에서 힘들게 일했던 기억들, 일본의 진주만 공격 등을 기억하고 있었다. 한 교인의 집에는 일본의 진주만 공격 때 남겨진 총알 자국이 남아 있다. 초기 이민자들은 힘들게 노동을 하면서도 조국의 독립을 위하여 독립자금을 고국에 보냈다. 자녀들을 위하여 장학기금도 마련했다. 박용만 같은 분은 군관학교를 세워 조국의 독립을 위해 무력투쟁을 꾀하기도 하였다. 초기 이민자들은 많은 고생을 하였지만 그들의 후손은 모두 자랑스러운 한국인의 후손으로 이땅에서 자리잡고 주인으로 당당하게 살아가고 있었다. 90세가 넘은 교인들에게도 한국의 정서는 마음 한구석에 남아 있었다. 하와이에 한국영화 붐이 일어나 하루는 한국에서도 절찬리에 상영됐던 '국제시장'이라는 영화를 교회의 어른들이 함께 보고 오셨다. 그 영화를 본 90세가 넘은 할아버지는 눈물을 흘리면서 가슴속에 남아 있던 아련한 어린 시절을 떠올리며 눈물을 흘리기도 하였다. 영화의 내용이 자신의 어린 시절을 떠오르게 만든 것이다. 2차대전 때 미군으로 참전하여 세 번이나 헬리콥터 사고를 당하여 다리에 부상을 입고 평생을 목발에 의지하여 살아가시는 분도 있다. 그분은 항상 가슴에 자랑스럽게 훈장을 달고 계시는 분이었다. 미군 중령으로 은퇴한 이민 3세도 있었다.

그러나 많은 분들은 이미 다른 민족과 결혼하여 한국인으로서의 정체성을 잃어버리고 하와이언으로 살아가는 모습을 보면서 이민생활의 미래를 보는 듯하였다. 나의 자녀들이 다른 민족과 결혼하고 그 자녀들이 또 다른 민족과 결혼하면 과연 그들의 정체성은 무엇인가? 결국 그들은 미국인으로 살아가게 될 것이 아닌가? 하와이는 특히 아시안들이 백인보다 많은 지역이라서 백인들이 오히려 소수민족으로 차별을 받기도 하는 곳이다. 육군 군목으로 근무하는 한인으로부터 들은 이야기가 있다. 가끔 백인부부가 아이들 문제로 상담을 요청하는데 자신의 자녀들이 학교에서 백인이라고 놀림을 받는다는 것이다. 본토에서는 상상하기도 어려운 일이 하와이에서는 일어나는 것이다. 워낙 아시안들이 많다 보니 영어가 부족해도 전혀 거리낌 없이 당당하게 살 수 있는 곳이다. 아시안들이 당당하게 주인의식을 가지고 살 수 있는 곳이 바로 하와이다. 여러가지 다양한 문화가 공존하며 일년 내내 아름다운 바다에서 수영을 할 수 있고 비만 오면 아름다운 무지개가 뜨는 곳 그곳이 바로 하와이다. 무엇보다 우리 이민의 조상들이 땀 흘려 이루어놓은 씨앗이 후손들을 통해 맺어지는 곳이었다.

대부분의 사람들은 자신들과 비슷한 사람들끼리 어울리기를 원한다. 환경이나 처지가 같은 사람끼리 혹은 문화나 언어가 같은 사람끼리는 어울리는 것이 자연스럽기 때문이다. 서로의 사정을 잘 알고 이해할 수 있기 때문이다. 나는 주로 백인 교회에서 그리고 군목으로 공군에서 근무하다 보니 교인들과 문화적 차이를 많이 경험하곤 하였다. 그래도 목사와 교인으로서 함께 어울려 신앙 공동체를 만들어 나가는 것은 어렵지가 않았다. 그것은 서로의 할 일을 알고 서로의 역할을 존중해 주기 때문이다. 내가 파송 받아 간 교회들은 대부분 처음으로 아시안 담임목사를 받는 경우였지만 아무 탈 없이 지금까지 목회를 해올 수가 있었다. 하와이에서 2년 동안 시무한 올리브교회는 해외에 세워진 최초의 한인 이민교회로 시작을 하였지만 1962년도에 교회의 문을 개방하여 영어부와 사모안부가 함께 어울려 한 지붕 세 가족을 형성하게 되었고 지금까지도 한 교회에서 신앙공동체 생활을 해오고 있다.

가족은 삶을 공유하며 서로를 신뢰하고 아픔을 보듬어주고 이해해 준다. 가족이기 때문이다. 하지만 올리브감리교회의 한 지붕 세 가족은 신뢰에 문제가 있었다. 서로를 신뢰하지 못했고 갈등과 불협화음 속에서 오랜 세월을 그렇게 지내오고 있었다. 이것을 어떻게 할 것인가. 나는 고민에 빠졌다. 한 지붕 세 가족이라는 명분 때문에 그리고 전통 때문에 계속 그런 상태로 가는 것만이 옳은 것처럼 생각되지는 않았다. 한 지붕 세 가족이지만 냉장고는 따로 쓰는 것이 옳을 수 있다는 생각도 들었다. 다시 말하면 재정을 분리하는 문제를 심각하게 고민하게 된 것이다. 사모안부는 재정도 약하고 또한 그들의 문화에서 헌금하는 형태도 달랐다. 주일 헌금에 전통적으로 익숙했던 영어부와 한어부는 문제가 없었다. 그러나 그들의 전통대로 때때로 헌금을 모아 교회로 가져오는 사모안부가 문제였다.

사모안부는 다른 주머니를 갖고 있었다. 일년에 한두 번 축제에서 헌금을 모아 가지고는 교회로 가져오지를 않았고 그들이 따로 가지고 있었던 것이다. 이것은 신뢰의 문제였다. 일단 모든 헌금은 교회재정으로 들어와야 함에도 불구하고 이런 일이 오랫동안 지속되고 있었다. 이 문제로 사모안부 목사와 몇 번 대화를 하였지만 대답은 그들이 따로 헌금을 모금하지 않는다는 것이었다. 나는 더이상 사모안부 목사를 신뢰할 수가 없었다. 결국 나는 결단을 내렸다. 사모안부는 재정을 분리하기로 결정했다. 그 과정에서 서로가 많은 상처를 받을 수밖에 없었다. 그러나 아픔이 있어도 그것이 옳다고 믿었기에 나는 추진하였고 현재 사모안부는 교회에서 따로 지원해 주지 않는다. 그들의 헌금을 교회로 가져오지도 않고 재정이 분리된 상태이다. 그러나 아직도 한 지붕 세 가족이다. 한 가족이지만 냉장고만 따로 사용할 뿐이다. 목회하는 동안 많은 일들을 겪었지만 그때의 일은 아직도 나로 하여금 많은 것들을 생각하게 한다. 과연 그때 나의 결정이 반드시 옳았다고 단정할 수 있을까? 인간은 불완전하고 인간 세계에서의 정의는 상대적이고 절대적 정의도, 절대적 진리도 없다. 하나님만 완전하실 뿐이다.

사탕수수 밭의 기억

초기 하와이의 한인 이민자들은 사탕수수 밭에서 정말 힘들고 어렵게 노동을 하며 살았다. 언어도 안 통하고 문화도 다른 이국 땅 하와이 섬에서 조선 이민자들은 그들보다 먼저 도착한 일본계 이민자들과 보이지 않는 갈등을 겪으면서 땀과 눈물로 그들의 삶을 일구어 나갔다. 지금은 사탕수수 밭이 모두 사라졌고 파인애플 농장으로 바뀌었지만 파인애플 농장마저도 점점 사라지면서 지금은 텅 빈 땅으로 남아 있는 곳이 많다. 올리브감리교회에서 5분 거리에 델 파인애플 농장이 있다. 유명한 하와이 관광코스 중의 하나이다. 많은 관광버스들이 매일 도착하여 관광객들을 토해내고 농장에 담겨 있는 아픈 역사와 하와이 원주민들의 서글픈 역사를 모른 채 비싼 아이스크림을 사먹으면서 즐기고 있었다. 나는 여러 번 자전거를 타고 델 농장까지 가서 파인애플이 자라는 모습을 보면서 그곳에서 파인애플을 사다 먹기도 하였다. 먹고 남은 파인애플을 땅에 심었더니 일년 후 뿌리가 내리고 파인애플이 열리는 것이었다. 참으로 신기했다. 집에서 파인애플을 키운 건데 열매가 맺히다니. 올리브감리교회의 뒷마당이 넓어서 여러가지 야채를 심었다. 하와이는 화산폭발로 생겨난 섬이다. 흙이 모두 화산재이다. 흙이 너무 단단하여 땅을 파는데 굉장히 힘이 들었다. 땀 흘린 만큼의 대가를 받아 여러가지 야채가 잘 자라고 교인들과 나누어 먹을 정도로 풍족했다. 가장 인상적인 것은 도라지였다. 어머니께서 한국에서 가져오신 도라지 다섯 뿌리를 심었더니 잘 자라서 꽃이 피고 씨가 맺혔다. 그 씨들이 땅에 떨어져 근처가 모두 도라지 밭이 되었다. 6개월간 잘 키운 도라지를 모두 뽑아서 나물을 해먹었는데 지금도 그 맛을 잊을 수가 없다. 호박은 너무나 잘 자라서 어디 숨었는지도 모르게 몇 개는 늙은 호박이 되어 추수감사절에 제단에 올리고 교인들과 나누어 잘라서 구워먹었는데 역시 최고였다.

하와이는 산이 바다보다 아름답고 어느 등산코스를 가든 캄캄할 정도로 숲이 우거져 밑으로 떨어지면 찾기도 어려워서 안전을 위해서 꼭 두 사람 이상이 함께 가야만 했다. 새들 또한 미국 본토보다는 아름답고 예쁜 새들이 많다. 이름모를 새들이 지저귀는 모습을 보노라면 시간 가는 줄을 모른다. 바닷속을 스노클링을 하면서 즐기다 보면 어느새 나도 한 마리 물고기가 된다. 수많은 아름다운 물고기들이 떼를 지어 헤엄치는 바닷속을 함께 따라가다 보면 너무 아름다운 모습에 저절로 감탄이 나오게 된다. 내가 즐겨 가던 곳은 관광객들도 많이 찾아오는 북쪽에 있는 할레이바와 선셋비치인데 안전하고 아름다운 물고기가 많이 있었다. 그곳은 또한 바다거북도 많아서 스노클링을 하면서 직접 만져 보기도 하였다. 물론 하와이 법에 의하면 바다거북은 만져서는 안 된다. 하와이에서 해보지 못해 아쉬운 것은 자전거로 섬을 일주하는 일이었다. 하루는 자전거를 타고 집에서 출발하여 할레이바까지 갔는데 내려갈 때는 신났지만 올라올 때는 너무 힘들어서 그냥 내려서 끌고 오기도 하였다. 올리브감리교회는 새로운 도전이었다. 사모안부와 한어부, 영어부 이렇게 세 언어부가 있는 교회라서 문화적으로 서로 다른 점을 이해하면서 하다 보니 적잖이 힘들었던 것도 사실이다. 그러나 자연의 아름다움을 마음껏 즐길 수 있는 좋은 기회이기도 하였다.

오바마 대통령 때문에

하와이는 원래 세계적으로 아름다운 곳이지만 관광객들은 들어가지 못하는 비경이 많이 숨겨진 곳이기도 하다. 왜냐하면 그 곳곳에 군사기지가 있기 때문이다. 당연히 일반인들은 들어갈 수가 없다. 나는 군인 신분 때문에 일반인들은 들어가지 못하는 군사기지 안에 있는 아름다운 비경을 마음껏 구경할 수가 있었다. 그 중에 한 곳이 벨로우즈 공군부대이다. 바닷가 모래가 너무나 곱고 아름다운 곳이다. 하루는 그곳에 갔는데 마침 오바마 대통령이 휴가 중이었다. 오바마 전 대통령은 매년 성탄 휴가를 자신이 어린 시절을 지낸 하와이에서 보낸다. 그날도 오바마 대통령이 바닷가에서 가족들과 휴가 중이었다. 예전처럼 주차를 하고 바닷물에 들어 가려고 하는데 많은 경호차량과 경찰차 때문에 도저히 주차를 할 수가 없었다. 오바마 대통령과 가족들은 바닷가에서 수영을 즐기고 있는데 아마도 마찰 없이 경호하려고 아예 주차장을 봉쇄한 것 같았다. 말로는 주차하고 수영해도 된다고 하지만 주차를 할 수가 없어서 그냥 돌아올 수밖에 없었다. 며칠 후 TV 뉴스에 이런 방송이 나왔다. 한 젊은 남녀가 카네오에에 있는 해병대 기지 안에 있는 골프장에서 결혼식을 하고 있었다. 그곳은 정말 아름다운 골프장이 있는 곳이고 많은 젊은이들이 그곳에서 결혼식을 한다. 그런데 갑자기 경호원들이 들이닥쳐서 대통령이 골프 치러 왔으니 경호문제 때문에 결혼식을 취소하고 나가 달라고 했다는 것이다. 그래서 쫓겨난 젊은 남녀는 TV 앵커맨하고 인터뷰를 하며 불만을 토로하고 있었다. 이 소식을 들은 오바마 대통령이 그 젊은 남녀에게 전화하여 미안하다고 사과했다는 이야기를 나중에 들었다. 해병대 안의 골프장은 18홀 중 세 홀을 바닷가를 끼고 도는 코스인데 너무나 아름다워서 나도 몇 번 갔던 곳이다. 해병대 기지는 바닷가에 아름다운 비치하우스를 가지고 있어서 내가 두 번 그 집을 빌려서 다른 목사님들과 함께 일박을 하면서 수련회를 하기도 하였다. 하루는 그곳에서 배를 빌려서 직접 운전하면서 아름다운 바다를 즐기기도 하였다. 이 역시 민간인들은 할 수가 없는 특권이라면 특권일 수 있는 것이었다. 또한 그 부대의 장교클럽에서 제공하는 맛있는 점심은 아직도 생각이 나곤 한다.

내가 소속되어 있던 히컴 공군부대 역시 아름다운 바닷가에 위치해 있다. 그곳의 바다 색깔은 완전히 초록색이다. 어쩌면 바다 색깔이 그렇게 아름다울 수가 있을까. 어릴 적 음악시간에 배운 노래 그대로이다. "초록빛 바닷물에 두 손을 담그면…" 어쩌면 그 동요를 만든 작가는 이 바다를 보고 가서 그 노래를 만들었나 보다 라고 생각할 정도였다. 공군 태평양 사령부의 건물 벽은 일본군 전투기에서 사격한 총탄의 흔적이 그대로 남아 있어서 그날의 처참했던 역사의 현장을 그대로 보여주고 있다. 오늘도 그 벽은 그날의 아픔을 가슴에 품고 총탄의 상처를 안고 하와이 바람을 맞으며 서 있다.

9988234

올리브교회의 교인들은 그들의 조부 혹은 부모인 1세들이 하와이에 이민 와서 정착한 분들이 그 뿌리이다. 미국에 있는 이민 교회 중 가장 오래된 교회이기에 이민 4세도 교회에 나오고 있었다. 그들이야말로 이민 역사의 산 증인들이었다. 그들의 조부모님들로부터 이민생활의 애환과 아픔을 들었기 때문이다. 명색이 사탕수수 밭에서의 노동이었지 노예와 다름없는 노동을 강요받고 살았다고 한다. 그러면서도 신앙을 지켰다. 그들이 사용했던, 지금과는 많이 다른 성경책이나 자료들이 전시되어 있다. 그 당시 생활 모습을 찍었던 사진들은 미국 전체에서도 가장 많이 가지고 있을 것으로 짐작된다. 한인 이민사회를 이끌던 대표적 인물들이 도산 안창호 선생, 박용만 장군, 그리고 나중에 대한민국 초대 대통령까지 지냈던 이승만 박사 등이다. 그중 도산 안창호 선생은 주로 미국 본토에서 활약하고 내가 10년간 목회했던 샌버다디노에서 30분 거리인 리버사이드에서도 활약했다. 현재 리버사이드에는 안창호 선생 동상이 세워져 있다. 그분의 공로를 백인 주류사회에서도 인정한 셈이다. 그 당시 오렌지 밭이었던 리버사이드에서 한인 이민자들을 대상으로 정직하게 살기를 외치고 단결을 부르짖었던 이민 역사의 선각자이다. 나중에는 홍사단을 조직하여 한민족 발전에 크게 공헌한 분이다. 그분의 직계가족들이 아직도 LA에 살고 있으며 그분의 이름을 따서 도산 안창호 우체국이 한인타운 가까운 곳에 세워지기도 하였다. 그런가 하면 그 당시 일제의 식민지였던 대한제국을 무력으로 되찾기 위해서 군인들을 양성하려 했던 박용만 장군도 있었다. 이승만 박사도 하와이 이민역사에서는 빼놓을 수 없는 분이다.

이민 역사의 흔적은 하와이 곳곳에 흩어져 있으며 최초로 세워진 한인 이민교회 올리브교회에는 그분들의 후손이 아직도 신앙생활을 하고 있었다. 이제 그분들 많은 분들이 노쇠하여 그 후손들이 교회를 지탱해 나가야 하지만 안타깝게도 신앙생활에 열심이 없어 커다란 걱정이 아닐 수 없었다. 이민 4대로 한국의 역사가 끊어질 것인가 아니면 지속적으로 역사의 발자취를 이어갈 것인가는 결국 그 후손들의 신앙적 결심에 달려 있다고 말할 수 있다. 하지만 교회는 계속될 것이다. 변화하는 시대에 맞게 다른 인종 그리고 다른 문화에 동화된 이들이 교회에 나오며 올리브교회는 지속되고 있지만 그들은 아마도 역사의 뿌리는 기억하지 못할 것이다. 참으로 안타까운 일이지만 시대를 거슬릴 수는 없을 것 같다

교회의 노인들을 모시고 한 달에 한 번 가까운 음식점이나 피크닉 장소에 가서 하루를 보냈다. 그 이름을 9988234라고 하였다. 그 뜻은 99세까지 팔팔하게 살다가 마지막 이삼 일만 앓고 갑자기 세상을 뜨자는 의미이다. 그렇게 살 수만 있다면 얼마나 좋을까? 한국에서 유행했던 노인학교에서 부르짖는 말이라고 한다. 교회에는 영어부와 한어부의 십여 명이 이 그룹에 속하여 한 달에 한 번씩 그분들을 모시고 좋은 식당이나 아름다운 곳에 모시고 가고는 하였다. 하루는 그분들을 보시고 아이에아 뒷산으로

피크닉을 갔다. 그곳은 참으로 아름다운 곳이었다. 주위에는 야생 닭들이 많고 숲은 울창하며 과봐 열매가 많다. 점심을 먹고 모두 둘러앉아 이런저런 얘기를 하다가 몇 분들이 노래를 부르기 시작하였다. 하모니카도 함께 연주하였다. 나도 잘 아는 '메기의 추억'이라는 노래였다. 물론 영어로 불렀지만 그분들의 모습을 보면서 아하, 이분들은 역시 한국인이구나 하는 것을 깊이 느끼게 되었다. 그분들이 눈을 지그시 감고 가사를 음미하면서 노래를 부르는 것이 아닌가. 나에게는 '메기의 추억'이라는 노래는 그저 미국 민요일 뿐이었고 학교에서 음악시간에 배운 노래였지만 그분들에게는 미국 민요가 아니라 그분들의 민요였던 것이다. 그분들의 조부 세대가 이땅에 이민 와서 정착을 하고 가정에서 그 노래를 불렀기 때문에 자연스럽게 그분들의 가슴속에도 이 노래가 남아 있게 된 것이었다. 이민자들의 후손인 그분들도 가사를 음미하면서 부르는 것이었다. 그분들의 노래를 들으면서 그분들의 문화와 삶을 더욱 깊이 있게 느끼게 되었다. 그분들의 조부 세대가 하와이 땅에 이민 와서 얼마나 고생을 했을까 하는 생각을 해보니 가슴 한구석에서 측은한 마음이 들기도 하였다. 그렇지만 그 후손들은 이렇게 잘 정착하여 잘 살고 있지 않은가. 이분들 중 어떤 분들은 일본인 아내가 있고 일본인 남편도 있다. 인종을 넘어서 수십 년간 이렇게 정답게 살아오시는 모습을 보면서 한국인이 자주 말하는 '배달민족' 혹은 '단일민족'이라는 말이 과연 무슨 의미가 있는가 하는 생각도 해보았다. 이렇게 문화와 인종이 섞여도 잘 살고 계신 모습을 보면서 앞으로 모든 인류가 이렇게 섞여서 자연스럽게 살 수 있다면 진정한 평화가 오지 않겠는가 하는 생각도 해본다.

진주만의 기억

미국의 군대도 서로 다른 군대조직이 함께 부대를 운용하며 효율적으로 일을 하고 있는 것을 보게 된다. 하와이에 있는 히컴 공군부대가 바로 그곳이다. 이 부대는 특별히 부대를 해군과 함께 운용하고 있다. 공군과 해군이 같이 부대를 사용하면서 서로의 장점을 극대화시키는 것이다. 나중에 알고 보니 소규모이지만 육군도 있었다. 조금 놀랐던 것은 육군이 함정을 보유하고 있다는 점이었다. 물론 작은 규모의 상륙정이었다. 공군부대의 해안가에 육군이 운용하는 상륙정이 있었다. 미국부대는 이렇게 진화하고 있는 것이다. 때로는 해군측 군목들과 함께 병사들을 위해 예배도 인도하고 프로그램을 기획하기도 하였다. 서로 사용하는 군대 용어가 조금씩 달라서 처음에는 불편한 점도 있었다. 그렇지만 곧 익숙해지고 서로 다른 제복을 입은 군목들과 군종사병들이 함께 일하는 모습이 보기에 좋았다. 히컴 공군부대에서는 여러 번의 예배를 드렸다. 나는 주로 전통적 예배를 인도하였다. 그 예배는 이름처럼 전통적으로 옛날 찬송을 부르며 복음성가를 전혀 부르지 않고 나이 드신 분들이 주로 참석하여 옛날식으로 예배를 드리는 시간이었다. 어렸을 때부터 성결교회에서 신앙생활을 하며 보수적이고도 전통적으로 예배 드리는 것이 익숙한 때문인지 자연스럽게 나이 드신 분들과 함께 예배를 인도할 수가 있었다.

다시 캘리포니아로 돌아왔다. 백인이 주류인 교회였다. 처음 목회한 트리니티 감리교회, 밴나이스 감리교회 그리고 시에라 마드레 감리교회는 아시안계 목사로는 내가 최초로 파송 받은 교회들이었다. 교회 안에 소수인종은 피아노 반주자와 나와 아내 그리고 멕시컨 교인 두 가정뿐이었다. 위치는 시에라 마드레인데 LA 한인타운으로부터 15마일 북동쪽으로 떨어져 있었다. 마음만 먹으면 30분이면 한인타운에 나가서 설렁탕과 해장국도 먹을 수 있었다. 사택은 방이 네 개인 고급주택이었다. 과거의 교회의 위상을 보는 듯했다. 우리 부부가 살기에는 과분할 정도로 크고 넓었다. 교회도 아름답고 특히 교회가 위치한 시에라 마드레는 백인이 절대 다수이며 주로 은퇴한 노인들과 부자들이 사는 곳이었다. 워낙 집값이 비싸다 보니 젊은이들은 이곳에서 살 엄두를 내지 못했다. 과거에는 큰 교회였지만 대다수의 교회들이 그렇듯이 그때는 백인 회중 50여 명이 모여 예배 드리는 작은 교회였다. 그곳에 가기 전 하와이에 있을 때 감리사로부터 전화를 받았다. 시에라 마드레 교회에 문제가 생겨서 교인들이 한꺼번에 나가버리는 일이 생겼는데 와서 해결할 수 있겠느냐는 것이었다. 나는 오겠노라고 흔쾌히 대답하였다. 교회에서 생기는 문제는 대부분 비슷하다. 이렇게 나는 시에라 마드레 교회에 가게 되었고 안수 후 여섯 번째 교회에서 시무하게 되었다. 부임 후 첫 주일을 생각보다 잘 지내게 되었고 나갔던 교인들도 대부분 다시 돌아왔다. 다행이었다. 생각하지 못했던 지혜가 첫 예배 도중 생겨서 예배를 통해서 분열되었던 서로의 마음들이 하나가 되고 화합하게 된 것이다. 예배가 끝나갈 무렵 나의 머릿속에 갑자기 축도 전에 온 교인들이 예배실에서 둥글게 선 후 서로의 손을 잡고 축복하는 시간을 가지면 좋겠다 라는 생각이 떠올랐다. 그런데 그것이 큰 효과를 본 것이다. 아무튼 교회는 첫 주일부터 잘 화합이 되고 모든 문제들이 사라지고 그후 5년 동안 재미있게 목회하게 되었다.

팬데믹 기간 동안에 교회를 옮기는 일이 생겼다. 새 교회로 파송이 되었다. 시에라 마드레에서는 불과 20여 분 떨어진 곳에 위치해 있었다. 거의 3년여 동안 통제된 삶을 살아야만 했던 그 기간이었다. 첫 주일부터 예배실이 아닌 줌으로 예배를 드려야만 했다. 엄밀히 따지면 보는 것이었다. 교인들은 집에 앉아서 목사가 줌을 통해서 예배 인도를 하는 것을 지켜봐야만 했다. 참으로 답답했다. 이것은 예배가 아닌데 하는 생각이 들었지만 딱히 방법이 없었다. 만나서 예배 드리자고 하면 이단아 취급을 받거나 병균처럼 생각하던 시기였다. 정부와 WHO는 더욱더 세계를 통제하기를 원했다. 전염병 전파를 막는다는 명분으로. 나중에 밝혀진 바로는 그것은 음모였다. 그럴 필요가 없었고 그들이 한 얘기는 모두 거짓이었다. 국민들의 자유를 전염병 전파를 방지한다는 명분으로 억압했음이 드러났다. 통제된 사회에서 질서를 유지할 것인가 아니면 질서유지보다는 개인의 자유를 우선할 것인가 하는 문제가 실질적으로 대두된 시대가 팬데믹 시기였던 것 같다. 개인의 견해에 따라 다르겠지만 팬데믹 기간에 우리 삶의 많은 부분이 바뀌었고 우리는 아직도 바뀌어진 환경에서 살아가고 있다. 앞으로 어떤 엄청난 일들이 우리 앞에 벌어지게 될까?

아프가니스탄에서 낙타는 울지 않는다

NATO의 깃발 아래 전쟁에 참여하다

나는 미국에 오기 전 경기도 평택에서 중고등학교를 다녔다. 평택은 미국의 공군부대가 주둔해 있는 곳이고 미국문화를 쉽게 접할 수 있는 곳이기 때문에 한국의 어느 도시보다 세계화에 일찍 눈뜰 수 있는 곳이었다. 사실 우리가 세계화라는 말을 많이 하지만 세계화는 곧 미국화라고 말할 수 있다. 그렇지만 미국문화를 앞세운 세계화에 K-Pop과 김치를 중심으로 한국문화도 미국사회에 조금씩 파고들고 있는 것 또한 미국에서 40년 넘게 살아가고 있는 나에게는 고무적인 일로 다가온다. 지금은 많은 한국영화들이 미국에서도 상영되어 한인들에게 자부심을 갖게 하고 미국인들에게 크게 알려져서 한국인 이민자로서의 긍지를 높여주기도 한다. 지금도 한국영화를 상영하는 미국 극장을 쉽게 찾아볼 수가 있는 것이 현실이다. 미국은 모든 나라 모든 민족이 함께 어울려 살아가고 있는 다민족사회라고 말할 수 있겠다. 전에는 멜팅팟(Melting Pot)이라 하여 모든 민족 모든 문화를 하나의 미국문화로 흡수하여 새로운 민족국가로 만들려는 시도가 있었다. 지금은 Salad Bar라고 부르면서 각 민족의 고유문화와 전통을 존중해 주고 지켜 나가는 것이 가치 있는 일이라는 인식이 널리 퍼져 있다.

2012년, NATO(북대서양 조약기구) 군이 주둔해 있는 아프가니스탄의 칸다하르에 파병되어 세계 ○○개국 이상의 국가들에서 파병되어 온 병사들과 함께 생활해 본 나로서는 세계화를 가장 가까이에서 체험해 보았다고도 말할 수 있을 것 같다. 지금은 한국에도 동남아시아에서 온 노동자들이 많이 일을 하고 있다. 또한 동남아시아에서 온 여성들이 한국남자과 결혼하여 새로운 가정을 만들면서 한국사회도 단일민족, 혹은 한민족이라는 테두리를 벗어나 세계화로 나아가고 있다. 이것은 새로운 추세이고 새로운 변화인 것 같다. 변화에 적응하지 못하면 도태될 수밖에 없다. 과거로 회귀하려는 노력은 퇴보를 가져올 뿐이다. 알제리에서 태어난 자크 아탈리라는 유명한 프랑스의 학자가 '호모 노마드'라는 책을 통해서 미래사회를 여는 소중한 눈을 뜨게 해주었다. 그는 그의 책에서 이렇게 말하였다. "인류의 조상들이 소와 양과 말을 몰면서 여러 지역을 떠돌면서 목축생활을 했듯이 지금 젊은이들은 I-Pod 와 Tablet PC를 들고 세계를 누비면서 비지니스를 하고 있다." 이들이 새로운 시대를 열어가는 21세기 유목민들인 셈이다. 21세기를 살아가는 새로운 유목민족은 자신이 태어나고 살아온 지역을 떠나서 새로운 세계를 향하여 한 손에는 열정을 쥐고 다른 한 손에는 도전을 쥐고 보이지 않는 미래세계로 힘차게 발을 내딛는 사람들이다. 앞으로의 역사는 이들이 만들어 가게 될 것이다.

원래 인류는 정착생활이 아닌 유목생활을 하였다. 역사적으로 볼 때도 유목생활을 하는 민족은 크게 융성하고 그들의 문화를 세계에 떨쳤다. 반대로 정착생활을 하는 민족은 융성하지 못하고 주변강국에 흡수되어 역사에서 사라졌거나 지금도 약소국으로 남아 있는 것을 보게 된다. 기존의 가치와 삶의 방식을 넘어 새로운 역사를 창조해 내는 것은 앞으로도 정착민족이 아닌 유목민족을 통해서 만들어질 것이다. 새로운 도전을 즐거운 마음으로 받아들이는 사람. 나와 다른 의식과 사고를 가진 사람을 틀리게 보지 않고 다르게 볼 수 있는 눈을 가진 사람. 개인의 가치를 소중히 여기되 모두의 가치를 존중해 줄 수 있는 사람들이 세계화로 나아가는 세상에서 살아남고 새로운 가치체계를 구축해 나가는 사람들인 것이다. 한국이라는 가치체계를 조금만 벗어나 보면 전혀 다른 가치체계를 가진 사회를 바로 옆에서 볼 수 있을 것이다. 젊은이들은 자국을 떠나 열정과 도전으로 세계를 아우를 수 있는 안목을 가지고 나아가야 한다. 맹목적 배격보다는 실용적인 눈으로 그리고 세계화된 시각으로 이것을 바라보고 이익을 최대한 취해야 하는 것이 우리 앞에 놓은 과제이며 도전인 것이다. 피하기보다는 정면으로 바라보고 거스를 수 없는 변화를 나의 주도로 만들어 나가야 하는 새로운 시각이 요구되는 것이다. 아프가니스탄으로의 파병은 세계화의 현장을 직접 볼 수 있었던 의미 있는 시간들이었다.

CAST(파병훈련)

아프가니스탄으로 파병을 가기 위해서 15일간의 파병훈련을 떠났다. 해외로 파병을 떠나는 병사들은 파병을 가기 전 일정 기간 파병훈련을 해야 한다. 실제 전쟁터와 똑같은 훈련장소를 만들어 놓고 훈련을 하는 것이다. 약 120명의 병사들과 장교들이 뉴저지의 육군부대에 모여서 훈련을 하였다. 대부분 나이 어린 병사들이어서 그들과 똑같이 뛰고 움직이는 것이 힘들기는 했다. 하지만 이를 악물고 그들에게 뒤떨어지지 않기 위해서 열심히 뛰었다. 무거운 배낭에 철모 그리고 방탄복까지 입으면 그야말로 뒤뚱거리며 뛰어야 했다. 방탄복을 처음 입을 때는 너무 무거워서 다리가 휘청거리며 쓰러질 뻔하기도 하였다. 아침 7시부터 오후 4시까지 하루종일 훈련을 받는 것이 힘들기는 했어도 낙오되지 않도록 최선을 다했다. 7시에 집합하려면 그보다 한 시간 반 전에 일어나서 준비하고 아침식사를 마쳐야 한다. 11월의 뉴저지 주는 아주 추웠다. 아침에는 얼음이 얼고 살을 에는 칼바람, 그야말로 한국에서 생활할 때 겪었던 그런 추위였다. 비라도 오는 날이면 더욱 추웠다. 춥다는 이유로 훈련을 미루는 일은 없었다. 추위에 비를 맞으며 훈련을 하는 날이면 온몸이 땀과 비로 흠뻑 젖어서 더욱 추웠다. 그럴 때 따뜻한 된장국을 한 그릇 먹으면 금방 속이 풀릴 텐데 하는 생각도 들었다. 더욱이 훈련기간 중에는 휴대용 식사(MRE)를 먹기 때문에 식사가 허술하고 맛도 없어서 몸무게가 많이 줄었다. 훈련내용은 시가전을 대비한 도심지에서의 교전훈련, 차량이 전복되었을 때 탈출하는 훈련, 전투 중 응급환자가 생겼을 때 응급치료법, 사격, 폭탄발견 및 처리방법 등 군목도 일반병사들과 똑같이 훈련을 받아야만 했다. 군목은 전쟁터에서도 총기를 휴대하지 못하기 때문에 다른 사병의 보호를 받는 훈련도 해야만 했다. 군목은 다른 사병들과 달리 별도로 군목으로서의 훈련을 5일간 더 받아야만 했다. 아프가니스탄 파병지에서의 장례 절차를 포함한 파병지에서의 특수목회에 대해서도 배우고 훈련을 해야만 했기 때문이었다. 파병지는 일반 군부대와는 또 다른 특수 상황이고 전쟁 중인 아프가니스탄에 파병되기 위해서는 더욱 훈련에 열심을 내야만 했다. 언제 어디서 어떤 사건이 터질지 모르기 때문에 훈련에 열심을 내고 마침내 모든 훈련과정을 마치고 집으로 돌아올 수가 있었다.

함께 파병훈련을 받은 120명의 장교와 사병들은 훈련을 마치고 각자 전 세계의 파병지로 떠나게 된다. 그들이 가는 파병지는 모두 달랐다. 미국 군대는 세계의 경찰이다. 미국 군대는 세계 어디에나 포진되어 있다. 세계의 경찰 역할을 하기 위해서는 각 지역의 분쟁지로 미군이 파병이 되어야 하는 것이다. 어느날 아침 새벽부터 시끄럽다. 20여 명씩 나뉘어 훈련을 받는 과정 중 오늘은 도심지에서의 전투를 훈련하는 날이다. 각자 MRE(Meal Ready Eat 전투지에서 병사들이 휴대하는 간편한 음식)를 챙기고 서둘러 버스에 나누어 타고 훈련장으로 향했다. 도심지에서의 전투는 건물이나 은폐물을 잘 이용해야 하고 적이 어느 곳에 숨어 있는지 찾기가 어렵기 때문에 더욱 어려운 훈련과정이기도 하다. 훈련장은 실제 도심지와 똑같이 만들어 놓은 곳에서 실시하였다. 군목은 총을 휴대하지 못하기 때문에 그저 호위병 옆에 꼭 붙어 있어야만 한다. 우선 전투 차량을 타고 도심지에 접근하는 과정부터 시작을 하였다. 이때 길거리 좌우에 있는 물건들을 유심히 살펴

보아야 한다. 적이 쓰레기통이나 못쓰는 물건을 가장하여 길거리에 폭탄을 숨겨두기 때문이다. 전투차량 험비에 4명씩 한 조가 되어 도심지로 들어가는 과정 중 적이 숨겨놓은 폭탄을 발견하기는 참으로 어려웠다. 운전하면서 숨겨진 폭탄을 발견하기는 쉽지가 않다. 금방 눈에 띄지 않기 때문이다. 못 찾으면 우리가 죽게 된다. 눈을 부릅뜨고 앞뒤 좌우를 각자 역할 분담하여 살펴보며 도심지로 진입을 하였지만 결국 적이 숨겨놓은 폭탄을 발견하지 못하여 차량이 대파되고 전복되는 위기를 맞았다. 실제 상황이라면 모두 전사했을 것이다. 가까스로 시내에 들어갔지만 이제부터는 숨어 있는 적을 찾아내며 앞으로 진군해야 한다. 갑자기 숨어 있는 적이 우리를 향해 총격을 가했다. 총알은 플라스틱이지만 몸에 맞으면 아프다. 총알에 맞은 부분은 군복에 빨갛게 물이 든다. 적은 이층집 창문에서 우리를 향해 총격을 가했다. 곧 반격이 시작되었다. 이층집 문을 박차고 들어가서 적과 교전을 해야 한다. 이때의 적은 교관들이 주로 담당한다. 그런데 군목으로서 이때의 할 일은 없다. 아니 오히려 아군들에게 짐이 되는 것은 아닌가 하는 생각이 들었다. 군목인 나를 보호하기 위해서 내 옆에 한 병사가 붙어 있었지만 나보다 키도 작고 몸집도 작은 여자 병사이다. 순간적으로 불안한 생각이 들었다. 실제 전투지에서 과연 여자 병사가 그 역할을 충실히 할 수 있을까? 기왕이면 공군 사병이 아닌 해병대 사병으로 덩치가 큰 사람을 경호원으로 붙여달라고 해야겠다는 생각이 들었다. 병사들이 열심히 훈련에 참여하는 모습을 보면서 괜한 걱정이기를 바랐다. 훈련을 마치고 나니 온몸이 땀으로 젖었고 피곤했지만 같이 훈련에 참여한 병사들로부터 서로를 격려하는 순간 깊은 전우애를 느꼈다. 이제는 함께 전장에 참여할 전우들이기 때문이다. 전투에서 아군끼리의 전우애는 가장 중요 요소이다. 서로를 돌보며 서로를 보호해야 하기 때문이다.

훈련만이 살길이다

전쟁터에서는 무슨 일이 벌어질지 예측하기가 어렵다. 하루는 차량 전복 시 살아남는 훈련을 했다. 실제와 똑같은 차량 속에 들어가 있다가 차가 뒤집히면 재빨리 안전벨트를 풀고 서로 협력하여 차량에서 탈출하는 훈련이다. 차량이 뒤집어지면 "Roll Over, Roll over"라고 외치면서 차량에서 탈출해야 한다. 이때의 순간적인 행동과 판단이 목숨을 좌지우지한다. 미처 안전벨트가 안 풀어진 병사, 다친 병사를 도와주면서 부서진 차량 속에서 살아남으려면 서로 협력해야만 한다. 차가 뒤집어지면 몸이 거꾸로 된 상태가 되기 때문에 이 상태에서 벨트를 풀고 탈출하기는 쉽지가 않다. 서로의 도움이 절실히 필요하게 되는 것이다. 오후에는 네 명 혹은 두 명이 한 조가 되어 다친 병사를 들것에 싣고 철조망 밑을 통과하는 훈련을 했다. 이때 들것에는 180파운드의 인형이 실리게 되는데 이 무거운 인형을 들것에 싣고 철조망 밑으로 기어서 통과하기가 쉽지 않았다. 더욱이 비가 와서 땅은 빗물이 고여 있었다. 온몸이 흙탕물에 흠뻑 젖은 채 네 명이 한 조가 되어 조금씩 움직이며 앞으로 나아가는데 갑자기 같은 조의 여자 병사가 너무 힘들어서 더이상 못 들겠다고 주저앉았다. 기어서 180파운드나 되는 인형을 들것에 싣고 끌면서 앞으로 가기는 쉽지 않았다. 더욱이 사방에서는 적군의 총탄이 날아든다. 여기서 한 명이라도 낙오되면 실제 전투에서는 모두 죽게 될 수도 있다. 할 수 없이 내가 구령을 붙였다. 원 투 쓰리 하면 조금씩 앞으로 가기로 했다. 여자 병사도 현실을 깨닫고는 죽을 힘을 다해서 조금씩 앞으로 가기 시작했다. 결국 가까스로 철조망을 통과하기는 했는데, 앞에는 또 다른 장애물이 기다리고 있었다. 이번에는 3피트 높이의 통나무 벽을 들것을 들고 넘어야 한다. 이때 네 명이서 밸런스를 맞추지 못하면 부상병이 들것에서 떨어질 수도 있다. 우선 들것 앞부분을 통나무 벽에 걸쳐 놓은 채 두 명이 힘껏 들고 있으면 두 명이 먼저 벽을 넘어서 받쳐주기로 했다. 그렇게 간신히 통나무 벽을 통과하니 이번에는 넓은 공간에 넘어져 있는 부상병을 총탄이 사방에서 날라오는 가운데 구해 내와야 하는 훈련이었다. 땅은 이미 빗물에 흙탕물이 되었고 군복은 이미 흙탕물에 흠뻑 젖어 있었다. 이번에는 바닥을 기어서 180파운드짜리 인형을, 들것이 없는 상태에서 군복 어깨 부분을 붙잡고 아군이 있는 곳까지 끌고 와야 하는 것이었다. 사방에서는 적군의 총탄이 날아든다. 쏟아지는 적군의 총알 속에서 부상당한 아군을 끌고 와야 하는 훈련이었다. 180파운드짜리 인형은 너무 무거워서 끌기가 어렵고, 비는 쏟아지고, 총탄은 날아들고 너무 힘들었다.

아군 있는 곳까지 끌고 와야 하는데 그 거리가 너무 길었다. 그러나 해냈다 모두 함께. 추운 날씨였지만 추운 줄을 모르고 훈련한 것 같다. 땀인지 빗물인지 온몸은 흠뻑 젖었다. 실제 전투에서도 살아남기를 바란다.

2주간의 파병훈련을 마친 후 모든 병사들은 파병지로 떠나갔다. 군목들은 따로 모여 5일간의 파병지에서의 장례식 훈련을 받아야만 했다. 이래저래 군목은 힘들다는 생각을 했다. 일반 장교들과 똑같이 훈련과 교육과정을 마치고도 군목들은 따로 필요한 훈련과 교육을 받아야만 했기 때문이다. 전쟁터에서는 무슨 일이 생길지 모르고 그에 대비한 훈련이니 꾹 참고 끝까지 버텨냈다.

전쟁터를 향해서 출발!

나 나름대로 파병을 대비하여 체력단련을 했다. 다른 장교들이나 사병들보다 나이가 많으니 뒤처지지 않고 그들에게 짐이 되지 않도록 그리고 무엇보다도 내 자신을 위하여 체력단련을 했다. 여름날의 샌버나디노는 다른 지역보다 덥다. 점심식사 후 일주일에 세 번 골프채를 차에 싣고 골프장으로 향했다. 시간은 오후 1시 반. 여름철 가장 더운 시간이다. 이 시간에는 골프 치는 사람들도 별로 없다. 이 시간에 골프 카트를 끌고 18홀을 걸어서 돌고 나면 집에 가서 저녁 먹을 시간이 된다. 나름대로 극기 훈련을 한 것이다. 아프가니스탄은 여름에는 덥고 겨울에는 추운 곳이기 때문에 여름에 무척 더운 샌버나디노는 체력훈련을 하기에 적합했다. 주위 환경도 막상 아프가니스탄에 가보니 비슷했다. 골프장에 가지 않는 날은 집 주변을 뛰었다. 교회를 지나 뛰다가 Del Rosa 언덕을 따라 끝까지 뛰어갔다 오면 왕복 3.5마일(약 5.6 Km)이다. 역시 가장 더운 오후 시간을 택해서 달리기를 하고 나면 온몸이 땀에 젖지만 기분은 좋다. 모두 다 파병을 위한 나 나름대로의 체력훈련이다. "체력은 국력!" 학교 다닐 때 귀가 따갑게 듣던 소리를 가슴속으로 외치며 파병지에서의 내가 할 일들을 정리하며 생각해 본다. 이제 2주간의 파병훈련도 끝났고 곧 파병을 가게 될 것이기 때문이었다.

2011년 12월 27일 화요일 새벽 4시 알람소리에 잠이 깨어 일어나니 아내는 벌써 부시럭거리며 준비를 하고 있었다. 밤새 잠을 제대로 자지 못한 모양이었다. 곧바로 짐을 챙겨 공항으로 향했다. 비행기 시간은 9시 반이지만 교통이 가장 혼잡한 출근 시간을 피하기 위하여 일찍 출발할 수밖에 없었다. 무거운 가방 세 개를 차에 싣고 공항으로 향하는 마음은 긴장되어 아내와 차 안에서 어떤 말을 했는지 별로 기억이 나지를 않는다. 공항에서 간단히 포옹을 하고 작별을 했다. 7개월, 별로 긴 시간은 아니지만 아내와 한 달 이상 떨어져 보기는 장교훈련과 군목훈련을 빼고는 오랜만이다. 괜찮겠지 스스로 위안을 하며 비행기에 올랐다. 비행기는 6시간을 날아서 메릴랜드 주의 볼티모어에 도착했다. 이곳에서 하루를 묵어야 한다. Comfort Suites에 전화를 하여 차를 보내달라고 했더니 15분 후에 차가 왔다. 캘리포니아와 세 시간

시차가 있기 때문에 벌써 저녁 5시 반이었다. 뒤척이다가 언제 잠이 들었는지 기억이 나지를 않는다. 다음날 아침 10시 공항에 나가서 미국 전역에서 온 다른 병사들과 함께 아프가니스탄 파병 특별 전세기에 올랐다. 모두 150명. 혹시라도 이들 중 죽어서 관에 누워 돌아오는 사람은 없을까? 왠지 오랜 친구들처럼 느껴진다. 벌써 전우애를 느끼는 건가. 비행기는 우리를 싣고 터키로 향했다. 거기에서 중간 급유를 하고 다시 독일로 향했다. 독일에 있는 미 공군부대인 Ramstein에 잠시 기착하여 휴식을 취하고 다시 출발하여 아프가니스탄의 북부에 있는 Kyrgyzstan이라는 나라의 Manas 미 공군부대에 늦은 밤에 도착하니 시간을 알 수가 없었다. 미국, 터키, 독일, 그리고 Kyrgyzstan까지 거치는 동안 몇시간의 시간 차이가 있었는지 계산이 안 되기 때문이다. 이제부터는 현지 시간에 맞추어 행동하는 수밖에 없었다. 현지 브리핑을 마친 후 잠자리에 들었다. 또다시 낯선 곳에서의 하룻밤이다. 다음날 아침 일찍 기상하여 물품을 지급받았다. 화학전을 대비한 특수방호복, 개스마스크, 철모, 방탄조끼 그리고 기타 여러 가지 장비를 지급받으니 또다시 가방 한 개가 되었다. 그곳은 몹시 추웠다. 눈이 펑펑 내리고 땅은 얼어붙어 있었다. 식당에서 일하는 민간인들을 만났는데 외모가 한국사람과 똑같았다. 혹시 조선족이냐고 물었더니 현지인들이라고 대답하였다. 나중에 파병지에서 만난 한국사람한테 역사를 들어보니 조선 말엽 일제 강점기에 일제의 핍박을 피하여 만주와 소련을 지나 그 멀리까지 이주를 한 우리 민족들이 있었다고 한다. 우리와 닮은 그들은 그 후손들이었을 것으로 추측된다. 그래서 외모가 한국인과 똑같았던 것이다. 안타깝게도 그들이 한국의 문화와 언어를 잃어버린 건 오래전이다. 아쉽지만 안타까운 역사를 뒤로하고 그곳에서 이틀을 머문 후 C-17 수송기를 타고 아프가니스탄으로 향했다. 무거운 방탄조끼에 철모까지 쓰고 나니 몸이 몹시 무거웠다. 아프가니스탄에 도착하니 또다시 밤이다. 생각해보니 밤에만 이동을 하였다. 아프가니스탄의 밤은 더 추운 것 같았다.

Kandahar, 그곳은 탈레반의 정신적 고향(Spiritual home)이다. 바로 그곳에 탈레반의 본부가 있었기 때문이다. 탈레반을 몰아내고 소련군이 칸다하르를 점령한 후 아프가니스탄을 점령하기 위한 거점으로 10여 년을 사용했다. 이번에는 나토군이 칸다하르를 점령하고 미국을 비롯한 약 00개국의 NATO(북대서양 조약기구) 군이 20여 년간 주둔해 있었다. 2001년 9월 11일 테러리스트의 공격으로 3,000여 명의 미국인들이 사망하였다. 미국 본토가 공격받은 최초의 사건이다. 9.11 테러가 일어나던 날 나는 부대의 군목 사무실에 있었다. 나는 부대에서 TV를 통하여 World Trade Center 와 Pentagon 그리고 Washington이 공격받는 모습을 지켜보았다. 부대는 비상이 걸렸고 곧바로 모든 병사들은 부대 안에 머물며 만일의 사태에 대비해야만 했다. 미국은 곧바로 아프가니스탄에 미사일로 공격했고 오사마 빈 라덴은 미국의 적이 되어 도망치는 신세가 되었다. 미국은 우선적으로 칸다하르를 점령하였다. 칸다하르에 도착해 보니 텔레반의 본부였던 그 건물이 나토군 병사들을 실어나르는 비행장 터미널로 이용되고 있었다.

그 건물 곳곳에는 로켓파편 혹은 총탄 자국들이 그대로 남아 있었다. 부대주변에는 구소련이 침입했을 때 깔아놓은 지뢰들이 즐비하다.

아프가니스탄의 칸다하르에 위치한 나토군 부대에서의 파병생활은 이렇게 시작이 되었다. 내 생애의 가장 큰 경험이 될 것이고 생각하지 못했던 일들도 많이 일어났다. 온몸이 긴장되어 왔다. 다른 병사들도 마찬가지인 것 같아 보였다. 모두 다 얼굴이 굳어져 있었다. 그동안 나름대로 체력단련을 하고 훈련도 받았지만 막상 현지에 집을 떠난 후 나흘 만에 도착해 보니 모든 것이 낯설고 생소하기만 했다. 낯선 풍경, 낯선 사람들. 나와 교대할 마중 나온 군목과 함께 숙소에 가서 짐을 풀고 잠자리에 들었다. 파병지에서의 첫날 밤이었다. 몹시 추웠다 그런데 담요가 없었다. Manas에서 물품을 지급받을 때 당연히 담요는 있을 줄 알고 안 가져온 것이다. 할 수 없이 군복을 입은 채 양말을 신고 일주일간 같이 지낼 다른 군목한테서 담요 한 장을 빌려서 덮어보았다. 그런 대로 견딜 만한 것 같았다. 캘리포니아와의 시차는 11시간 30분이다. 세계의 다른 시간대는 시간적 차이가 있을 뿐 분 단위로 쪼개지는 않는데 그곳은 11시간 30분 차이가 있었다. 왜 하필 30분이 더 해졌을까 하는 생각도 들었지만 더 생각할 시간조차 주어지지 않았다. 당장 해야 할이 생기고 바빠졌기 때문이었다. 우선 온몸을 살펴보며 혹시 아픈 곳은 없는지 스스로 검사를 해보았다. 괜찮은 것 같았다. 잘할 수 있을 거야. 스스로 다짐을 해보았다. 이후 7월13일, 집으로 돌아올 때까지 40번이 넘는

Dignified Transfer(파병지에서의 장례식), 150번의 상담, 매주 두 번씩 새로 파병되어 오는 군인들을 위한 Combat Orientation 및 종교교육, 50번이 넘는 탈레반의 로켓공격, 헬리콥터 추락사건, 이슬람교의 경전인 코란을 불태운 사건, 육군사병의 아프간 민간인 16명 학살사건, 10살짜리 소녀의 자살폭탄 사건, 자살폭탄 차량의 부대 돌진 사건, 두 번의 Memorial Service, 매일 심방, 매주 7번의 Field Worship(전쟁터에서의 간단한 야외예배)을 치르면서 2011년 12월 26일에 출발하여 2012년 7월 13일에 돌아온 공군 군목으로서의 파병생활은 일생을 통해서 가장 기억에 남는 경험이 되었다.

칸다하르의 낮과 밤

Kyrgyzstan을 출발하여 다시 아프가니스탄으로 향하는 수송기에 몸을 실었다. 역시 밤늦게 현지에 도착을 하였다. 작전상 밤에만 이동을 하는 것 같았다. 전임자가 될 군목의 안내를 받아 숙소에 들어가니 역시 한밤중이었다. 숙소는 수출용 컨테이너를 쌓아놓고 방으로 꾸며 침대 네 개씩을 넣어놓은, 그래도 텐트보다는 나은 곳이었다. 방이 너무 비좁아 두 사람이 함께 지나갈 수는 없었다. 자신의 간단한 비품과 침대 한 개로 방이 가득 차 있지만 그곳에서 7개월을 생활했다. 그곳에 도착한 지 며칠이 안 되어 탈레반의 환영식이 있었다. 공습경보가 발령되고 탈레반의 로켓

공격이 있었던 것이다. 공습경보가 울리면 그 자리에서 엎드려 귀를 막고 머리를 감싸고 2분 동안 있다가 가까운 방공호로 대피하라는 훈련을 받았다. 시멘트로 지어진 견고하고 튼튼한 방공호에서 처음으로 맞는 탈레반의 로켓공격, 그러나 실감이 나지 않았다. 늦은 밤에 있었던 로켓공격인지라 옷을 제대로 챙겨 입지 못해서 파자마 바람으로 머리는 풀어헤친 채 총을 들고 방공호로 대피한 여군도 있었다. 다급한 상황에서 제대로 옷을 챙겨 입지 못하는 것은 당연한 일이었다. 속옷은 안 되지만 최소한 파자마는 입고 방공호로 대피해야 하는 것이 수칙이었다. 방공호에 들어가면 이번에는 모기들이 공습을 했다. 탈레반만큼 조심해야 하는 것이 모기이다. 아직도 아프가니스탄은 여행 금지구역이며 말라리아 전염병 위험지역이었기 때문이다. 파병된 모든 병사들은 매일 말라리아 예방약을 먹어야만 했다. 나도 파병 2주일 전부터 매일 말라리아 약을 먹고 파병된 7개월간 매일 먹고 파병에서 돌아온 후에도 2주간 말라리아 약을 먹어야만 했다. 전쟁터에 도착하자마자 로켓공격이 나를 반겨주었다.

약 30여 년 전 구소련이 아프가니스탄을 침공했을 때 이에 맞서 싸웠던 인물이 오사마 빈 라덴이다. 미국은 그에게 무기를 공급해 주고 소련과 맞서 싸우도록 도와주었다. 그의 병사들을 훈련시켜 주고 자금도 대주었다. 마침내 소련은 10년 전쟁에 실패하고 아무것도 얻지 못한 채 철군하고 말았다. 미국이 월남에서 10년 동안 싸웠지만 결국 물러난 것처럼. 소련이 떠난 후 이번에는 미국 주도의 다국적군(NATO)이 2001년 9월 11일 뉴욕과 펜

타곤 그리고 워싱턴에서 탈레반이 테러를 저지르자 아프가니스탄에 쳐들어갔다. 오사마 빈 라덴과 그의 탈레반은 이제는 미국을 상대로 싸우고 있는 것이었다. 역사는 반복되고 있지만 인간은 역사를 통해서 교훈을 얻지 못하고 또다시 실수를 저지르고 있는 것이었다. 로켓이 가까이에서 터지면 지진이 난 것처럼 땅이 흔들린다. 오래된 무기들이라 명중률이 높지 않아서 그나마 다행이었다. 한 번은 로켓이 내가 늘 심방 가는 부대의 정문 앞에 떨어져 그곳에 있던 파이프들과 여러가지 물건들이 부서진 것을 보았다. 그 바로 옆에는 F-16 전투기 격납고가 있었는데 만일에 전투기가 맞았다면 엄청난 피해를 볼 수밖에 없는 상황이었다. 다행히도 로켓 공격에 의한 인명피해는 없었고 땅만 깊게 파이면서 흙먼지만 일으킨 것으로 끝났다. 내가 부대에 도착하기 전에 로켓 한 발이 부대 안의 Flight Medic(비행기로 환자를 수송하면서 돌봐주는 의료진)이 사용하는 텐트에 명중하며 그 텐트가 불에 타고 부서지는 피해를 입었지만 다행히도 인명 피해는 없었다고 한다. 내가 파병된 기간 동안 약 50여 번의 로켓공격이 있었고 매번 방공호로 대피해야 했지만 로켓으로 인한 직접적인 인명피해는 없었다. 그들이 가진 로켓이 명중률이 높지 않은 것을 다행으로 생각해야 할 것 같다.

아프가니스탄에서는 일주일에 7번의 예배를 인도하고 많은 시간을 심방과 상담에 할애하면서 파병생활을 하였다. 내가 가기 전에는 일주일에 세 번의 예배가 있었지만 장병들에게 필요하다고 생각되어 4번의 예배를 추가하였다. 전쟁터에서의 예배는 찾아가는 예배이다. 전쟁터의 병사들은 12시간 근무하고 12시간 휴식을 취한다. 물론 전투가 벌어지면 쉬는 시간은 없다. 쉬는 날도 없다. 따라서 그들을 위한 예배는 예배처가 아닌 그들이 있는 곳으로 군목이 찾아가서 모아놓고 인도하는 예배 형태이다. 또한 전쟁터에서 장병들에게 필요한 야외 성만찬을 인도하려면 최소한 제단이 있어야 하는데 주위를 아무리 둘러보아도 제단으로 쓸만한 것이 없었다. 할 수 없이 위문품으로 보내온 박스를 엎어놓고 그 위에 위장색으로 만들어진 커다란 손수건을 덮어서 가린 후 제단으로 사용했다. 매일 10개의 다른 Squadron(단위부대)을 정기적으로 심방하면서 병사들을 돌봐 주고 그들의 고충을 들어 주면서 목회를 하였다. 그중에는 자식뻘 되는 어린 병사들도 있었다. 엄마 보고 싶다고 울던 병사도 있었고 아내가 보고 싶다고 울던 병사도 있었다. 아내와 이혼수속을 밟으면서 고통스러워하던 병사들도 있었다. 파병된 병사들이 전장에서 이혼수속을 밟는 모습을 보면서 왜 전쟁터에 와서 이혼수속을 해야 하는 건지 참으로 안타깝고 이해하기가 어려웠다. 국방부에서도 이 점을 심각하게 생각하며 더 많은 병사들의 고충을 들어주고 상담 치료하기 위해서 특별한 관심을 가지고 있었다. 대부분 개인적인 문제이고 본인들이 감당해야 하는 문제인지라 그저 안타까울 뿐이었다. 나는 파병된 법무관과 함께 의논하면서 병사들의 여러가지 문제들을 돕기 위해서 노력을 하였다.

하루는 어린 병사가 찾아왔다. 이혼 문제로 너무 골치가 아파서 어찌할 줄을 모르겠다는 것이었다. 자신은 이혼을 원치 않는데 아내가 이혼을 원한다는 것이었다. 더욱이 옆에서 이혼을 부추기는 사람은 바로 아내의 어머니라는 것이었다. 남편이 파병을 가 있는 동안 아내가 이혼을 요구하는 이유는 파병 기간 동안 더 많은 수입이 있고 아내는 더 많은 시간이 있기 때문인 것 같았다. 더 많은 돈과 시간이 탈선을 부추기는 것이었다. 남편은 목숨을 담보로 전쟁터에서 국가를 위해 싸우고 있는데 철없는 아내는 이혼을 요구하는 경우였다. 그 병사는 이혼을 하게 되면 재산도 분배해야 하는데 자신이 아끼는 개인 물건들이 차고에 많이 있는데 그 물건들을 아내가 모두 가져가면 어찌하느냐고 물었다. 나는 그 질문에는 대답을 해줄 수가 없어서 그 병사를 군법무관에게 데리고 갔다. 법무관은 상세하게 이혼에 대처하는 방법을 가르쳐 주었다. 나도 옆에서 모두 듣고 앉아 있는데 그 법무관이 농담으로 말했다. "이젠 모두 들었으니 다음에 목사님이 이혼하게 되면 슬기롭게 대처할 수 있겠습니다". 나는 쓸쓸히 웃을 수밖에 없었다. 그 병사는 문제가 점점 심각해져서 내가 매주 한 번 심방하면서 상담을 해주었다. 그저 인생 선배로서 조언을 해주면서 그도 크리스천이었기에 함께 기도하였다. 스스로를 향한 분노 그리고 이혼 문제 때문에 전투를 수행하기가 어려워서 그를 Anger Management(분노조절) 클래스에 참석시켰다. 마침내 그 병사는 주어진 기간 동안 힘들게 임무를 마치고 집으로 돌아갈 수가 있었다. 그 병사는 이혼을 했을까? 했다면 지금은 어떻게 살고 있을까?

아프가니스탄의 눈물

아프가니스탄은 무슬림 국가이다. 국민의 95% 이상이 무슬림이다. 그중 수니파가 85% 그리고 시아파가 15%인데 두 종족 간의 과도한 대립이 아프가니스탄이 발전하지 못하는 중요한 원인으로 꼽히기도 한다. 해외에 파병되는 미군 병사들은 우선 군목으로부터 파병되는 나라에 관한 종교교육을 받는다. 파병될 나라가 현재 종교적으로 어떤 상황에 있으며 어떤 문제가 생길 수 있는지를 병사들에게 미리 브리핑을 해서 불필요한 종교적 마찰을 피하게 하려는 것이다. 내 자신이 아프가니스탄에 파병되어 새로 파병되어 오는 병사들에게 현지에서의 종교교육을 시키는 것도 중요한 일 중의 하나였다. 중요한 것 중의 하나는 부대 내에 이슬람 사원이 있다는 점을 강조하는 일이었다. 그 이유는 아프가니스탄에 파병한 약 00개 나라 가운데는 이슬람 국가인 아랍에미레이트(UAE) 라는 나라도 있는데 우리가 잘 아는 대로 세계에서 유일한 별 일곱 개 호텔이 있는 두바이로 유명한 나라이다. 그 나라도 나토 연합군의 일원으로 병사들을 파병하여 주둔하고 있었는데 자국의 병사들을 위하여 이슬람 사원을 가지고 있었다. 물론 나무로 지은 임시 건물이었다. 아프가니스탄 정부군 역시 자국 병사들을 위하여 부대 내에 이슬람 사원을 가지고 있는데 매주 금요일이면 그들이 모여서 기도를 하였다. 금요일은 기도하는 날이기 때문에 일을 하지 않는 것이 내 눈에는 이상하게 보였다. 문제는 아프가니스탄 병사들이 그들의 종교인 이슬람을 믿는 것은 좋은데 극히 공격적이라는 점이었다. 그들과 종교적인 문제로 논쟁을 벌이는 것은 전혀 무의미한 일이었다. 나아가 그들을 자극하게 되면 그들은 같은 편인 다국적군도 공격을 하는 경우도 있었다. 종교적인 문제로 논쟁을 벌이다가 아프가니스탄 병사에게 사살된 미군장교도 있었다.

나는 아프가니스탄에 새로 파병되어 오는 병사들에게 종교교육을 시키면서 꼭 당부하는 말이 있었다. 본인이 이슬람을 믿지 않으면 이슬람 사원 근처에는 가지도 말라는 당부였다. 그들은 그들의 종교에 대해서는 지나치다 싶을 정도로 편협한 생각을 가지고 있기 때문에 알라신을 모욕하는 어떤 언행도 용납하지 않는다. 식당이나 혹은 길에서 아프가니스탄 정부군 병사들과 마주치면 절대 종교적인 이야기는 하지 말라고 당부를 하기도 하였다. 이슬람 서적이나 종교적인 물품을 발견하면 즉시 나에게 가져오라고 당부도 하였다. 혹시 잘못 만지거나 취급하다가 이슬람을 모욕하는 행위로 비쳐지면 아프가니스탄 병사들을 자극할 수도 있기 때문이었다. 실제로 아프가니스탄 북부지역의 바그램(Bagram)이라는 곳의 미군부대 내에서 이슬람의 경전인 코란을 불태우는 사건이 있었다. 아프가니스탄 사람들은 그에 분개하여 데모하는 사건이 일어나고 신문과 방송에서도 보도하여 시끄러웠던 일이 있었다. 그 사건은 내가 칸다하르(Kandahar)에 있었을 때 일어난 사건인데 그 사건의 실제는 이랬다. 부대 내에서 나오는 모든 쓰레기들은 소각하게 되어 있다. 혹시라도 있을지 모르는 정보유출을 방지하기 위해서인 것이다. 그런데 어느날 부대 내에서 일하는 아프가니스탄 사람이 쓰레기를 태우다가 쓰레기통 속에 있던 코란을 발견하고는 동료들에게 말하게 되었다. 이것을 안 부대 내에서 일하는 아프가니스탄 일꾼들이 그들의 경전인 코란을 쓰레기통에 버린 것에 대한 항의가 일어나 사건이 확대된 것이었다. 이슬람 교인이 아닌 다음에야 대부분의 사람들은 그 책이 코란인 줄 알지 못한다. 별 생각 없이 쓰레기 통에 버린 것이고 그것을 우연히 아프가니스탄 사람이 쓰레기를 태우다가 발견하게 된 것 이었다. 어쨌든 나는 병사들에게 혹시라도 있을지 모르는 종교적 분쟁을 방지하고 타종교를 가볍게 여기지 않도록 교육을 시켰다. 잘 모르는 책이 있으면 손대지 말라고 모든 병사들에게 주의를 주었다. 아프가니스탄 전쟁은 한편으로는 문화 전쟁이었다.

아프가니스탄은 역사도 오래되고 과거에 찬란한 문명을 꽃피웠던 문명 국가였다. 그랬던 나라가 세계에서 가장 가난한 나라에 꼽힐 정도로 국민들이 기아와 질병에 허덕이고 있는 불쌍한 나라이다. 파병 생활 중 아프가니스탄이 한국과 비슷한 처지에 있었던 것을 알고는 측은지심이 든 적도 있다. 지도를 펴놓고 보면 아프가니스탄은 그야말로 사통팔달할 수 있는 위치에 놓여 있음을 보게 된다. 중국, 러시아, 파키스탄, 그리고 인도와 국경을 맞대고 있다. 그중에서도 내가 파병생활을 했던 칸다하르는 아프가니스탄의 남부에 위치해 있다. 아프가니스탄은 이런 지정학적 위치 때문에 주변 강대국들로부터 많은 침략을 당했던 것이다. 영토는 텍사스 주보다 조금 작은 정도이고 그들의 평균수명은 2019년도 기준으로 53세였다. 이렇게 평균수명이 짧은 이유는 영아 사망률이 높고, 지속적인 분쟁, 그리고 열악한 의료시설 때문이다. 오랜 전쟁으로 국토는 황폐화되었다. 구 소련이 침입했을 때는 의도적으로 그들의 농토를 파괴하여 땅은 있지만 농사 지을 여력이 남아 있지를 않은 상태였다. 여성은 아직도 인권을 존중받지 못하고 교육받을 기회도 얻기 어려우며 지하자원은 풍부하지만 개발할 능력도, 돈도, 기술도 없다. 이 나라가 어떻게 다시 일어날 수 있을까? 내가 아프가니스탄에 파병되었을 때는 오바마가 대통령인 때였다. 오바마 대통령이 2014년까지는 아프가니스탄에서 완전철수를 다짐했지만 내가 복무하던 중 부대를 방문한 4성 장군은 말하기를 완전철수는 불가능하고 부대를 운용할 최소 인원은 남겨둘 것이라고 했다. 이땅이 전쟁의 상처를 딛고 평화의 상징으로 거듭날 수 있는 길이 과연 열릴 것인가? 지정학적 위치를 역이용하여 찬란한 문명을 다시 한번 꽃피워 볼 수 있는 기회를 과연 가질 수 있을 것인가? 어쩌면 강대국들에 의해, 타의에 의해서 강제적으로 세계화를 가장 먼저 체험한 나라인지도 모른다. 힘과 재정능력이 있으면 세계화를 두려워할 필요가 없지만 힘이 없으면 세계화의 희생양이 될 수밖에 없는 상황이었다. 그것이 냉혹한 국제관계이다. 선진국이든 후진국이든 동등하게 자신의 안마당을 열어놓고 동등하게 경쟁해야 하는 것이 세계화 시대였다.

하루는 이런 생각을 해보았다. 미 군법에 의하면 군목은 무기를 휴대하지 못한다. 그런 이유로 제네바 협정에 의해서 적에게 포로가 되었을 경우 보호받도록 되어 있다. 하지만 탈레반에게 잡혔을 경우에도 보호받을 수 있을까? 탈레반은 정규군이 아닌 테러집단이기 때문에 국제법상 군대가 아니다. 따라서 탈레반에게 잡혔을 경우에는 제네바 협정 자체가 효력이 없을 수도 있다. 그러니 더욱 조심해야만 했다. 탈레반에게 미군 군목이 잡히면 아마도 지상 최대의 원수를 만났다고 죽이려 들 것이다. 군목은 위험한 부대 바깥으로 나가지를 못하게 한다. 부대 안에서조차 안심할 수가 없다. 부대 안에서 일하는 아프가니스탄 일꾼들 중에는 탈레반과 연계된 사람들도 있고 종교적인 이유로 다국적군과 말다툼을 하다가 총으로 사살하는 경우도 있기 때문이다. 종교는 가장 신성하고 평화적이어야 하는데 서로 다른 종교를 가진 사람들끼리는 가장 미워하는 적이 될 수가 있다. 단지 서로 종교가 다르다는 이유만으로. 이것이 이슬람국가인 아프가니스탄에서 파병생활 하면서 느낀 가장 어려운 질문 중 한 가지였다. 가장 종교적인 사람이 가장 미워하는 원수가 될 수가 있다는 것. 아무튼, 부대 안에서도 내 몸은 내 스스로 지키는 것이 가장 현명한 것 같았다. 유사시에는 나를 보호해 줄 수 있는 Body Guard가 필요할 것 같아서 평소 잘 알고 지내던 대위 두 사람에게 이야기를 해서 늘 함께 행동을 하였다.

　탈레반이 구 소련을 상대로 싸울 때 미국 정부는 그들에게 무기를 공급하고 구 소련과 맞서 싸우도록 도와주었다. 오사마 빈 라덴은 아프가니스탄이 구 소련을 상대로 싸울 때 아프간 무장 세력을 이끌던 지도자였다. 2011년, 오사마 빈 라덴은 미국의 특수

부대에 의해서 사살되었다. 탈레반과의 싸움(국제법상 나라와 나라와의 교전이 아니기 때문에 전쟁이라는 단어는 맞지 않음)은 쉽지 않은 것이다. 그들의 싸움터는 산악 지형이고 그들은 게릴라전에 능숙하며 수백 년 동안 다른 나라들과의 싸움에서 단련된 전사들을 가지고 있기 때문이다. 그들은 동굴 속에서 은신하고 지형지물에 익숙하기 때문에 첨단 무기로 무장한 다국적군도 그들을 모두 잡기가 쉽지 않았다. 베트남전은 10년 기간이었지만 아프가니스탄 전쟁은 20년이었던 이유가 거기에 있다. 미국 역사상 가장 긴 전쟁이었다. 마침내 바이든 대통령은 이해할 수 없는 방법으로 어느 날 갑자기 철군을 하였다. 많은 무기와 미국인들을 남겨두고 군대가 먼저 철수를 하였다. 도저히 이해할 수 있는 일이 아니었다. 참전한 많은 군인들을 욕되게 하는 일을 저지르고 말았다. 이렇게 20년 아프가니스탄 전쟁은 끝이 났다. 남겨진 상처는 누가 치료할 것인가?

전쟁은 한밤중에도 진행형이다

새벽 두 시에 걸려온 응급전화. 분명히 사건이 터진 것임을 직감하고 전화를 받았다. 얼른 군복을 입고 현장에 도착해 보니 밤에 근무하던 사병 한 명이 아내와 통화를 한 후 마음의 동요를 일으켜 정신적으로 혼란한 상태에 있었다. 그런 부하를 걱정한 직속상관인 소령이 나에게 전화를 한 것이었다. 나이는 23살, 아내와 한 살짜리 아들이 있었다. 우선 그 사병을 조용한 방으로 데리고 가서 불안감을 해소하고 심리적 안정을 되찾도록 도와주었다. 함께 차를 마시며 이야기를 나누고 상담을 마치고 나니 새벽 4시. 이야기는 잘 된 것 같지만 이제 잠이 들기는 틀렸다. 사무실에 가서 책을 뒤적거리다가 사무실 소파에 누워 잠시 눈을 붙였다. 시간이 몇 시인지는 모르지만 창문 쪽이 밝아오면서 잠이 깨었다.

매주일 목요일 오후에 찾아가는 Rescue Squadron(긴급 구조반) 부대장이 내게 전화를 했다. 달려가 보니 거기도 사건이 있었던 모양이다. 그날 탈레반의 공격이 있었고 육군 ○명이 사망하고 ○명이 부상을 입었는데 공군 긴급구조반이 출동했을 때는 이미 상황이 종료된 뒤였다. 사망자의 시신과 부상자를 데리고 부대로 돌아왔는데 긴급 구조반 중 한 명은 파병도 처음이고 긴급 구조반으로서도 첫 출동이었다. 탈레반의 폭탄 공격으로 산산이 찢긴 동료의 시신을 수습하여 돌아오긴 했는데 마음에 큰 상처가 된 것이다. 계속 울고 있었다. 작전상황이 종료되면 함께 Debriefing(성과토론)을 하면서 다음번에 좀더 잘할 수 있도록 서로를 격려하는데 그 사병은 계속 울고 있었다. 죽은 동료의 시신을 보면서 그 가족들을 생각했을 것이다. 아마 전우의 시신도 눈앞에 어른거렸을 것이다. 나이는 이제 21살. 그런 큰 사건을 경험하기에는 어린 나이였다. 그럴 때 군목의 도움이 필요하기 때문에 그 Unit의 Commander가 나를 찾은 것이었다. 나는 그 사병의 옆에 앉아서 어깨를 다독거리며 함께 손을 잡고 기도를 하고 오래도록 옆에 앉아 있다가 돌아왔다. 그 다음날 장례식을 치렀다. 시신이 수습되는 즉시 부대 안에 있는 Mortuary에서 시신을 깨끗이 씻고 관에 넣어 시간에 관계없이 낮이든 밤이든 장례식을 치르고 시신을 가족들에게 돌려보낸다. 그 아들도 분명이 건강히 잘 다녀오겠다고 가족들에게 인사를 하고 왔을 텐데 이렇게 시신이 되어 돌아가다니 가슴이 찡하고 아파왔다. 그날밤 11시, 숨진 병사들의 Dignified Transfer(파병지에서의 장례식)을 치렀다. 장례식을 치를 때마다 눈물이 흘렀다. 교회에서 교인들의 장례식을 많이 치렀지만 전쟁터에서 죽은 젊은 병사의 장례식은 더 슬펐다. 바로 자식을 잃은 부모 때문이다. 전쟁터에 보낸 자식을 관에 누운 차디찬 시신으로 받아야 하는 부모의 마음은 얼마나 아팠을까. 아들이 전쟁터에 있는 동안 부모의 마음은 몹시도 불안했을 것이다. 그 불안했던 마음이 현실이 되었을 때, 그때의 심정은 지금도 헤아리기 어려운 심정으로 남아 있다.

파병 주둔지에서의 예배는 일반 부대 안에서의 예배와는 다르다. 제대로 시설이 갖추어진 예배실이 없기 때문이다. 텐트로 세워진 시설이거나 낡은 임시 목조건물을 예배실로 개조하여 쓰고 있었다. 파병지에서의 병사들은 하루 12시간을 근무하며 쉬는 날도 없다. 따라서 주일날 예배 드리기 위해서 근무를 빠지기는 어려운 현실을 감안하여 군목은 그들이 근무하는 곳으로 찾아가 그들의 근무지에서 Field Worship(전쟁터에서의 간단한 예배)을 인도한다. 사정에 따라서 막사에서 예배를 드리기도 하고 텐트에서 혹은 회의실에서 예배를 인도하기도 한다. 이렇게 일주일에 서로 다른 장소에서 7번의 예배를 인도하였다(주일은 4번 주중에는 3번). 한 달에 한 번은 그들을 위해 성만찬을 베풀었다. 원래 군목을 돕는 군종사병이 있기 마련이지만 예산문제로 군종사병을 둘 수가 없어서 예배에 정기적으로 참석하는 사병 한 명에게 부탁하여 성만찬 가방을 메고 따라오게 하여 성만찬을 주재하였다. 성만찬에 쓰일 주스와 빵은 식당에서 얻어다 쓴다. 제단은 빈박스를 엎어놓고 군용 담요나 천을 덮어서 씌워놓고 십자가를 올려놓으면 된다. 무더운 여름날 텐트에서 예배를 인도할 때면 등뒤에서 쉴 새 없이 땀이 흘러서 속옷까지 흠뻑 젖는다. 여름 한낮의 기온은 화씨 110도(섭씨 43도)를 넘는다. 밖으로 나가면 뜨거운 바람이 피부에 와 닿는다. 바깥에서 예배드릴 장소는 마땅치가 않아서 담배 피우라고 만들어놓은 위장막 텐트에서 인도했다. 따가운 햇빛만을 가리는 역할을 하기 때문에 덥기는 마찬가지였다. 앉아 있기만 해도 땀이 줄줄 흘렀다. 예배에 참석한 병사들에게 미안한 마음이 들 정도였다. 저들도 근무 중에 잠시 나온 것이니 예배를 오래 드릴 수가 없다. 예배를 마치면 항상 서로 손을 잡고 기도해준다. 이때 진한 전우애와 형제애를 느낀다. 전쟁터에서 함께 하는 동료라서 그런지 더욱 사랑스러운 마음이 들었다. 하나님의 사랑은 전쟁터에서도 여전히 사람들의 마음을 비추고 있었다. 힘들고 어려운 상황에서는 더욱 의지할 대상이 필요한 것 같다. 많은 병사들이 전쟁터에서 하나님을 만나기를 기대해 보았다.

적요한 하늘의 아프가니스탄

아침부터 날씨가 흐리고 이상하더니 급기야 눈이 내리기 시작했다. 그곳은 해발 3,400피트, 그리 높지도 않은데 겨울에는 몹시 춥고 여름에는 몹시 덥다. 드디어 함박눈으로 변하더니 앞을 볼 수 없을 정도로 퍼붓기 시작했다. 전쟁터이지만 눈은 하얗고 아름다웠다. 길은 얼어붙었다. 그곳에 도착한 날짜는 2011년 12월 30일 추운 겨울이었다. 캘리포니아에서는 보기 어려운 광경이다. 대부분의 병사들과 장교도 차량이 꼭 필요한 직책이 아니면 차가 없다. 하지만 군목은 거의 매일 병사들을 돌보며 돌아다녀야 하는 직책이기 때문에 차량이 주어진다. 눈이 쏟아지기에 조심조심 운전하며 목적지를 향했다.

그날 아침의 임무는 우선 어려움에 처한 병사를 위한 상담이다. 도착해 보니 Unit Commander가 반갑게 맞아준다. 그 병사는 아내와의 이혼 수속 중 정신적 어려움을 호소하여 군목과의 상담을 명령받은 것이다. 참으로 이해하기가 어려웠다. 하필이면 파병지에서 이혼 수속이라니. 150여 번의 병사들과의 상담 중 대부분이 가정 문제였다. 특히 이혼 문제가 가장 심각하고 그 뒤를 이어 재정 문제가 두 번째였다. 그 병사는 정신적 충격이 커서 단순히 상담만으로는 치유가 어려워 보였다. 나는 일단 Unit Commander에게 그 병사의 무기를 회수할 것을 조언하고 정신과 치료를 병행하도록 하였다. 이렇게 정신적 혹은 심리적 문제까지 겹쳐서 특별 관리대상에 넣은 병사가 세 명이었다. 정신적 혹은 심리적 압박감을 강하게 느낄 때 무기를 가지고 있으면 순간적 충동으로 어떤 일을 벌일지 모른다. 실제로 육군병사 한 명이 총기로 민간인 16명을 학살한 사건이 일어나서 부대 전체에 비상에 걸린 사건이 있었다. 그 일로 인하여 오바마 대통령이 아프간 대통령에게 사과를 하고 부대 내에 있는 아프간 정부군 병사들의 동향을 예의 주시했던 일이 있다. 혹시 모를 아프간 병사들의 동요 때문이었다. 그 세 명 중 한 병사와는 지속적으로 열 번의 상담을 하였다. 이미 나의 권고에 의하여 총기는 반납한 처지였다. 그러나 나와는 별다른 감정의 변화 없이 지속적으로 만났다. 왠지 슬퍼 보이는 눈을 가지고 있었다. 정신적으로 힘들어서였을 것이다. 파병지에서 이혼수속을 해야 하는 병사의 마음을 어떻게 해야 위로해 줄 수가 있을까?

오전인데 갑자기 폭발음이 들리고 밖이 시끄러웠다. 나는 탈레반의 로켓공격으로 생각하고 즉시 방공호로 대피하려 했다. 이상하게도 대피방송이 나오지 않았다. 의아하게 생각하고 있는데 밖에 있던 병사가 소식을 전해 주었다. 자살폭탄 차량 한 대가 부대의 남쪽 정문으로 돌진해 오다가 정문을 지키던 초병들의 집중사격으로 실패하고 민간인 사상자만 생긴 것이었다. 부상을 입거나 죽은 사람들은 모두 다 아프간 주민들이었다. 말로만 듣던 자살폭탄 차량, 실제로 그들이 사용하는 폭탄은 집에서 직접 제조한 질소비료로 만든 폭탄이지만 그 위력은 대단하다고 했다. 아프간 사람들은 전통적으로 질소비료를 이용하여 폭탄을 제조하고 그것을 농사 짓는 데 사용해 왔다고 한다. 밭을 개간하다가 큰 바위가 나오거나 나무뿌리를 제거해야 할 때 그들은 집에서 만든 질소비료 폭탄을 사용하여 장애물을 제거해 왔다고 한다. 이제는 농사에 쓰이던 폭탄이 그들의 적인 다국적군을 향해서 사용되고 있는 것이다. 실제로 이 폭탄으로 인하여 거의 매일 미군 병사들이 죽거나 다치고 있었다. 그 위력이 대단해서 순찰을 할 때 주로 사용하는 Humvee 차량 정도는 뒤집어지게 하고 휴지조각처럼 파괴해 버린다. 작전 중 사망하거나 부상을 입는 병사들은 이 차량을 이용해 순찰을 나갔다가 당하는 것이었다. 이보다 더 큰, 차량 한 대 값이 무려 98만불인 MRAP(Humvee 보다 크고 8명이 탈 수 있는 방탄차량)도 그들이 만든 폭탄에 걸리면 파괴될 수 있다. 피해를 최소화하기 위해서 K-9(군견) 부대를 운용하며 길가에 설치해 놓는 폭탄을 찾아내려고 애를 쓰지만 쉽지는 않은 일이었다. 폭탄을 미리 발견하기 위해서 군견을 데리고 순찰을 나가는 병사에게서 그런 어려움을 몇 번 들은 적이 있다. 부대 안에는 그런 군견들을 훈련시키는 시설들도 있었다. 개도 사람 못지않게 아프가니스탄 전쟁에 참여하고 있는 것이다. 부대 밖의 철조망 밖에는 구 소련이 설치해 놓은 많은 지뢰들이 아직도 그대로 남아 있다. 그런 이유로 부대 밖으로 나가는 것은 대단히 위험하다. 그런 위험을 무릅쓰고 부대 밖 철조망 너머로 아프가니스칸 주민이 낙타와 양을 몰고와서 풀을 뜯기고 있었다. 부대 안에서 밖으로 나가는 하수도이지만 낙타와 양들에게는 꼭 필요한 물인 것 같다. 그 물을 먹이려고 낙타와 양을 몰고 부대근처 철조망 가까이까지 오는 것이다. 하지만 양치기인 그들이 언제 총을 들고 공격을 할지 모른다. 철조망을 돌면서 운전하다 보니 구 소련이 아프가니스탄을 침략했을 때 사용했던 전차와 장갑차가 버려진 채 뒹굴고 있었다. 녹슬고 못쓰게 된 무기들이지만 한때는 위풍당당하게 아프가니스탄에 쳐들어왔을 것이다. 이제는 소련군은 물러나고 세월이 흘러 쓸모없이 버려진 고철 덩어리로 녹이 슬어가고 있었다. 전쟁의 참혹함이 그대로 녹아 있는 모습이었다. 탱크를 녹여 농기구로 만들 날은 언제 올 수 있을까?

NATO의 속살

속살을 보고야 말았다. NATO(북대서양조약기구)가 주둔하고 있는 칸다하르는 각국 병사들의 군복도 다르고 계급장도 다르기 때문에 서로가 알아 보기가 어려웠다. 저 사람이 장교인지 사병인지 나보다 높은 계급인지 낮은 계급인지 알 길이 없는 것이다. 그런 이유로 칸다하르에서는 서로가 경례를 하지 않도록 되어 있었다. 또한 영어권이 아닌 나라에서 온 다국적군 병사들과는 말이 통하지 않기 때문에 대화를 할 방법도 없었다. 어떻게 그들이 전쟁을 함께 수행하고 있는지 모르다가 그 의문이 나중에 풀렸다. 대부분의 다국적군은 미국의 요청으로 군대를 파병한 것이고 실제 전투를 담당하는 병사들은 미군이었다. 다국적군은 전투기도 없고 차량도 없었다. 오직 영국군과 UAE(아랍에미레이트) 그리고 프랑스군만 전투기와 차량을 소유하고 있었다. 나머지 나라 군대들은 그저 막사에서 소일하면서 부대 안에서 미군을 돕는 일만 하고 있으니 위험할 일도 없는 것이다. 그러니 부대 밖에 나가서 탈레반과의 전투 중 전사하거나 다치는 군인들은 오직 미군들인 것이었다. 그중에서도 대부분이 해병대원 아니면 육군이다. 공군은 전투병이기보다는 개인에게 주어진 임무를 주로 부대 안에서 수행하며 전투를 지원하는 역할을 하기 때문에 덜 위험한 것 같았다.

각 나라의 군대는 그 나라의 풍습에 따라 머리에 두건을 두르기도 하고 수염을 기르기도 한다. 루마니아에서 온 한 여군은 말총머리를 한 채 군복을 입어서 미 여군들과는 대조적인 모습을 보이기도 했다. 지금은 법이 바뀌었지만 그때의 미 여군은 머리를 길러도 상관없지만 모자를 썼을 때는 머리를 틀어올려서 귀가 보이도록 해야 했기 때문이었다. 영국에서 온 군목은 나보다 먼저 왔기 때문에 그가 떠날 때까지 약 석 달간 같이 근무를 했는데 영국 발음을 알아듣기가 어려웠다. 그의 사무실에 자주 가서 커피도 함께 마시고 짧은 기간이지만 좋은 만남의 기회를 가졌다. 한번은 그 영국 군목의 초청으로 영국부대에 위문을 온 코미디언과 댄싱 팀의 공연을 본 적이 있었다. 코미디언이 스코틀랜드 쪽에서 온 사람들이라고 했다. 그들의 발음을 알아듣기는 정말 어려웠다. 옆에 앉아 있던 미국인 병사에게 물어보니 그도 역시 70% 정도밖에 못 알아들었다고 했다. 그러니 즐거운 마음으로 공연을 즐기려 해도 발음을 알아듣기가 어려워서 도중에 나와 버렸다. 부대 안에는 여러 나라의 군대가 주둔하고 있고 각자 막사가 다르니 지나다 보면 알 수 없는 국기가 막사 앞에 나부끼고 있는 모습을 보고는 했다. 나토군은 여러 나라의 문화와 언어가 혼합된 다국적군이지만 그들을 통솔하는 지휘관은 미군 장성이었다. 서로 문화가 다르고 언어가 달라도 하나의 목표를 가지고 임무를 완성하기 위해서 다국적군은 여전히 땀을 흘리고 있었다.

전투기를 조종하는 파일럿에게 한 번은 질문을 한 적이 있다. 탈레반이 로켓 공격을 하면 위치를 파악하여 바로 전투기를 몰고 출격하면 잡을 수도 있는 것 아니냐고. 그러자 그 파일럿은 이렇게 대답하였다. 탈레반이 어디에서 로켓을 쏘는지 알지만 로켓을 쏘고 난 후 바로 민가에 숨어들기 때문에 민가를 목표로 폭격을 할 수가 없어서 잡을 수가 없는 것이라고. 탈레반은 공격 후에는 동굴 속으로, 땅 속으로 숨어들기 때문에 잡기가 어렵다고도 말하였다. 그래서 좀더 정밀한 Bunker Buster Bomb(땅 속으로 들어가서 폭파되는 특수폭탄)이 필요하다고도 말하였다. 한 조종사는 F-16, U-2 등을 조종하는 중령이었다. U-2는 아직도 공군에서 운용되고 있는 고 고도 정찰 비행기이다. 그 조종사는 한국에서도 근무했다고 하였다. 그래서 북한 영공으로 들어가 정탐한 적도 있느냐고 물었다. 그는 이렇게 대답했다. 한반도는 작은 나라이기 때문에 굳이 북한 영공으로 들어가지 않아도 3.8선을 따라 동쪽에서 서쪽으로 한 번 정찰 비행을 하면 북한 지역은 물론 한반도 전 지역을 다 알 수가 있다고 대답하였다. 한국땅이 그렇게 작은 나라인가 보다. 아프가니스탄은 한반도보다 훨씬 넓은 나라인데 땅을 좀 빌려서 한국사람들이 농사도 짓고 공장도 세우면 어떨까 하는 생각을 해보았다.

하루는 F-16 전투부대 사령관이 전화를 했다. 조종사 한 명이 야간비행을 앞두고 갑자기 불안한 마음이 들어서 비행을 거부하고 막사에서 쉬고 있으니 한 번 와서 만나주면 좋겠다고 하였다. 새벽 3시였다. 부랴부랴 옷을 입고 F-16 부대로 갔다. 그 조종사는 소령이었는데 자신이 직접 만든 샌드위치를 먹으면서 내가 보기에도 이상한 행동을 하고 있었다. 빵에다가 땅콩 잼을 발라서 그 늦은 시간에 먹으면서 나를 보고도 아는 척도 안하고 불안한 기색을 보이고 있었다. 그 조종사와 같이 얘기해도 괜찮겠느냐고 묻고는 한 시간 정도 이런저런 이야기를 하였다. 나중에 부대장에게 물어보니 전투기 조종사가 야간비행을 할 때는 낮보다 더욱 스트레스를 받기 때문에 가끔 그런 일이 있다고 하였다. 부대장에게 한 사흘간 비행을 중지시키고 쉬게 하면 어떻겠느냐고 조언을 하였더니 그게 좋겠다고 하였다. 나중에 그 부대장을 만나서 조종사에 대해서 물어보니 이제는 괜찮다고 대답을 하였다. 고등학교 때 읽은 쌩땍쥐뻬리의 '야간비행'이라는 책이 생각이 났다. 쌩땍쥐뻬리는 그의 실제 항공 조종사 경험을 바탕으로 소설을 집필하였다. 초기 항공 우편 서비스의 위험과 도전을 배경으로 인간의 용기, 책임, 희생 그리고 삶의 의미를 탐구하는 내용의 소설이다. 그 당시 항공기술이 발달하지 못한 시대에 야간비행은 특히 위험한 도전이었다. 짧은 소설이지만 고등학교 때 읽은 그 책은 아직도 기억에 남아 있는 작품이었다. 전투지에서의 야간비행을 심리적 압박감을 견디기 어려워 거부했던 그 조종사의 마음을 이해할 수 있을 것 같았다. 캄캄한 밤하늘을 운항 기기만 보며 조종해야 하는 야간비행은 그때나 지금이나 위험하긴 마찬가지인가 보다. 언어와 문화가 다른 여러 나라 군인들이 나토의 깃발 아래 한마음으로 전쟁에 임하는 것은 그리 쉬운 일이 아닌 듯 보였다.

탈레반 전사는 군복이 없다

어느날 병원으로 부상자를 심방하러 갔는데 병사 네 명이 심한 부상을 입고 누워 있는 것이 보였다. 모두 중상이어서 대화도 할 수가 없기 때문에 그저 말없이 그들의 손만 잡아주고 마음 속으로 기도해 주었다. 온몸을 붕대로 감은 채 눈만 내놓고 있었는데 내가 봐도 많이 다친 것 같았다. 그중 한 병사는 발을 허공에 걸친 채 가쁜 숨을 몰아쉬고 있었다. 응급처치는 부대 내의 병원에서 할 수 있지만 수술이 필요한 경우에는 독일의 미군 병원으로 이송해야 한다. 아프가니스탄의 병원에서는 큰 수술을 할 수가 없기 때문이다. 잠시 후 아프가니스탄 옷을 입은 채 검은 천으로 눈을 가리운 한 사람을 수갑을 채운 채 미군 두 명이 호송해서 병원으로 들어오는 것이 보였다. 누구냐고 물었더니 로켓을 쏜 탈레반인데 포로로 사로잡은 것이라고 말하였다. 어젯밤 로켓을 쏜 그 사람인가 보다. 그 사람 때문에 방공호로 대피하느라 잠을 설쳤는데. 이제 로켓을 쏜 탈레반을 잡았으니 오늘밤은 편히 잘 수 있으려나.

갑자기 부대 내에 비상이 걸렸다. 으레 있는 훈련이거니 생각했는데 그게 아닌 것 같았다. 대형사고가 터진 것이었다. 육군 병사 한 명이 부대 바깥에서 아프가니스탄 민간인을 상대로 총을 난사하여 아이들을 포함한 민간인 16명을 사살한 것이다. 그 병사에게는 아프가니스탄 파병이 세 번째였다. 지속적으로 주어지는 파병 임무는 병사들에게 심한 스트레스를 받게 한다. 그 병사도 예외는 아니었다. 더욱이 사건을 저지른 후에도 그 병사는 자신이 저지른 일을 기억하지 못한다고 했다. 나중에 알아보니 군의관이 그 병사를 파병 전에 진찰할 기회가 있었는데 이상 증세를 발견하지 못하고 그대로 파병을 한 것이었다. 그 병사는 결국 심한 스트레스를 견디지 못하고 엄청난 사건을 저지르고 만 것이었다. 아무튼 그 사건 이후 다국적군은 부대 안에 있는 아프간 정부군 병사들을 더욱 조심해야 했고 나는 더욱 바빠졌다. 부대 내의 관심 사병들을 살펴야 했기 때문이다. 새로 오는 병사들에게는 아프간 병사들과는 절대로 종교문제에 대해서 토론하지 말 것을 권유하는 새로운 종교교육 지침을 내려야만 했다. 그리고 그 사건 전까지는 부대 안에서는 총기를 늘 휴대하여도 탄창은 따로 빼서 허리에 차고 다녔는데 그 사건 이후부터는 모든 병사들이 항상 총에 탄창을 끼워놓고 장전한 채로 다녀야만 했다. 분위기가 극도로 살벌해진 것이다. 위급한 상황에서는 먼저 발사하고 나중에 보고하도록 새로운 명령도 하달되었다.

부대 바깥에서는 아프간 주민들이 데모를 하는 일까지 벌어졌다. 오바마 대통령은 2014년까지 아프간에서 철군할 것을 약속해야만 했다. 다국적군이 주둔하고 있는 병영은 아프간 정부군도 함께 있기 때문에 위험하기도 하다. 아프가니스탄 사람들은 그들의 종교적 신념에 대한 도전을 용납하지 않는다. 그들의 예배를 위해서 부대 안에는 이슬람 모스크(예배처)도 있다. UAE(아랍에미레이트)도 이슬람 국가이지만 같은 급진적 이슬람 전사들인 탈레반을 상대로 싸우고 있었다. UAE는 다국적군에 포함되어 있고 그들 역시 이슬람 예배를 위해서 막사 안에 사원을 가지고 있으며 하루에 네 번 기도시간을 스피커로 알려준다. 매주 금요일은 기도의 날이기 때문에 이슬람 국가의 병사들은 부대 안에서도 일을 하지 않고 기도하며 지낸다. 또한 그들은 알라신에 대해서 이슬람교도가 아닌 다른 나라 사람이 언급하는 것조차 알라를 모독하는 행위로 간주한다. 그 이유로 인하여 다국적군을 사살하는 일이 병영 안에서 가끔 일어나고 있었다. 나는 일주일에 두 번 Combat Orientation을 통해서 병사들에게 절대로 아프간 정부군과는 종교적 토론조차 하지 말라고 권유하며 그들의 기도처인 모스크 근처에는 얼씬도 말라고 브리핑을 하였다. 소문에 의하면 이미 탈레반이 부대 안에 잠입하여 활동하고 있다고도 했다. 밤에는 더욱 조심하여야만 했다. 아무리 부대 안이라 할지라도 아프간 정부군도 있으며 아프간 민간인들이 부대 안에서 허드렛일을 하면서 지내고 있기 때문이다. 아프가니스탄 일꾼들은 그들의 철저한 신분 조사를 한 다음 일을 시키겠지만 그래도 안심할 수는 없었다. 내 몸은 내가 지켜야만 했으니까. 외부의 적과 내부의 적 모두를 상대해야 하는 그런 상황에서 아프가니스탄의 파병생활은 이어져 갔다. 하루하루는 긴장의 연속이었다. 잿빛을 잔뜩 머금은 구름이 밤하늘을 덮을 때 깊은 힘듦은 그렇게 쌓여만 갔다.

자살폭탄 소녀는 천국에 가 있을까?

또다시 사건이 터졌다. 10살짜리 소녀가 폭탄을 몸에 두른 채 미군들을 상대로 폭탄테러를 하여 아프가니스탄 민간인 희생자가 생긴 것이다. 탈레반이 어린 소녀를 이용하여 미군을 공격하려다 오히려 같은 동족인 아프간 민간인을 죽게 만든 사건이었다. 종교적 이념이 그들을 서로 원수처럼 대하게 만들고 역사와 문화를 자랑하는 아프가니스탄 사람들에게 깊은 상처를 주고 있었다. 그 소녀의 아버지는 탈레반이라고 했다. 탈레반은 광신적 이슬람교도들로서 '이슬람 근본주의자들'이라고 불린다. 그들은 자신들의 종교적 신념을 관철시키기 위해서 그들의 가족까지도 이용한다. 10살짜리 소녀가 무엇을 알겠는가? 세상물정 모르고 뛰어다니는 어린 아이에 불과하지만 그 어린 소녀에게 폭탄을 두르게 하고 알라신을 위하여 죽음도 불사하게 만드는 극단적 종교 신념을 주입시킨다. 적을 죽이기 위해서 폭탄을 터뜨려 자살하면 천국에 간다는 것이다. 자신의 딸마저도 죽음으로 내모는 탈레반은 종교 광신자들이다.

다국적군은 아프간 사람들이 아닌 그들 탈레반을 상대로 싸우고 있음을 알아야 한다. 사실 아프간 사람들도 탈레반을 싫어한다. 특히 아프간 여인들은 그들의 자유를 억압하고 자신들을 철저한 통제 속에 두려고 하는 탈레반을 좋아하지 않는다. 만일에 여자가 교육을 받아서 글을 읽을 줄 안다는 것을 탈레반이 알게 되면 탈레반은 그 여인을 죽여버린다. 교육을 받으면 통제가 어려워지기 때문이다. 불행하게도 아프가니스탄의 여성들은 교육받을 기회를 잃어버린 것이다. 아프가니스탄 전쟁을 주제로 한 영화들 중에는 글을 읽을 줄 아는 여성을 탈레반이 참수하는 장면이 종종 보이는데 그것이 사실을 배경으로 한 것임을 그곳에서야 알게 되었다. 또한 언제까지나 미군을 비롯한 다국적군이 그들을 보호해 주는 것은 아니기 때문에 그들이 떠나가면 또다시 탈레반이 그들을 통제할 수도 있다는 것을 안다. 살아남기 위해서 아프간 주민들은 가능하면 양쪽에 우호적으로 대하려고 하는 것이다. 여자아이들은 교육받을 기회가 없고 교육을 못 받으니 사회에 진출하여 직업을 택할 수 있는 기회도 적다. 그저 평생을 남편의 보호 아래 살아가야만 하는 안타까운 현실이었다. 매주 토요일이면 부대 한 귀퉁이에서 열리는 야외시장에서 여러가지를 팔면서 생계를 유지하는 주민들이 있다. 아프가니스탄 주민들의 생계를 돕는 의미에서 다국적군을 상대로 물건을 팔 수 있는 시장을 열어준 것이다. 그곳에는 미국에서 상영 중인 많은 영화들이 복제 DVD로 팔리고 있었다. 아프가니스탄에는 Copy Right(저작권)이 없다. 누구든지 영화를 복사하여 팔 수가 있다. 미국에서 새로 나온 영화도 그곳에서는 금방 복사하여 판다. 물론 화면의 질은 조잡하지만 근무가 끝난 후에는 별로 할 일이 없기 때문에 영화를 보며 소일하기도 한다. 자신의 컴퓨터나 아니면 병사들을 위해 만들어 놓은 간이극장에서 영화를 보는 것이다. 야외시장에는 아프가니스탄의 다이아몬드나 유명한 상표의 모조품들이 많다. 물건을 살 때는 그들이 부르는 값에서 무조건 반 이상을 깎아야 한다. 터무니없이 값을 올려서 부르고 다시 깎아주는 방법을 상인들이 사용하기 때문이다. 나는 그곳에서 꽃병 세 개를 샀다. 어떤 병사는 아내를 위해서 다이아몬드를 사기도 했다. 그곳에서 다이아몬드를 사서 미국에 돌아가서 팔면 큰 이익을 남길 수도 있다고 했다. 나는 보석 종류에 대해서는 알지를 못하기 때문에 사지를 않았다. 그들의 제품을 믿을 수도 없었다. 아프가니스탄에도 서구 자본주의 물결이 미미하지만 불어오고 있었다.

초대받은 손님

어느 금요일 UEA(아랍에미레이트)의 장교로부터 식사 초대를 받았다. 이 나라는 중동에서 가장 부강한 나라이다. 경제적으로도 풍요롭고 군사적으로도 막강한 나라여서 다국적군의 일원으로 참전하면서 전투기와 전투차량 등을 가지고 온 몇 안 되는 나라 중의 하나였다. 부자 나라이기에 전투기 조종사들은 특별 대우를 받는다. 미군보다 훨씬 많은 전쟁수당을 받는다고 들었다. 미군은 하루에 50불 정도를 식사비 명목으로 지급받는다면 UAE 국가의 병사들은 200불을 받는다는 것이었다. 그 나라의 조종사들은 전쟁 지역에까지 자신의 차량인 Benz나 BMW 등을 가지고 와서 타고 다니며 텐트가 아닌 목조건물인 집에서 가정부를 두고 전투에 임한다고 했다. 실제로 부대 내에서 고급차량을 여러 번 보아서 도대체 누가 전쟁터에서 저런 고급차를 타고 다니는가 했더니 그 의문이 풀린 것이다.

그날은 금요일이었다. 매주 금요일은 이슬람 국가에게 있어서는 기도의 날이다. 그들은 금요일에는 일을 하지 않는다. 모든 사람들이 경건한 마음으로 쉬면서 기도시간을 갖는다. 하지만 로켓이 날라와도 기도만 하고 앉아 있는지 그것은 나도 알 수가 없다. 한 번 물어볼까 하다가 너무 짓궂은 것 같아서 물어보지 않았다. 아무튼 초대한 그들의 막사에 가보니 바닥에는 카펫이 깔려 있고 대여섯 명이 음식을 가운데 두고 함께 바닥에 둘러 앉아서 먹는 식사였다. 메뉴는 향료를 넣고 찐쌀 위에 얹어놓은 양고기였다. 우리는 밥으로 해먹지만 이 사람들은 그냥 쌀을 찐 것이기 때문에 쌀이 끈기는 없었다. 식사는 커다란 쟁반 위에 찐쌀을 깔아놓고 그 위에 양념으로 요리한 커다란 양고기 한 조각을 놓고 여럿이서 손으로 뜯어먹는 것이었다. 그들은 수저나 포크 등을 사용하지 않았다. 그들의 전통대로 손으로 먹는 것이다. 중동 사람들은 오른손으로는 음식을 집어먹지 않는다는 얘기를 들은 것 같아서 유심히 살펴 보았는데 오른손 왼손 자유롭게 사용하면서 먹고 있었다. 고기는 아주 맛이 있었고 나의 입맛에 딱 맞았다. 그런데 밥이 문제였다. 밥이 그저 찐쌀이라 찰기가 없어서 손에 잡히지를 않으니 집어먹다가 자꾸 흘리게 되는 것이었다. 어떤 사람은 손으로 밥을 주물럭거린 후 뭉쳐서 먹는데 나도 해보았지만 한 손으로 그렇게 하기가 쉽지 않아서 식사를 마치고 나니 내 앞에는 흘린 쌀이 수북이 쌓여 있었다. 식사를 마치고 나니 모두 담배들을 피운다. 따로 흡연실이 없는 모양이다. 그 자리에서 담배들을 피운다. 이슬람교도들은 술은 금지되어 있지만 담배는 아주 많이 피우는 것 같았다. 사진에서 본 대로 기다란 파이프로 연결된 담배를 피우는 사람도 있었다. 담배냄새 때문에 견디기 어려워 바쁘다는 핑계를 대고 나올 수밖에 없었다. 이슬람 국가의 사람들과 문화의 간격을 넘어서 처음으로 식사를 해본 소중한 경험이었다. 다른 문화와 전통이 이렇게 사람들의 사고방식과 살아가는 모습을 다르게 만들 수 있다는 것을 체험하는 순간이었다.

　다음날 아침 하얀 비행기가 사뿐히 활주로에 내렸다. 그날은 특별 손님들이 부대를 방문하는 날이었다. 다국적군과 미군의 육군, 공군, 해군 그리고 해병대까지 주둔하고 있는 부대이다 보니 국가의 중요한 인물들이 칸다하르를 찾는다. 심지어는 National Geograpic에서도 미공군 Rescue Squadron(긴급구조대)의 활동을 필름에 담기 위해 그들과 똑같이 6주 동안 생활하는 것도 보았다. 마침 내가 그 Unit의 담당 군목이다 보니 주일날 그 Unit에서 예배 인도하는 모습이 그들의 필름에 찍히기도 했다. 그 상황이 미국 본토에서 텔레비전을 통해서 방영되기도 하였다. 잠깐 동안이었지만 내가 설교하는 모습과 긴급구조대의 활동 모습이 TV에 방영되어 나를 알아보고 전화해 온 사람도 있었다. 드디어 그들이 비행기에서 내렸다. 모두 별이 여섯 개, 육군, 공군, 그리고 해군의 군종감 세 명이 부대를 순시하기 위해 도착한 것이고 나는 그들을 마중 나온 것이었다. 나는 공군 군종감을 모시고 부대 시찰에 나섰다. 제일 처음으로 찾은 곳이 ERS(무인정찰기 운용부대)이다. 무인정찰기를 영어로는 UAV(Unmanned Ariel Vehicle)라고 하는데 Dron이라고도 한다. 현재 미 공군에서는 몇 가지 무인 정찰기를 운용하고 있는데 그중 잘 알려진 것이 MQ-9 Reaper, MQ-1 Predator, PQ-4 Global Hawk이다. 군종감을 모시고 이 Unit을 방문했을 때 마침 작전이 있었다. 통제실 벽에 붙어 있는 큰 화면에 작전 모습이 그대로 생생하게 영화처럼 실시간으로 중계되고 있었다. 탈레반 두 명이 건물 안에서 저항을 하고 있었고 하늘에서는 Predator가 그들을 공격하기 위해서 기회를 엿보고 있었다. 그중계는 실시간으로 무인기를 통해서 본부에 전송되고 있었다. 마침내 탈레반 한 명이 건물 밖으로 도주하기 시작했고 그 사람을 목표로 미사일이 날아가는 것이 잠깐 화면에 보였으며 미사일은 탈레반에 명중, 폭발하는 것이 보였다. 참고로 Predator가 발사하는 미사일 이름이 Hell Fire(지옥불) 미사일이다. 그 미사일에 맞은 탈레반은 지옥에 갔을까? 무인 비행기를 운용하는 지상 요원들은 작전성공에 박수를 치고 환호했다. 그러나 나는 침묵할 수밖에 없었다. 사람의 죽음 앞에서 박수를 칠 수가 있을까? 비록 그가 적이라 할지라도 최소한 침묵이라도 해야 예의인 것 같은 느낌이 들어서였다. 공군 군종감은 내가 늘 심방하는 여러 단위 부대들을 시찰하고 병사들을 위로해 주고 내가 인도하는 성금요일 저녁예배에 참석하고 그 다음날 돌아갔다.

칸다하르에서 바그램까지

　부대는 넓다. 차를 타고 부대 한 바퀴를 돌려면 약 40분이 걸린다. 물론 부대 안에서는 25마일의 제한 속도로만 달릴 수가 있다. 부대 안에서 운전하며 활주로를 보면 거의 2분마다 전투기나 수송기가 이륙하고 착륙하는 것을 볼 수가 있다. 영국의 전투기 토네이도는 그 소리가 얼마나 큰지 그 전투기가 이륙하거나 착륙할 때면 늘 깜짝깜짝 놀라게 된다. 미국의 F-16도 만만치가 않다. 나는 매일 활주로를 방문해 장병들과 대화하고 상담하고는 했는데 활주로에서의 기도와 상담은 상당히 어렵다. 비행기 소리 때문이다. 전투기나 수송기가 늘 착륙하고 이륙하다 보니 매우 시끄럽다. 그래서 큰소리로 말해야 한다. 그러다 보니 목이 아플 정도이다. 활주로에서 예배를 인도하다가 혹은 기도하다가도 전투기가 이륙하거나 착륙하면 소음 때문에 목소리가 전혀 들리지가 않는다. 비행장 활주로는 더욱 뜨겁다. 아스팔트에서 올라오는 열기와 비행기가 내뿜는 열기로 기도하거나 예배를 인도할 때면 속옷까지 흠뻑 젖는다. 건강을 위해서는 하루에 옷을 두 번씩 갈아입어야만 했다. 하루는 활주로에서 병사들과 이야기하고 있는데 먼 발치에서 전혀 본 적이 없는 비행기가 사뿐히 내리는 모습이 보였다. 소리도 들리지 않았다. 그 비행체의 둥그런 모습이 마치 UFO를 닮았다. 먼 발치에서 봐서 그런가 생각했다. 활주로에서 일하고 있던 병사들에게 물어보니 자신들도 잘 모른다고 하였다. 사실은 그들도 봤는데 모른다고 대답하는 것처럼 보였다. 궁금증이 더해진 나머지 그 다음날 다시 가서 그 비행기를 운용하는 장교에게 그 비행기를 한 번 볼 수 없느냐고 했더니 일급비밀이기 때문에 보여줄 수가 없다고 하였다. 그저 새로이 개발하는 무인 비행기일 거라고 추측했다. 아니면 진짜 비행접시일지도 모른다. 전쟁터는 각종 새로운 병기를 실험할 수 있는 최적의 조건을 갖추고 있다. 늦은 밤에 가끔 대포소리가 난다. 나중에 들으니 새로운 무기를 실험하는 소리라고 한다. 오래된 무기는 사용해 버리고 새로운 무기를 개발할 수 있는 기회를 주는 전쟁, 그것은 어쩌면 인류에게 주어진 숙명과도 같을지 모른다. 과학이 발달하는 데도 전쟁은 크게 기여하고 있는 것이 아닌가? 적을 죽이기 위한 전쟁이 아닌 사랑의 전쟁을 벌이는 때가 오기를 마음속에 그려본다. 과연 그런 전쟁은 어떤 모습일까?

칸다하르 북쪽 아프가니스탄의 수도 카불 옆에 바그램이라는 곳에 미군부대가 있다. 그곳은 다국적군이 주둔하고 있는 곳이 아니라 미군만 주둔하고 있는 곳이었다. 수송기로 칸다하르에서 한 시간 거리이다. 이 부대에는 한국에서 파병된 한국군 부대가 있었다. 나는 이 부대를 두 번 방문할 수 있는 기회를 가졌다. 두 번 다 Flight Medic(비행기를 타고 환자를 간호하거나 수송하는 간호원) 과 함께였다. 때때로 환자 수송을 맡은 간호 요원들은 심한 스트레스와 압박감을 갖기도 한다. 왜냐하면 비행기 내부라는 제한된

구역에서 무슨 일이 일어날지도 모르기 때문이다. 사고 방지를 위해서 의사도 한 명 같이 동행을 한다. 때로는 군목도 동행을 한다. 한 번은 수송기를 타고 바그램으로 향하는데 모두 다섯 명의 환자들을 수송하는 것이 그날 주어진 임무였다. 그런데 한 환자의 손이 수갑으로 묶여 있는 것을 보았다. 무슨 일이냐고 물었더니 그 병사는 상담 도중 군목을 때리고 행패를 부려서 정신과 치료를 받으러 좀더 큰 병원으로 이송하는 중이라고 했다. 그 환자는 정신적으로 이상이 있기 때문에 비행기 안에서 사고를 치면 위험할 수도 있어서 두 손을 묶어놓고 호송하고 있는 것이었다. 바그램에 도착하니 그곳 병원팀이 환자를 맞을 준비를 하고 대기하고 있었다. 저녁 시간이 되어 저녁을 먹으러 식당에 갔는데 한국에서 파병된 한국군 병사들을 만날 수가 있었다. 참으로 반가웠다. 이국 땅에서 그것도 아프가니스탄 전쟁터에서 한국군 병사들을 많이 만나다니. 그들은 한국군 군복을 입고 있었고 나는 미군 군복을 입고 있었지만 서로 한국말로 반갑게 이야기하고 식당에서 만나 식사를 같이 하였다. 한 한국병사가 나에게 한국사람인데 왜 미군 군복을 입고 있느냐고 물었다. 나는 미국에서 살고 있고 미군 군목이라고 설명을 해주었다. 부대 안에서 한국군이 운영하는 병원은 미군 병사들에게 들으니 아주 좋은 평을 듣고 있었다. 그런 이야기를 들으니 기분이 좋았다. 나도 역시 한국사람인가 보다. 바그램은 NATO가 주둔하고 있는 칸다하르와 달리 미군만 주둔하고 있는 부대이기 때문에 부대 안에서는 상관에게 경례를 해야만 했고 훨씬 엄격한 규율이 있다는 것을 느낄 수가 있었다. 칸다하르 식당에는 없는 아이스크림도 있었다. 몇 달 만에 맛보는 아이스크림이었다. 칸다하르에 있는 동안 바그램에 수송기를 타고 두 번 가볼 기회가 있었고 야간비행을 통해서 내려다본 아프가니스탄은 암흑이었다. 다만 아프가니스탄의 수도 카불에만 약간의 빛이 보일 뿐이었다. 아프가니스탄에 희망의 불빛은 언제 환하게 보일 것인가?

Dignified transfer 전쟁터에서의 장례식

전쟁터에서의 장례식은 일상생활이나 다름없다. 정찰을 나갔다가 탈레반이 숨겨놓은 IED(직접 조제한 사제폭탄)에 걸려서 미군병사가 사망한 사건이 일어났다. 탈레반은 사제폭탄을 직접 만들어서 다국적군이 정찰을 다니는 거리에 몰래 숨겨서 터뜨리기도 한다. 폭탄조끼로 만들어 입은 후 사람들이 많이 모인 곳에 가서 터뜨려 자살을 하기도 하고, 차량에 숨겨서 부대로 돌진하기도 한다. 그들은 종교 광신자들이기 때문에 적과의 전투 도중에 숨지면 천국에 간다고 믿는다. 그날 장례식을 치른 병사는 해병대원인데 장례식은 새벽 5시에 이루어졌다. 그날따라 눈물이 자꾸 흘렀다. 너무나 젊은 병사이고 아내와 자식도 있는데 남편의 시신을 받아야 하는 아내의 마음은, 그리고 가족들의 마음이 어떨까 생각하니 가슴이 답답해지고 눈물이 흘렀다. 어린 자식들은 아마도 죽음의 의미도 모른 채 아빠의 죽음을 맞아야 할 것이다. 장례식을 치를 때마다 가슴이 미어져서 자주 중단해야만 했다. 젊은 병사들의 죽음은 나이 들어 연수를 다하고 사망하는 노인들의 죽음과는 다르다. 교회에서 많은 교인들의 장례식을 치렀지만 대부분 나이 들고 그들의 수명을 다하는 복된 죽음이었기에 그리 슬프지가 않았다. 하지만 젊은 병사들의 장례식을 많이 치르다 보니 같은 죽음이라도 그 의미가 조금은 다를 수도 있다는 것을 느끼게 되었다. 활주로에서 의장대와 많은 병사들의 사열을 받고 그의 시신은 비행기 안으로 사라졌다. 군목은 제일 앞에서 관을 인도하여 의장대를 지나 수송기 안에까지 들어간 후 수송기 안에서 간단히 말씀과 기도를 전한 후 장례식을 마친다. 그러면 관을 실은 수송기는 이제 가족들에게로 돌아가는 것이다. 장례식을 치를 때마다 느끼는 전우애, 얼굴 한 번 보지 못한 병사이지만 왠지 뜨거운 전우애를 느끼게 하였다. 그것은 7개월 내내 함께한 모든 병사들과 함께 느낀 감정이었을 것이다. 파병 기간 동안 약 30번이 넘는 장례식을 치른것 같다. 그곳에 도착한 때는 겨울이었기 때문에 새벽이나 밤늦게 장례식을 활주로에서 진행할 때는 참으로 추웠다. 온몸이 덜덜 떨렸다. 여름에는 그보다는 나았지만 슬픈 마음은 겨울이나 여름이나 똑같았다. 누구를 위해서 젊은 병사는 죽어야만 했을까? 국가의 부름을 받고 전쟁터에 나가서 목숨을 바쳤는데 국민들은 과연 그들의 죽음을 값지게 받아들일까? 아니면 쓸데없이 전쟁터에 보내져서 아무런 의미 없이 죽은 것이라고 생각할까? 베트남 전쟁이 한창일 때 미 국내에서 반전 데모가 일어났던 것을 기억해 보았다. 그러나 내가 체험한 전쟁터에서의 죽음은 국가를 위한 헌신이었고 희생이었다. 다른 죽음과는 비교할 수 없는 값진 죽음이었다.

환자 치료와 수송을 담당하는 Flight medic들과 특별히 가깝게 지냈다. 그 Unit이 내가 담당한 곳이기도 했지만 나 또한 그들과 함께 수송기를 타고 환자수송을 한 적이 몇 번 있었기 때문이다. 그중에 대위 한 사람이 있었다. 그녀는 간호원이었고 그녀의 남편은 해병대원이었다. 그녀는 교회를 다니지 않는다고 했다. 그녀를 변화시켜 교인으로 만들기로 했다. 즉시 작전에 들어갔다. 시간 날 때 군목 사무실로 놀러 오라고 했다. 몇 번 군목 사무실로 찾아왔다. 하루 일과를 마치고 별로 할 일이 없던 그녀는 나와 커피를 하면서 담소를 나누었고 그녀의 친구 중 한 명이 교인임을 알게 되었다. 그래서 그녀와 함께 의논하며 함께 셋이서 성경 공부를 시작하였다. 종교에 별로 관심을 보이지 않던 그녀가 조금씩 관심을 보이기 시작했다. 나는 성경 이야기를 해주면서 구원과 회개를 가르쳤고 그녀는 조금씩 신앙인이 되어갔다. 전쟁터에서의 상황이 어쩌면 그녀에게 더욱 신앙을 받아들이기 쉽게 만들었을지도 모른다. 마침내 나는 그녀에게 세례를 받지 않겠느냐고 물었다. 그녀는 그게 뭔지 모르지만 내가 권면하니 그러겠다고 했다. 나는 두 번에 걸쳐 세례교육을 시키고 마침내 그녀와 그녀의 친구와 함께 서서 세례를 베풀었다. 물병의 물을 따라서 성수로 사용하고 강대상 대신 책상 한 개를 놓고 가족도 참석할 수가 없었다. 그녀와 그녀의 친구만이 증인으로 참여하여 세례식을 지켜보았다. 전쟁터에서 얻은 귀한 영혼이다. 지금도 가끔 연락을 하며 신앙생활을 잘하고 있는지 감시(?)하고 있다. 세례증서는 내가 시무했던 교회의 비서에게 연락하여 한 장 만들어 보내달라고 해서 주었다. 그녀의 이름은 내가 시무했던 교회의 교인은 아니지만 내가 세례를 배풀었기에 그 교회 세례인 명부에 들어가 있다. 전쟁터에서의 세례, 참으로 가슴 벅찬 일이었다. 신앙생활의 첫걸음을 전쟁터에서 시작한 그녀가 앞으로도 열심히 신앙생활을 하기를 기도해 본다.

전쟁터에서의 부활절 아침

전쟁터에서의 부활절 아침은 왠지 쓸쓸하게 느껴졌다. 부활절 새벽예배를 인도해야 하는데 장소도 마땅치 않고 예배 도중 로켓이라도 날아오면 어떻게 하나 하는 걱정도 생겼다. 병사들이 마음에 부담이 되어 참석하지 않을 것 같았다. 탈레반이 부활절 아침인 것을 알고 일부러 로켓을 날릴 것만 같은 생각도 들었다. 주일예배 시간에 탈레반의 로켓공격으로 예배가 중단된 적이 한 번 있었다. 모두 벙커로 달려가 피해야 했기 때문이었다. 다행히도 부활절 아침예배는 별탈 없이 마칠 수가 있었다. 부활절 달걀이라도 나누어주었으면 좋겠는데 불가능했다. 모두 12시간씩 근무하니 밤시간에 일하는 사람들은 아직 근무시간이 끝나지 않아서 참석을 할 수가 없었다. 낮시간에 일하는 사람들은 아직 일어나지 않아서 참석을 할 수가 없었다. 그저 10여 명이 부대 깃발이 꽂혀 있는 시멘트 바닥에 쭈그리기 앉아서 예배를 드렸다. 재수요일 예배는 회의실에서 드렸고 성금요일 예배도 회의실에서 드렸고 부활절 아침예배는 야외에서 드렸다. 그래도 그 시간을 기억하고 참석한 장병들이 고마웠다. 모두 맡은 일에 바쁘다 보니 널리 광고할 방법도 없었다. 힘들고 바쁘니 주일 아침인지 월요일인지 날짜 가는 줄도 모르고 대부분이 그렇게 생활한다. 아니 날짜 가는 것을 굳이 알려고도 하지 않는다. 그러다가 어느덧 시간이 흘러서 파병생활을 마치고 집으로 돌아갈 때가 되면 기쁜 마음으로 돌아가는 것이다. 그래도 부활절 아침이니 기쁜 마음으로 부활절 새벽예배를 인도하였다. 탈레반도 그날 그 시간에는 로켓 공격을 하지 않았다. 예배를 드리는 도중에도 주위에서는 병사들이 왔다갔다 하고 쳐다보기도 하고 서서 참여하기도 했다. 집중은 안 되지만 사정이 그렇다 보니 예배 도중 탈레반의 공격이 없는 것만으로도 감사하게 생각하고 부활절 새벽예배를 무사히 마칠 수가 있었다. 예배 후에는 각자 근무시간이 다르고 해야 할 일들이 있기 때문에 밥도 같이 못 먹고 헤어졌다.

낮에 예배를 인도하고 사무실로 돌아가던 중 갑자기 사이렌이 울리며 로켓공격을 경고했다. 이런 때는 차를 세우고 가까운 벙커로 달려가 피해야 한다. 나는 운전하던 중 가까운 벙커를 생각해 보았다. 거기에서 가장 가까운 벙커는 무인비행기를 운용하는 단위부대 지역이었다. 거기로 가서 피하려고 차를 급히 몰았다. 갑자기 폭발 소리가 들리고 차가 기우뚱거리며 앞쪽으로 기울어졌다. 직감적으로 로켓 파편에 맞은 것으로 생각하고 차를 세웠다. 아이고 주여, 드디어 로켓에 맞은 겁니까? 차에서 내려서 먼저 몸부터 살폈다. 혹시 로켓 파편이라도 맞은 건가, 그런데 몸은 괜찮은 것 같았다. 차가 로켓 파편에 맞은 줄 알고 차를 살펴보니 다른 데는 괜찮은데 앞바퀴가 터져 있었다. 그래서 큰소리와 함께 바퀴가 터지면서 차가 앞으로 기운 것이었다. 일단 차는 길가에 세워두고 벙커로 달려가서 피해야만 했다. 가보니 벌써 내가 아는 여러 사람이 벙커에 모여 있었다. 조금 전에 있었던 일을 얘기하니 모두 다치지 않았으니 다행이라고 격려해 주었다. 로켓 공격은 끝났지만 이제는 차 바퀴를 고쳐야 한다. 부대 안에는 차량 정비소도 있다. 그곳까지 갈 수가 없으니 바퀴를 빼서 가져다 고쳐 오면 어떻겠냐고 하였더니 옆에 있던 병사가 자신이 예비 타이어를 바꾸어 주겠다고 하였다. 그 병사의 도움으로 예비 타이어로 바꿔 낀 후 정비소로 가서 타이어를 새것으로 바꾸어 넣을 수가 있었다. 지금도 그때 일을 생각하면 아찔하기만 하다.

아프가니스탄의 여름은 무척 덥다. 그곳은 5월부터 푹푹 찌기 시작한다. 7월과 8월은 온도가 화씨 110~120도(섭씨 43~49도)까지 올라간다. 기후와 지형이 야자수 나무만 없을 뿐 꼭 캘리포니아의 팜 스프링스와 비슷하다. 산은 헐벗었고 붉은색을 띤 사막과 같다. 들판에는 나무도 없고 풀도 없다. 다른 지역은 가보지를 못했으니 거기와 다를 수도 있을 것이다. 아침부터 푹푹 찌는 여름이었다. 태양은 어찌나 밝은지 아침에 일어나면 밝은 태양 때문에 눈을 뜰 수가 없어서 적응될 때까지 손으로 눈을 가리고 밖으로 나가야 한다. 병사들도 지친 모습이다. 활주로에서 비행기를 고치거나 관리해야 하는 병사들의 고생은 이루 말할 수가 없다. F-16은 20번의 이,착륙을 하면 바퀴를 갈아야 한다고 한다. 비행기가 착륙할 때의 하중이 대단하기 때문에 혹시 모를 사고를 방지하기 위해서는 바퀴를 20번 만에 갈아야 한다는 것이다. 그러니 관리비가 굉장히 많이 들 수밖에 없을 것 같다. 열악한 환경임에도 불구하고 나름대로 열심히 복무하고 있는 모습이었다. 그날도 활주로에 나가서 병사들과 대화하고 격려하던 중 이제 일주일 후면 복무를 마치고 집으로 돌아간다는 병사를 만났다. 상당히 들떠 있었다. 나는 그동안 수고했다고 격려하고 다른 병사들과도 반갑게 대화를 나누었다. 한 병사가 나에게 다가와 얘기 좀 할 수 없느냐고 했다. 나는 그 병사를 데리고 한적한 곳으로 갔다. 계급은 E5인데 함께 일하는 병사들과 갈등이 많아서 고민이라고 했다. 자신이 왕따당한 느낌이라고 했다. 전투지역에서의 왕따는 상당히 위험하다. 함께 목숨을 걸고 싸워야 할 전우들이기 때문이다. 얘기를 들어보니 자신감이 넘치고 뭐든지 저돌적으로 열심히 하려는 모습으로 보였다. 나는 그에게 다른 팀원들과 적당히 보조를 맞추며 일해 보면 어떻겠느냐고 조언을 해주었다. 혼자 열심히 일하는 모습이 다른 사람들에게는 괜히 우쭐거리는 모습으로 보일 수도 있기 때문이다. 그 후로 여러 번 그 병사와 상담을 하고 함께 식사도 했다. 그 후로 일하는 분위기가 좀 달라져서 기분이 좋다는 말을 들었다. 전쟁터에서는 전우애가 상당히 중요하다. 서로 지켜주어야 할 대상이기 때문이다. 다행히도 그 병사는 그 후로 일하는 분위기가 좋아져서 만족한다고 했다.

전쟁터에도 삼양라면은 있다

나토군이 주둔한 부대에는 식당이 다섯 군데가 있었다. 식당마다 약간씩 다른 특색을 가지고 있었다. 그중 한 군데는 동양음식 비슷한 것들이 있었다. 대부분의 음식과 재료들이 유럽에서 온다. 아프가니스탄은 유럽에서 오는 항로가 가깝기 때문이다. 내가 좋아하는 과일들은 그리 싱싱하지는 못해도 먹을 만은 했다. 사과를 좋아하는 나는 매일 사과를 한 개씩 먹었다. 가끔 얼큰한 한국라면 생각이 났다. 아내가 라면을 위문품으로 보내주어서 라면은 있었지만 끓여먹을 방법이 없었다. 다른 병사에게 물어보니 방법이 있다고 했다. 라면을 플라스틱 그릇에 넣어서 물을 넣고 3분 정도만 전자오븐에 데우면 된다는 것이었다. 옳거니 생각하고 해보았다. 결과는 대만족이었다. 전쟁터에서 삼양라면을 끓여먹으니 속도 시원하고 얼큰한 것이 너무 좋았다. 그 후로는 가끔 라면을 끓여먹었다. 위문품으로 들어온 일본 라면 '이찌방'은 맛이 없었다. 한국 라면이 역시 입맛에 잘 맞았다. 지금도 한국 라면은 세계적으로도 인기가 좋다. 어떤 때는 한국 병사를 만나면 같이 라면 끓여먹자고 내 사무실로 부르기도 했다. 그곳은 미국의 육군, 공군, 해군, 해병대까지 다 있고 약 ○○개국에서 온 다국적군이 있었다. 한마디로 작은 지구촌이다. 어느날 우연히 만난 한인 병사가 육군의 병참부에서 높은 직에 있음을 알았다. 한마디로 창고 관리인이다. 그곳에는 모든 것이 다 있었다. 그러나 특별히 나한테 필요한 것은 없었기에 선글라스나 한 개 달라고 해서 꼭 쓰고 다녔다. 현재 미국 군대에는 많은 한인들이 복무하고 있는데 소수민족 중에서는 필리핀 사람들 다음으로 많다. 전쟁터에서 만난 한국인 병사는 더욱 반가웠다. 매주 토요일 저녁이면 한 명씩 불러모은 한인 병사들이 모여서 예배 드리고 정보도 교환하고 서로의 안부를 물으며 전쟁터에서나마 동질성을 느끼며 신앙생활을 하였다. 지금은 다 어디로 가서 근무하고 있을까?

아프가니스탄의 여름은 무척 덥다. 더욱이 여름이면 파리떼가 극성이다. 매일 규칙적으로 각 단위 부대들을 심방하고 병사들과 점심을 함께 먹었다. 12시간씩 근무하는 전투기 정비나 레이다 혹은 구조팀에서 근무하는 사병들은 식당으로 점심을 먹으러 갈 수가 없다. 잠시라도 자리를 비우면 안 되기 때문이다. 그런 요원들은 한 사람이 차량을 가지고 식당에 가서 음식을 가져와서 일하면서 먹는다. 그러다 보니 식당보다는 음식이 좋지가 않다. 식당의 모든 음식을 가져다 먹을 수는 없기 때문이다. 나도 점심은 항상 그들과 함께 텐트에서 먹었다. 문제는 여름이 되면 파리떼가 극성인 점이었다. 음식을 가져다 놓으면 파리떼가 냄새를 맡고 몰려 드는데 그 숫자가 수만 마리는 되는 것 같았다. 파리떼가 한 번 움직이면 비행기 엔진소리가 난다. 그토록 많은 파리떼 사이에서 음식을 먹으려면 최대한 파리떼가 달라붙지 않도록 조심하는 수밖에 없다. 전염병이라도 돌게 되면 치명적이기 때문에 각자 건강을 조심해야만 했다. 그 많은 파리떼는 때가 되니까 모두 사라져버렸다. 탈레반의 로켓공격이 있으면 벙커로 달려가 피해야 하는데 이때는 모기떼가 습격을 한다. 이상한 것은 부대 안에서는 새가 보이지 않는다는 것이었다. 아프가니스탄에 7개월 있는 동안 참새 몇 마리만 보았을 뿐 그 외의 새들을 본 적이 없다. 왜 새가 없을까? 나중에야 그 의문이 풀렸다. 부대 안에서의 조류로 인한 전염병을 막기 위해서는 부대 근처에 새들이 얼씬도 못하게 해야 하는 것이었다. 하루는 몇 명의 사병들이 총으로 새를 잡고 있었다. 새가 나무에 둥지를 틀지 못하도록 새 둥지를 파괴하면서 동시에 새들을 사살하고 있었다. 나무도, 새도 없는 황량한 벌판, 그러나 아프가니스탄 사람들은 이곳을 사랑한다. 그들의 조상이 이곳에서 살아왔고 그들의 후손이 살아갈 터전이기 때문이다. 조국은 누구에게나 소중한 것이지만 각자 서로 다른 이데올로기를 가지고 있는 사람들은 서로를 미워하며 서로의 이데올로기를 지키기 위해서 지금도 싸우고 있는 것이다. 영원한 세계를 바라보며 살아가는 믿는 사람들에게는 이 세상에서의 삶은 잠시 있다가 사라져가는 파리떼처럼 짧은 인생일 뿐인데.

전쟁터에서의 결혼 세미나

전쟁터에서 사흘에 걸쳐 결혼 세미나를 인도하였다. 전쟁터이고 각자 근무시간이 다르다 보니 시간이 맞지 않아서 많이 참석은 못했다. 많은 상담 결과 파병된 병사들의 대부분이 가정 문제를 가지고 있어서 결혼 세미나를 인도한 것이다. 어떻게 하면 지속적이고 행복한 결혼생활을 유지할 수 있을 것인가 하는 문제를 가지고 세미나를 인도하였다. 전쟁터에서 특히 가정이 많이 파괴된다. 배우자가 전쟁터에 나와 있는 동안 본국에 두고 온 배우자는 바람을 피는 경우가 생긴다. 배우자가 전쟁터에 가서 떨어져 있는 동안 혼자서 감당하기 어려운 걱정, 스트레스 등으로 인하여 가정들이 파괴되는 것이다. 7개월 동안 백 번이 넘는 상담을 하였지만 대부분이 가정 문제들이었다. 도저히 이해가 가지 않는 것은 남편이 전쟁터에서 고생하고 있는데 집에 있는 아내가 이혼을 요구하는 경우였다. 몇몇 젊은 병사들이 그런 문제로 상담을 요청해 왔다. 아내로부터 이혼을 요구받은 젊은 병사는 심각한 정신적 스트레스를 받게 된다. 근무에 집중할 수가 없다. 어린 자녀들은 어떻게 할 것이며, 재산은, 본인이 아끼는 물건들은… 이런 문제는 집으로 돌아갈 때까지 해결할 수가 없다. 남편이 없는 동안 아내가 마음대로 집에 있는 남편이 아끼는 물건들을 처분하면 어떻게 될 것인가? 한 병사는 이 문제로 심각한 고민과 스트레스에 빠져서 근무에 열중할 수가 없는 나머지 정신적으로 이상한 증세까지 보이기 시작하였다. 이럴 경우 다른 병사들에게도 심각한 위협이 될 수가 있는 것이다. 항상 총기를 소지하고 있기 때문이다. 이럴 때 군목의 역할이 중요하다. 우선 이 병사가 심리적으로 안정할 수 있도록 도와주는 것이 중요하다. 필요하면 군 법무관에게 함께 동행하여 법률적인 자문을 받도록 도와주기도 한다. 아무튼 전쟁터에서 세 번에 걸친 결혼 세미나를 인도하면서 가정이 얼마나 중요한 것인지를 새삼 깨닫는 계기가 되었다.

하루의 근무를 마치고 피곤한 모습으로 결혼 세미나 장소를 찾은 젊은 병사들에게는 고마움을 느꼈다. 함께 나누는 시간을 통해서 서로의 아픔과 경험을 나누며 가정이라는 울타리가 새삼 얼마나 중요한지를 깨닫게 되었다. 아군이든 적이든 가정은 소중한 것이다. 안타깝게도 우리는 적이라는 이유로 남의 가정을 파괴하는 행위를 하고 있다. 전쟁은 인간성뿐만이 아니라 가정 그리고 삶을 파괴하는 악한 행위이지만 그 전쟁을 인류는 역사 이래로 해오고 있다. 인류 역사에서 전쟁은 과연 언제 사라질 것인가?

하루는 대위 한 사람이 상담을 요청해 왔다. 전쟁터에 나와 있는 동안 아내가 교통사고로 숨졌다. 그 병사는 허락을 얻어 본국에 가서 장례식을 치르고 왔다. 그에게는 남겨진 아들이 있었다. 그 아들을 부모님에게 맡긴 채 그는 다시 전쟁터로 돌아와야만 했다. 임무에 집중할 수가 없었다. 처음 만났을 때 왠지 슬퍼 보였던 그의 눈동자가 그 때문이었다. 아내를 잃고 아들을 부모님께 맡겨놓고 다시 전쟁터로 돌아와야 했던 아픔을 간직한 눈이었다. 그가 별로 말이 없었던 것은 그의 마음에 슬픔이 가득 차 있었기 때문이었을 것이라고 짐작해 본다. 그를 위로해 주기 위해서 자주 만나면서 식사를 같이하고 그도 크리스천이었기에 내가 인도하는 예배에 참석하면서 조금씩 마음의 안정을 찾아갔다. 그의 눈동자에 서린 슬픔은 오랫동안 지속되었고 아직도 잊을 수가 없다. 그와 함께 찍은 전장에서의 사진은 아직도 나에게 남아 있다. 아직도 군생활을 하고 있는 것인지 아니면 남겨진 아들을 돌보기 위해서 군대생활을 그냥 둔 것인지는 알 수가 없다.

하루는 부대 안을 차를 타고 구석구석 돌아보았다. 철조망 너머로 간간이 아프가니스탄 사람들이 농사짓는 모습이 보이기도 한다. 양떼를 몰고 혹은 낙타떼를 몰고 물을 먹이러 부대 가까이 오기도 한다. 어느 날 부대 북쪽 한 구석에 낡고 녹슨 탱크와 장갑차가 보였다. 한눈에 보아도 미국 것은 아니었고 소련제였다. 구소련이 이미 오래 전에 아프가니스탄을 침략하여 집어삼키려고 십 년을 싸우다가 결국 물러간 일이 있었다. 알아보니 그때 버리고 간 탱크와 장갑차였다. 고철이 되어 구멍이 숭숭 난 흉물스러운 모습을 하고 있었다. 구 소련은 십 년을 싸웠지만 결국 아프가니스탄을 삼키지 못하고 물러갔다. 아프가니스탄은 사막지대이다. 동굴도 많다. 탈레반은 동굴 속에 숨거나 땅 속으로 숨어버린다. 이런 싸움에 탈레반 전사들은 익숙하다. 구 소련이 탈레반을 상대로 십 년을 싸우고도 이기지 못하고 물러간 것이다. 세월은 흘러서 이제는 미국이 아프가니스탄에서 탈레반을 상대로 전쟁을 벌이고 있었다. 구 소련의 전철을 밟지 말아야 할 텐데, 라고 생각을 해보았다. 부서진 탱크와 장갑차의 잔해들이 전쟁의 결과를 보여주는 듯했다. 부서진 탱크 위에 올라가서 사진을 찍었다. 그 후에도 몇 번을 부서진 탱크와 장갑차를 보여주기 위해서 몇몇 병사들을 데리고 왔다. 대부분의 사병들은 차가 없기 때문에 넓은 부대 안을 다닐 수가 없다. 신기한 것은 한국말로 글씨가 쓰여진 중고차들을 부대 안에서 많이 본 것이다. 버스도 있고 트럭도 있고 승용차도 있었다. 어떤 차는 강남의 모 유치원 이름을 달고 있었다. 차량에 쓰여진 한글을 지우지 않은 이유는 모르겠지만 굳이 지울 필요가 없으리라고 추측을 해본다. 한국 정부에서 군대는 파견하지 못하고 대신 차량들을 지원해 준 것이라는 얘기를 나중에 들었다. 전쟁터에서 만난 한국 이름이 쓰여진 차량들도 반가웠다. 한국에서 온 차량들이 고장 없이 끝까지 임무를 잘 완수해 주기를 바랐다.

아프가니스탄이여 안녕

드디어 내 후임자가 왔다. 7개월 전 내가 다른 군목의 후임자로 이 부대에 왔던 것처럼 나도 파병을 마치고 돌아갈 때가 되어 후임자가 온 것이다. 후임자에게 여러가지 브리핑을 해주고 부대 곳곳을 데리고 다니면서 해야 할 일을 인수인계해 주었다. 팬스레 아쉬운 생각도 든다. 마지막으로 부대 한 바퀴를 돌아보았다. 변함없는 풍경들, 아프가니스탄의 목동들은 여전히 낙타를 몰고 부대 근처로 와서 물을 마시게 할 것이다. 여전히 흙먼지는 앞을 가릴 정도로 심하겠지만 언제쯤 이 전쟁은 끝날 것인가 생각해 보았다. 짧은 기간이었지만 정말 실질적인 목회를 했다는 생각이 들었다. 정신적으로 어렵고 힘든 시간을 가졌던 병사들과의 상담, 예배, 브리핑, 모든 것이 내가 담임했던 교회에서의 목회와는 달랐다. 본국의 공군부대에서 근무할 때와도 달랐다. 그곳은 전쟁터였기 때문이다. 대부분 젊은 병사들이고 인생 경험이 짧은 병사들이기에 내가 실질적인 도움이 될 수가 있었다. 위험한 전쟁터이지만 열심히 복무하는 병사들이 자랑스럽기도 했다. 생각해 보면 잠깐 동안 꿈을 꾼 것 같은 생각도 들었다. 너무나도 다른 세계이기 때문이다.

마침내 집으로 돌아가는 비행기에 올랐다. 그날 밤 비가 많이 쏟아졌다. 군복도 짐도 모두 비에 흠뻑 젖었다. 또다시 밤에 출발하는 것이다. 비행기는 폭우를 뚫고 하늘로 올라 키르키즈스탄으로 향했다. 그곳에서 이틀 밤을 묵으면서 받았던 군장을 돌려주고 귀국 준비를 한 후 독일로 향했다. 독일은 날씨가 쾌청했다. 독일에서 다시 볼티모어로 가서 하룻밤 묵은 후 LA 공항에 도착했다. 낯익은 얼굴들이 보였다. 아내와 아들, 딸 그리고 내가 속한 LA 부대의 다른 군목들과 군종사병들이 마중을 나와서 귀국 환영을 해주었다. 7개월간의 파병생활은 그렇게 끝나고 나는 일상으로 돌아왔다.

바람에 섞여 흐르듯이 지나버린 시간을 아쉬워하며 한숨을 쉴 필요는 없다. 부서진 석양 발치로 떨어지는 해는 내일이면 또다시 떠오르니까. 가슴속에 남은 끈끈한 기억들을 끄집어내어 함께 나누며 살아갈 시간들이 더 많이 남아 있으니까.

다른 이에게 나의 발가벗은 모습을 보여주는 느낌이다. 해질녘 노을을 보고 이젠 집으로 돌아가는 느낌인 것 같기도 하고 잠자리에 들기 전 열어두었던 창문을 닫는 느낌인 것 같기도 하다. 긴 여행을 마치고 집에 돌아와 휴식을 취하는 마음이랄까? 모두가 걸어가는 길이지만 조금은 다른 길을 걸어왔다. 어쩌면 내가 살아온 길 그리고 앞으로 나아갈 길을 미리 보여주면서 세상과 더욱 가까워질 수도 있겠다 라는 생각이 들었다. 지금도 계속되는 러시아-우크라이나 전쟁, 베네수엘라 사태, 이란, 쿠바 그리고 북한 등등. 우리를 불안하게 하는 여러가지 요인들이 우리의 마음을 울적하게 만든다. 어찌 될지 모르는 혼란한 국제 정세 속에서 '각자도생'이라는 삶의 방법보다는 관계의 숲이 울창해져서 삶이 풍요로워지고 모든 이들에게 여러 겹의 행복이 찾아오기를 바란다.

신상만 에세이

아프가니스탄에서 낙타는 울지 않는다

초판 1쇄 발행 2026년 4월 19일

지은이 신상만
펴낸이 임현경

펴낸곳 곰곰나루
출판등록 제2019 – 000052호 (2019년 9월 24일)
주소 서울특별시 양천구 목동서로 221 굿모닝탑 201동 605호(목동)
전화 02 – 2649 – 0609
팩스 02 – 798 – 1131
전자우편 merdian6304@naver.com
유튜브 채널 곰곰나루

ⓒ신상만, 2026
ISBN 979 – 11 – 92621 – 28 – 9 03810

책값 17,000원